Best Time

白马时光

榜下贵婿

全3册

中

落日蔷薇——著

江苏凤凰文艺出版社

目录

目录

第二十三章 寒意已尽消

三月花期，寒意尽消，百花繁盛，汴京城迎来春暖花开的时节，处处都透着勃勃生机，街巷中的行人褪下厚重冬衣，换上俏丽春裳，少女婀娜娇俏，一如枝头盛放的花朵。

今年汴京的春天比往年要更热闹一些，盖因三年一届的春闱马上来临，坊间酒肆茶馆里的谈资通通都是关于春闱的，民间小报亦送得满天飞，就连赌档中都开了春闱的赌盘。

世间的剧目，就这样热热闹闹、有条不紊地上演着。

春闱在贡院举行，由三皇子主持，礼部协办，一共三场，每场三天。自考生入场那日起，便不得踏出考场，直至会试结束。在此期间，一应吃喝拉撒都在考场，干粮也需自备。

离春闱尚有三日，曾氏和明舒着手准备陆徜在考场中所需之物。除了干粮外，还有应试所需笔墨纸砚，及日常起居所用的蜡烛油布等，明舒甚至还塞了个烧水用的小泥炉，好让他在里头能喝上热乎水……东西一点一点加进去，不知不觉填满了考篮，另外又拿了个藤篮，才勉强放得下。

陆徜出来看到，不免道："够了，又不是搬家。"

"多带些，有备无患。"明舒边说边一层层拉开考篮的抽屉，拉着陆徜看屉里的东西，每层抽屉都分类归纳整齐，这里是文房四宝，那里是常用药物……她一项项地指着说给他听。

陆徜便认认真真都记在心里，偶尔抬眼瞧见明舒的眉眼，满心俱是暖意。

明舒直说得口干舌燥，确定自己没漏下任何一个角落，这才结束。"等阿娘做好干粮给你放进去，就齐全了，出行前我再给你检查一次。"

“歇歇吧。”陆徜倒了杯茶递给她。

她一饮而尽，并没歇的打算，反而又从随身荷包里摸出两样东西，一张是签文，一张是红色护身符。

“看，你读书的时候，我和阿娘去庙里求的。上上签！”她把签文塞进陆徜手中，又扯开护身符，踮起脚，“阿兄，低头。”

“这是什么？”陆徜嘴里问着，头却乖乖低下。

“保佑你高中的护身符，带着！”她给他挂好符，将符在他胸口紧紧按了按，满意地笑了。

“鬼神之语……”陆徜不信这些，刚要反驳，见明舒板起脸抬起下巴，不善地盯着他，他便将话吞回去，点点头，“嗯，多谢你和阿娘。”

“那我们可就等你高中了！”明舒这才高兴。

送考那日，天光晴好，会试之期到。会试乃是学子一生中的头等大事，大多人都举家出动，前来送考，陆家也不例外。陆徜本不想劳累曾氏和明舒跑这一趟，但母女二人比他这即将赴试的人还要紧张，他拦也拦不住，只能随她们去了。

贡院外里三层外三层挤满了人，正在等着考场开放。到处都是家人殷殷叮嘱考生的画面，马车都进不了附近的街巷，甭管多富贵的人家，到这时候只能步行进来。明舒与曾氏把陆徜送到考场前，曾氏拉着陆徜也是一通叮咛，明舒笑眯眯陪在旁边，眼珠子却四处转悠。

不远处的人群中忽挤进一丛人，看架势又是哪户富贵人家齐出动，身边跟着家仆隔挡开四周百姓。人群中亦响起错落的招呼声：“宋夫人。”

竟是国公府的长房夫人亲自来给儿子送考了。

明舒遥遥望去，瞧见来的人个个衣饰华美，云鬓高耸，金翠生辉，一看就不是普通人家，一听姓宋，便心中有底。果然，再望时，她一眼就瞧见被人群围住的宋清沼。

宋清沼就像团花簇锦里的一杆青竹，极为惹眼。

四周不乏向他打招呼的人，有同窗，有世交，也有百姓，他都客气回礼，神情淡淡的，倒是他的母亲，国公府的长房夫人面上含笑，喜悦中隐隐透着身为人母的骄傲之色。也不怪她骄傲，这位夫人嫁与国公府世子，本就身份尊贵，又生了两个出色的儿子，嫡长子继承国公府，嫡次子文采斐然，靠着科举出人头地，仕途无忧……这世道女人最圆满的期盼，她一个人几乎占全了。

明舒看了两眼，心脏微微起伏。

说来也奇怪，她远远看着宋清沼时，心便不可遏止地为他悸动，可待到二人真正见面说话，譬如松灵书院一道查案时，明明他人就在身边，她反而没了那份悸动，视他如普通朋友。

这是什么情绪?

明舒也闹不明白。

就在她犯嘀咕的空隙，宋清沼已经离开母亲，脚步略急地走到陆徜三人身边，脸上平淡的表情有了几分变化。

“陆兄，曾夫人……”他拱手打招呼，最后才朝明舒道，“明舒。”

陆徜还了个礼，不着痕迹地迈上半步，把明舒挡在身后。

视线无故被隔断，明舒只能从陆徜身侧探出头，朝宋清沼挥了挥手。

宋清沼便笑了，又道：“你托闻安送来的东西，我收到了，你有心了，多谢。”

陆徜闻言眉头紧蹙，转头问明舒：“什么东西？”

“就是那个护身符，我和阿娘去庙里的时候求了两个，上回宋公子送了我们一瓶药，我也没什么可回报的，就托闻安将其中一枚送给宋公子了。”明舒解释完，又向宋清沼道，“你也不用客气，那护身符不值几个钱，就是求个好彩头，希望阿兄和你都能金榜题名！”

“有这份心意，足矣。”宋清沼的笑虽然仍旧温和，但真心实意的笑和客气应酬的笑，差别却还是很大的。

明舒便回他一个笑，陆徜却怎么也笑不出来，只不自觉地抬手按按胸口，衣襟下还压着她挂上去的护身符。

原来，不是唯一。

那厢，国公府的长房夫人远远瞧见这一幕，若有所思地看了几眼，便转身与身边嬷嬷说起话来。

知子莫若母，宋清沼那么孤傲的性子，很少会露出这样的神情来，也从没对哪家小娘子有过一分一毫的主动，这并不寻常。

人群忽然又骚动起来，有人高喊："三殿下、尚书令、礼部尚书到——"

负责这九天六夜春闱的考官们依次到场了，人群自动分开一条路，着绯红官袍的考官们在众人的行礼声中一一现身，往贡院走去。

走到一半，其中一人忽然驻足，停在了陆家人面前，在所有学子中只点了一个名。

"陆徜，"陆文瀚微微一笑，鼓励道，"好好考试，我期待你的表现。"

陆徜垂首应了声："谢大人关怀。"

陆文瀚便继续往贡院走去，将目光从陆徜身畔的曾氏身上滑过，曾氏亦抬起头，两人目光凌空相遇，又彼此沉默地交错而过。

一个停在原地，一个继续朝前，后者身影没入贡院的大门。

目送陆徜过了盘查，顺利进了考场的门，明舒才与曾氏打道回府。

一路上曾氏都满腹心事的模样，明舒与她说话她也心不在焉。

"阿娘？您没事吧？"明舒有些担心曾氏。

早上出来时还好好的，怎么送完陆徜回来就这样了？

"我没事。"曾氏回过神，拍拍明舒的手安慰道，见她仍有些担心，又是一笑，"真的没事。你的小姐妹来找你了，你不过去打个招呼？"

说着她朝巷口的马车示意一下，明舒望过去，果然瞧见扎眼的马车停在巷子口，马车的帘子撩起，闻安与淑君的俏脸露出来，都凑在窗边望她。

明舒一下子乐了。

"这些天你哥哥在家里，把你也给拘得像不能出笼的小鸡崽，闷坏了吧？去消遣消遣。早些回来，可别像上次那样喝得酩酊大醉。"曾氏道。

明舒确实闷坏了，为了不让陆徜分心，这二十多天她哪里都没去。听了曾氏的话，她当下心就飞了，道："阿娘，那我可去了！"

"去吧！"曾氏含笑点头。

明舒就如出笼的小鸟般一溜烟飞到马车旁边，也不要下人扶她，自个儿就跳上了马车。

“可算见着你了。”殷淑君见到她的第一眼就感慨道。

明舒冲到二人中间坐下，左手边是娇艳欲滴的殷淑君，右手边是清丽俏美的闻安，她挨着二人，颇有种左拥右抱的错觉。县主的马车虽然宽敞，但三人并排坐着还是有些挤，殷淑君嚷了几声“挤”，却也没开口撵人，就这么挤挤挨挨地坐了。

交过心，醉过酒，那就是闺中密友了。

“县主、殷娘，好久不见，可有什么赚钱的门路关照？”

才刚见面，明舒三句话不离钱。

闻安一把甩开她的手，道：“你这人也忒现实了些，好心来找你玩儿，你就这么对我们？”

“那不是二十多天没进账，我心里发慌吗？我又不像你们出身名门，家中不愁吃穿，我自然要替往后的日子打算。”明舒说着倚到闻安身上，笑道，“县主疼我，不会生气的。”

闻安没好气地瞥了她一眼，道：“怎么？你还想拿人钱财与人消灾，这么有一桩没一桩地接活儿？不考虑做些正经事？”

“我做的一直是正经事，造福你和殷娘，哪里不正经了？”明舒道，不过转念一想也明白闻安的意思，“你说的我也懂，可是我手里积蓄不多，若开个铺子恐怕会周转不过来，少不得要多存一存。”

“你准备拿多少银两出来开铺子？”殷淑君问道。

“开间像样的铺子，至少也得五百两吧？”明舒回她。

“五百两能开什么像样的铺子？”闻安冷笑。

“五百两还不够？”明舒以为自己的野心已经够大了，没想到闻安更大。

“要开，那自然是开全汴京城最大的铺子。反正我现在亲事没着落，在家整天对着那些姨娘和庶出姐妹的明嘲暗讽也是烦，不如这样，我与你合股开铺子，如何？”闻安斜睨她，“银子我有，但是铺子的经营得你来。”

“那我呢？”殷淑君的脑袋凑过来，不甘被二人排挤在外，“我有铺面！我还有……还有个表兄陶以谦！货源定是不愁的！”

“……”明舒万万没想到，不过几句玩笑，竟叫闺中密友们生出这样的念头来。

“你们认真的？一个是堂堂县主，一个是中书舍人家的千金，你们不怕传出去遭人非议？”

这年头虽然世风渐渐开放，但女人走出内宅依旧不是件容易的事。

“没什么好怕的，谁敢多嘴，我就回敬过去。”闻安不以为意道。

“我也不怕，我都让人议论了两年多，险些因此毁了，还有何可惧？”殷淑君就更不怕了，她本就没心没肺，所历劫难催出孤勇，反比从前更加无畏。

明舒定定看了她俩几眼，道：“那……开间什么铺子？”

“衣裳、首饰、胭脂水粉，我们最不缺的就是内宅人脉，任何与女人沾边的，都成。”闻安脑袋转得飞快，立刻道。

明舒想了想：“可是，不够特别。”

既然有了银两，有了铺面，有了货源，万事俱备，她就想开家独一无二的铺子。

“你们觉得，能不能开一间既卖货物又替人排忧解难的铺子？一来帮那些夫人小姐解决棘手问题，二来也让她们成为咱们铺子的忠实客人，一举两得，可好？”明舒斟酌道。

闻安与殷淑君都是一愣。

这话若搁别人嘴里说出来，那便是异想天开，但是明舒说出来，却叫人无端信服。

先有殷家流言祸患，后有永庆侯世子之事，中间还穿插了一桩命案，不论哪桩，她都办得漂亮。

“好主意，咱们试试？”闻安先动了心。

殷淑君猛点头之际又问：“那铺子叫什么名字？‘有求必应堂’？”

说完她就吃了闻安一记：“又不是求子观音庙，什么‘有求必应’？”

明舒爽朗地笑出声来。

车外，天朗气清，万里无云，真真是个好日子。

明舒是说干就干的脾气，在马车上同闻安和殷淑君初步议定后，连玩的心思都没了，满脑子都是铺子的事，恨不得那铺子明日就能开张。

但心急吃不了热豆腐的道理她还是明白的，既然三人都有同样的心思，一切便该从长计议，好好筹划才是。

殷淑君手中有两间铺面，都在好地段，是她母亲给她准备的陪嫁，已经一早就过到了她名下，不过殷家没什么行商人才，偌大的铺面开了个绸缎庄，只能雇个掌柜管着，也不知是那掌柜不擅经营还是别的原因，这绸缎庄勉强维持收支平衡，还不如租出去来得舒坦，殷淑君的母亲早就有意将铺子结业另寻门路。不过能否顺利要到这铺面，还得殷淑君回家禀报过母亲才能定下来。

闻安只管出钱，再一重，她的人脉比明舒和殷淑君都广，对宫里宫外都熟，眼光也毒，熟悉这汴京城贵人们的打扮风向，有她在，客源自是不必愁，但相对地也带来不少麻烦。面向的既都是贵客，那么这铺子的修缮、家私陈设、伙计的素质，势必不能差，那些夫人小姐对这些都有要求，售卖的货品也务必求精。

如此一来，开铺子的成本大大增加，虽然有闻安这个小财神，但成本还是得控制，明舒可不想做散财童子，而这些铺子的筹备运营的事，闻安与殷淑君肯定不行，也只能落到她头上。

突然间，明舒倍感压力。

她以为自己会毫无头绪，可事实上她在最初的热血澎湃过后竟飞快冷静下来，一项一项想着这铺子该如何建起来——仿佛从前她曾经做过，抑或接触过这些事一般，虽然感到烦琐，却并不陌生。

当夜，明舒就将这桩事说与曾氏。

大出明舒意料的是，曾氏竟毫不反对明舒的决定，反而极力支持。明舒原以为要费一番口舌才能说服曾氏，可曾氏却答应得干脆，不由喜得明舒一把抱住曾氏，“亲阿娘，好阿娘”地狠狠撒了半天娇。

曾氏笑了：“你以为阿娘会反对？”

“嗯。女子在外抛头露面本就容易遭人非议，我以为阿娘……”明舒以为曾氏会阻止她的。

“傻孩子。”曾氏轻抚明舒的手背道，“这世道于女子不易，越是女子，越当自强。你既有向上的决心，我又怎会阻挠？管别人非议作甚，有些东西握在你自己手中，那才是你日后傲视他人的底气和本钱，旁的，都不作数。”

明舒便呆呆望着曾氏。

曾氏姣美的容颜与柔弱的身体很容易让人将她想象成必需依附男人而活的女子，但事实上，漫长的二十年寡居生活，她都是独自抚养孩子，从未依附过任何一个人。她是个有见地的女人，这见地也许源自她曾经的经历，并不因循守旧，却与明舒不谋而合。

她想自己的阿兄和阿娘终究与别人家的不一样。

“阿娘，我晓得了。”明舒依偎在曾氏怀中低声道。

“去，把那个箱笼打开……”曾氏指了指屋里放的一个箱笼。

明舒依言打开箱笼，按曾氏所言，从里面捧出四幅刺绣，一一摆在床上。

“好漂亮的苏绣啊！这么美的绣品，怕是宫里才见得着。”明舒看着刺绣上像要活过来的花鸟虫兽，不由得惊叹。

“不是你阿娘自夸，当初在江南，你阿娘也是叫上名号的绣娘，这么多年，也就靠这手绣活儿糊口，养大陆徜……和你。”曾氏看着自己的绣品，眉间不无骄傲。

“那我连阿娘的一丁点儿皮毛都没遗传到。”明舒汗颜。

曾氏又道：“这是阿娘早年绣的，现在眼神不好了，也没办法再做这么精巧的绣活儿，你瞧着若好，就拿去或裱或制成屏风，放在你铺子里用。你不是说你那铺子日后往来的都是达官贵人，需得有些装点门面的好东西？”

“给我？”明舒指着自己的鼻头，忽然想起什么般道，“阿娘，您这绣活儿收着，该不会是要给阿兄娶媳妇用的吧？”

曾氏微微一笑：“原本是这样，但现在……给他给你都一样，谁有用就先拿去吧。”

明舒心头大暖，眼眶湿润，她原想拒绝，但见曾氏一双眼饱含期盼地看着自己，便又将那话吞下，拍着胸脯道："阿娘，您放心，我定不辜负您的心意。阿兄的亲事，也包在我身上，给未来嫂子的聘礼，我来赚！"

曾氏笑得更欢了："他的亲事，要愁的人是他自己，我是不愁的。"

明舒不解何意，只觉母亲双眼似乎洞察了什么一般，明亮如雪。

有了母亲的支持，明舒便放开手脚去干了。

陆徜应试这几天，她便都在汴京城内游荡，把最繁华的几条街巷逛了个遍，仔细观摩别家商肆铺面，好心中有个底。

第三天时，殷淑君那里先递来了好消息。

殷夫人同意将那铺子交给殷淑君与明舒、闻安三人打点。这事本不该如此顺利，但由于殷良君引流言祸害殷淑君之事，叫殷夫人心生愧疚，觉得对不起女儿，又想着淑君天性憨直，正缺人情历练，为着日后出嫁能担得起掌家之责，殷夫人便同意了这桩事。

铺面的事敲定，明舒又去寻了陶以谦，与他商量售卖之事。

陶家主营玉石，除了进贡宫里外，也是大安朝几家首饰大商号的供应商，明舒她们既想做女人生意，首饰自然是上选，而时下女子首饰推崇金玉，二人便商定，以金玉首饰为主。

如此这般，明舒在短短数天定下几件要事，那新铺子唯独还少个名字，春闱已经结束。

陆徜归家这日，曾氏在家做了一大桌子菜，明舒放下手上的事，亲自去贡院门口接他。

"阿兄！"陆徜一出贡院的门，就听到明舒的声音，还没等他定睛看到人，那人已经如小鸟般扑棱棱飞到他身边。

"我帮你拿！"明舒从他手里抢过藤篮，笑吟吟抬头看他。

陆徜面上露了些笑意，只是不知道想起什么，笑意又倏地一落，径直往前走去。明舒拎着藤篮跟上，跑到他身边道："阿兄，慢点儿，我跟不上。"

陆徜一回身，又把藤篮从她手上拿走。

“阿兄，快让我瞧瞧你瘦了没有，我听人说，号舍又小又潮，在里面待这么多天，人都要熬瘦。”明舒两步冲到他前面，面朝着他倒退着走路。

陆徜没说话，明舒便盯着他的脸仔细看了个遍，才道：“还好，没瘦，还是那般英俊潇洒风流倜傥！”

“好好走路！”陆徜终于开口，“小心……”

一句“小心脚下”还没说完，明舒就绊到了石块，倒退的步伐被打断，她整个人向后倾倒。

只闻“砰”的一声响，陆徜松开右手，提在手中的考篮落地，他眼明手快地抓住她的手将人往怀中一拽。

明舒扑进他怀中，额头重重撞在他的胸口。

待她回神，陆徜已经松手，没好气地看着她，她只好讪笑：“阿兄身手利落，厉害！”

陆徜冷冷地瞥她一眼，弯腰提起藤篮继续朝前走。明舒再度跟上，这回没敢倒退行走，老实地跟在陆徜身边。

兄妹两人就在明舒不断的叽叽喳喳声中回了家。

二人到家时，曾氏的菜还没烧好，陆徜径直上楼，明舒也跟了上去。

“还你。”陆徜进屋后就解下脖子上挂的东西，扔给了明舒。

明舒信手接下，一看，是自己给他求的护身符，红绳与符袋上还带着他的体温，可见他是贴身收着的。

“给你求的，你还我做什么？”明舒也不知道哪里又惹他不痛快了，握着护身符问他。

“不想与人戴同样的东西。”陆徜走到盆架旁一边净手一边说道。

“……”明舒想了半天，才想起来送考那日自己和宋清沼说的话。

这都过了九天，他还记得？阿兄什么时候变得这么小气了？

陆徜净完手转身道：“还不出去？”

明舒紧抿着唇盯着他。

“我要更衣！”陆徜又道。

明舒咬了咬牙，道：“你别脱，等我回来！”

语毕，她跑到曾氏那屋，从箱笼里捧了个包袱回来，当着陆徜的面打开。

“独一份的，你要不要？”

包袱里是件绯红的衣袍。

陆徜怔了怔，听她道：“我阿兄定能高中，所以这是给你殿试时准备的，你要不要？不要的话……那我送给宋清沼了。”

“宋清沼”这三个字，对陆徜而言就像孙悟空头上的紧箍咒。

“要！”陆徜飞快地伸手把衣裳夺走。

明舒这才露出笑来：“穿上给我瞧瞧合不合身。”

说完，她转身出屋带上屋门，让陆徜在里面更衣。不多时，屋门被他轻轻打开，明舒正倚在楼梯旁玩手指，听到动静一抬头，看到陆徜站在门口。

烛辉满肩，红衣胜火。

陆徜甚少穿如此鲜艳之色，可这鲜艳的颜色却又极衬他这个人。

平日冷冽之色尽数消融，眼前只有明朗少年。

纵然明舒早就习惯了陆徜的英俊，可乍见他绯衣加身的模样，还是不禁愣住了。

心脏似乎被什么撞了一下，陡然生出种奇怪的滋味，眼前这一幕，仿佛也在梦里出现过许多次，像某种隐晦而喜悦的期待……

“可还行？”陆徜的声音响起。

明舒回过神来，忙道：“好看，阿兄穿红好看。”心里却在暗暗骂自己，陆明舒啊陆明舒，你在想什么？眼前这人是兄长！

真是罪过。

会试结束到放榜还需要十日左右，这段时间是全城举子最焦心却又充满期待的日子，陆徜倒是很平静，与往日无二。送到陆家的帖子开始多了，或是酒宴，或是诗会，或是游园，总能寻个名目来邀陆徜，这其中不乏达官显宦。陆徜很少外出，就赴了两场同窗的聚会，余下时间大多待在家中陪母亲。

而除了邀帖外，来陆家串门的左邻右舍也多了起来。

不为别的，全是来打探陆徜和明舒的亲事的。

说句夸张的话，陆家的门槛都要被踏破了，最后还是陆徜一不做，二不休，把大门紧闭，谢绝了访客，谁来都不开，这才让家中清静下来。

“阿兄，这阵仗就烦到你了？”明舒抱着明显已经胖了数圈的招宝，瞅着他嗤笑道，“那放榜那日你可得小心，我听说京城的榜下捉婿之风可甚是凶猛，你可得小心，别被捉了去！”

陆徜听到“榜下捉婿”四个字，就想起江宁的简老爷来，有些失神。

“不过要是被什么达官贵人捉回去，让你做了乘龙快婿，你的仕途也能走得更顺利些。”明舒转念又道。

“不会。”陆徜一言否定，“陆某绝不以妻换仕途，妻便是妻，定是我一生情之所系，不做筹码。”

从前是这样，今后也不会改变。

喜欢就是喜欢，不因恩而生，不因世俗而移，不为富贵所折，不为仕途而变。他要的，是两情相悦。

这还是头一次听陆徜言及自己婚姻之事，明舒心绪微动，也不知为何。她不过口头打趣而已，没想到他回得如此郑重。

“好样的，不愧是我阿兄！”明舒放下招宝，握起拳头道，“放榜那日我陪你去，给你保驾护航，谁敢捉婿，看我不打跑他们！”

“你陪我去，但不必你出手。”陆徜握住她的拳头放下。

“好。”明舒笑了。

陆徜转过身，望向桌上的字，问她：“你在写什么？”

桌上放着涂满字的纸，旁边是笔山、砚台等物，明舒一大早起来就趴在吃饭用的八仙桌前涂涂写写，到陆徜下来才作罢。

“想铺名。”明舒皱着眉头走到桌旁，盯着上面列出的名字犯愁。

和闻安、殷淑君开铺的事，她已与陆徜说过，陆徜不置可否。对明舒来说，只要他不否定就都是默许，因此明舒也就不再避着他行事，大大方方地摆到台面来。

该奔走的事前些日子趁着陆徜不在，她已经办得差不多了，这几日就是将筹建铺子的腹案详细写出，再分抄给闻安和殷淑君过目。新铺筹建该如何进展，这些她都有数了，如今就缺名字。

陆徜扫了眼，纸上写的都是“金玉满堂”“琳琅阁”“金福楼”之类的名字，明舒被他看得不好意思，道：“这些名字怪俗气的。”

“大俗即大雅，店在闹市，雅俗共赏，讨个吉利兆头方好，也不必咬文嚼字。”陆徜指着“金玉满堂”道，“这个就不错。”

明舒走到他身边低头望去，道：“铺子卖的就是金玉，这个名字太露骨了些。”

“金玉满堂，满堂生辉，你既觉得露骨，那不若就叫……”

“满堂辉？”

“满堂辉！”

兄妹两人再次异口同声，脱口而出后，两人均是一愣，又对视一眼，看着彼此笑开。

明舒取过一张新纸，将涂乱的旧纸推到一旁，兴致勃勃地提笔蘸墨打算题名，但落笔之时她却有些犹豫，她不是什么书法大家，字写得也就是娟秀而已，悬空的手腕正在微微发颤。

就在她犹豫的片刻间，陆徜站到她背后，伸手覆上她握笔的手，用力一按。

明舒的手被他牢牢攥住，蘸过墨的笔尖压到纸上，力透纸背。

“满堂辉”三个字，一气呵成。

明舒眨了眨眼，看着遒劲有力、大气磅礴的三个字，她甚是欣喜。

陆徜这人虽然嘴上不说什么，但每次都在用行动证明他对她的支持。

“谢谢阿兄！”她转过头，满面堆笑道谢。

陆徜就在她身后微侧处，虽然二人还隔着一拳距离，但他的左手却是扶在她左腰旁的桌案上，明舒一转身，陆徜未及松手，便如轻拥。

大门紧闭，只有透过窗纸的朦胧光线浅浅照在两人身上，轻柔的吐息揉在一起，叫人心尖无端发烫。视线相交，二人均愣住。陆徜眼神如同凝成实物落在明舒脸上，火星般灼人。他像有什么话想说，可那话到了嘴边，却碍于重重阻拦，吐之不得……

“阿兄！”明舒清脆的一声，唤回彼此神志。

陆徜飞快松手，退了两步，不自在地撇开脸望向窗户，道：“屋里有些闷，我出去走走。”语罢，他疾步走到门前，“嘎吱”一声打开大门。

屋外阳光温煦，将人影打到地上，清风徐过，却吹不散满腔旖旎。

他扶门而立——险些没能克制住情绪。

险些他就忘记如今的身份。

看着那张明媚若三春的笑靥，他想……他想……

扶着门的手使了使劲，他快步走出家门，不能再往下想。

门框上，留下几个浅浅的指痕。

明舒动作迅速，定好铺名后，就将筹备新铺的计划逐一列明细表后，誊抄两份，送与闻安与殷淑君二人。闻安的回信来得快，送来的是份邀帖。

按着汴京惯例，会试结束后，不论是举子还是城内女眷都时兴去繁台赏春，举办些春宴。闻安的这张帖子，就是邀她同往繁台赏春的。随帖附了一封信，只有非常简短的一句话。

“见面赏春，边玩边议。”

这话倒是闻安的脾气了，不管是不是正事，都不能耽误玩乐。

明舒看得直乐，正巧陆徜外出回来，瞧见她笑问道：“傻笑什么？”

“阿兄，县主邀我后日去繁台赏春。”明舒扬了扬帖子。

“想去？”陆徜问她。

“嗯。”明舒点点头。

陆徜也自衣袖内取出张帖子：“我陪你。”

仔细想来，打从入京起，他就忙于应试，也没带明舒好好逛逛汴京城，如今有了闲暇时间，他也想带她出去走走。

明舒原只是知会他一声，没想到他竟也收到了帖子，还准备陪她去，顿时眼睛大亮：“谢谢阿兄！那我明日准备些吃食带上！”

陆徜点点头，不语。

到了第二日，明舒帮着曾氏准备带去赏春的小零嘴，陆徜却抱着捆竹篾条进来，又拿来糨糊、笔墨纸砚等物，坐在桌前动起手来。明舒好奇，上前瞄了两眼。

“阿兄，你在做什么？”明舒见他磨墨，便问道。

“你猜。”陆徜卖起关子。

明舒看了看竹篾条，又看看糨糊，心里浮起个令人愉快的猜测：“你该不会是……给我做纸鸢吧？”

“想要什么样的？”陆徜抬头望她，唇角浮起浅浅的笑。

明舒高兴得不行，立刻搬了张小凳坐到他身边：“想要……美人的！阿兄给我画个美人！我帮你！你教我。”

“好。”陆徜答应得干脆，下笔也利落。

半个时辰都没到，美人画成。

“这美人，怎么有些眼熟？”明舒端起画来，越看越觉得熟悉。

给兄妹两人送点心的曾氏路过，看了一眼，道：“这不是你吗？”

明舒低头看看自己的打扮，再看这画——画里这个神采飞扬的小娘子确实和自己很像。

陆徜把她给画出来了。

“你让我画美人，可我不认识别的美人。”陆徜收起笔墨，随口道。

“我的阿兄，你嘴巴抹蜜了？”明舒诧异地瞪着陆徜。

陆徜低下头，专心削篾条，并未回她。

这天下美人虽多，可入眼的，不过一人而已，他还能画谁？

今日郡王妃回娘家，国公府宅子里设了家宴，吃过饭后，国公府的长媳陪着郡王妃在园子里走动消食，闻安也陪在旁边。

姑嫂二人说来说去，说的不是宋清沼的科举，就是儿女的亲事，闻安听得无趣，便放慢了脚步，待离得远了，便和自己的小丫鬟说笑玩耍。

“闻安县主。”身后传来男子清朗的声音。

闻安止步，转头一看，却是宋清沼站在五步开外的地方，朝她行礼。

“表哥何必如此拘礼，都是一家人，叫我名字就可以了。”她懒洋洋道。

宋清沼回以一笑，问道：“县主，你明日可是要去繁台赏春？”

闻安从小到大都不喜欢这个表兄，宋清沼这人看着冷冰冰又高高在上，偏偏身边人都夸他，就连自己的父母都老将他挂在嘴边，她逆反心理上来，处处看他不顺眼。

听到他的问题，她随口答道：“嗯，我母亲还有舅母和家中姊妹们都会同去……”她答到一半，忽觉不对，“你问这作甚？”

宋清沼素来不掺和女眷的事，来问这些是何故？

“那……”宋清沼难得说话犹豫。

“你该不会是想打听我的闺密是否同去吧？你在问明舒？”闻安突然来了兴致，懒洋洋的神情一扫而空。

宋清沼索性点头：“上回她托你送了我一枚护身符，我想谢谢她。”

闻安嗤笑道：“表哥，你这借口找得也太拙劣，想见她就直接说，扯什么护身符。那护身符值什么？要是别家小娘子送的，你早就扔了吧，还专程道谢？”

她一语道破宋清沼心事，宋清沼面上微微一红，没有回答。

“她送你护身符，只不过礼尚往来，你可别往其他地方想。你是国公府的嫡次子，马上又要金榜题名，身价百倍，舅母正替你物色合适的世家闺秀，明舒与你并不合适，你莫害她。”闻安飞快道。

她直觉舅母不会想要明舒做儿媳，而明舒也未必愿意嫁进国公府。他二人家世差距太大，国公府门第太高，倒不是说明舒配不上宋清沼，只是嫁进国公府，就意味着要做个循规蹈矩的媳妇，而以她对明舒的了解，明舒绝非愿意做一辈子困于内宅的人。不论从哪方面来看，明舒和宋清沼都不合适。

许是闻安的话说得太直白，宋清沼渐渐沉下脸来，他本不想同闻安争辩，然而听到她最后几句话时，委实忍不住。

“你怎知我与她不合适？我不会害她。”

这回闻安是真的诧异了，她话说得虽然直接，但也只是想点醒宋清沼而已，绝没想到竟逼出宋清沼的心里话来。

“你……”闻安难以置信地看着他。

宋清沼自忖失言，朝她拱了拱手，神情冷冷地离去。

第二十四章 人间四月天

繁台赏春这日是个好天气，明舒起了个大早，打扮妥当，噔噔噔地飞身下了楼。曾氏已将兄妹二人要带去赏春的东西装好，除了糕点、零食、鲜果等吃食外，还有铺地的油毡布之类，装了整整两个藤篮。陆徜雇的马车已经停在巷口，见明舒下来，他拎起藤篮准备先送上马车，明舒倏地跑到桌旁，把纸鸢抱在怀里。

“这个我自己拿！”明舒道。

阿兄亲手画、亲手扎的纸鸢，她宝贝得紧。

陆徜笑笑，向曾氏道别，带着明舒出门。

一路上，明舒都抱着纸鸢爱不释手，嘴里哼着小调，脸上的笑意自始至终都没消散。这份情绪感染了陆徜，微扬的唇角也不曾落下。

繁台春光正盛，是汴京百姓踏青郊游的好去处，附近还有座天青寺，香火旺盛，烧香拜佛的人络绎不绝。今日又是大晴天，碧空如洗，芳菲似锦，每移一步皆成画。

明舒与陆徜下了马车便去找闻安。

郡王府和国公府早就围了一处亭子落脚。大户人家出游阵仗就是大，亭子里里外外站满了下人，丫鬟婆子在跟前服侍，小厮护卫随侍在外，带的东西也多，连炉子都搬了来，厨娘也跟着，茶需得现泡，吃食也现做。

亭里坐着两位贵妇人，明舒远远地瞧不清模样，只觉得珠翠满头，衣着华丽，猜测必是闻安的母亲郡王妃与宋清沼的母亲——国公府如今主持中馈的长房媳妇。除此之外，亭外还有许多盛装的年轻娘子聚在一起玩耍，赏花斗草，好不欢快，笑声飘来像莺啼般悦耳。

明舒瞧了两眼，把帖子递给郡王府的下人，下人转到闻安手中，闻安正好和淑君站在旁边说话，二人同时转头，闻安朝明舒挥挥手，示意要她过去。明舒摇了摇头，拒绝。

“怎不过来？我带你见见我母亲。母亲听说是你帮我解决了谢熙之事，特别想见见你。”闻安拉着她道。

明舒看了眼亭子里三层外三层的模样，道：“你饶了我吧，今日是出来玩耍议事的，郡王妃要见我，改天我正正经经登门拜见就是。”

这要是进去了，繁文缛节就得折腾掉大半天时间，明舒不干。

“说的也是。”闻安看了眼亭子，也觉得明舒这会儿还是别进去了，自家母亲不说，连舅母也在，舅母那人最讲规矩，待会儿盘问半天，反让人失了玩耍心思。

“那咱们上哪儿去？”殷淑君兴致勃勃地问道。

“我阿兄在旁边找了块没人的草地，咱们过去说话？我也带了些阿娘做的吃食，你们来尝尝我阿娘的手艺？”明舒说着想起纸鸢，又道，“对了，我阿兄昨天帮我扎了纸鸢，咱们一会儿放纸鸢？”

“你带纸鸢啦？那敢情好！”殷淑君大喜。

“那你们等我会儿，我去回我母亲。”闻安点点头，转身走了。

亭中，郡王妃与国公府的长房媳妇许氏正喝茶说话。

“难得今日清沼竟有闲情雅致陪我们出来踏青。”郡王妃饮了两口茶，看着陪在旁边的宋清沼笑道。

宋清沼微一垂首，不语。

许氏跟着笑道：“三殿下给他发的邀帖，今日他们也在繁台附近赏春，他先陪我这老婆子过来，一会儿就去赴三殿下的约了。”

“清沼是个孝顺的好孩子，马上又要金榜题名，这样的家世人品学识，将来不知哪家娘子有幸嫁他为妻。”郡王妃拿团扇掩唇一笑。

“他啊……根本就没成家的心思，整天扑在学问上头，我这当娘的都不知道他心里想什么。想来我要找个儿媳妇，就跟海底捞针一样难。”许氏一边打趣，一边望向儿子。

宋清沼的目光却落在了远处。

“那是谁家娘子？”许氏顺着儿子的目光望过去，除了闻安与殷淑君外，还瞧见了个生面孔。

郡王妃摇摇头：“我也没见过，不过听闻安说，今日她约了新结识的小友一同赏春，就是此前在松灵书院曾帮三殿下与陆大人一起破案的那位陆家小娘子，你家清沼应该识得。”

“是她。”宋清沼闻言收回目光回道。

恰逢闻安回来，向郡王妃请示，郡王妃架不住她的撒娇允了，许氏却在一旁开口：“既是你的手帕交，怎不带过来让咱们也见见？”

“咱家来的人多，要都见过一遍，哪还有时间玩耍。舅母可放过她吧。”闻安笑嘻嘻解释道，行礼告退而去。

闻安一走，宋清沼也跟着告辞，许氏挥挥手也放行了。

待二人都离开，许氏方道：“我瞧是那孩子不敢过来，我们又不是老虎，还怕吃了她不成？小门小户家的娘子，礼数与见识终是上不了大台面的。”

“嫂子，那孩子年纪尚浅，小姑娘家家的，面嫩也是有的。”郡王妃替明舒辩了一句，就将这事揭过。

许氏却蹙了蹙眉——宋清沼离开的方向，是跟在闻安后头的。是要去找那陆明舒？

“嫂子？嫂子？”郡王妃的声音略高了一些，才把许氏唤回神来。

“怎么了？”许氏问道。

“你不是说今日也约了文卉，叫她出来散散心，怎么这会儿还不见人？”郡王妃又想起另一件事来。

“快别提了。”许氏脸上忽露愁容，“送到卫家的帖子如石头沉水一样没个回音，上回见她还是半年前，也不知到底是个什么情况。”

“最近我听到些不像话的流言，说是那卫家……闹鬼，你听说没有？”郡王妃问道。

“听说了。”许氏点点头，“传得玄乎，也没见卫家人出来辟个谣，文卉这当家主母怎么当的？”

“我总觉得这卫家不太对劲，咱要不要找人查查？”

“卫府的内宅家事，关起门来谁知道？非亲非故的咱们怎么查？拿什么名目查？”许氏反问道。

她与郡王妃还有杜文卉三人，年轻时也曾是交情甚笃的闺中密友，关系尤胜亲姐妹，可成亲之后，除了她以外，郡王妃与杜文卉却都不幸福，也是叫人唏嘘。

那边，明舒已经兴冲冲地带着闻安与殷淑君往陆徜寻的空处去了。

“瞧，就在那儿。”明舒大老远看到陆徜就指给两个朋友看。

陆徜已经把油毡布铺好，藤篮里的吃食逐一取出摆放整齐，正等人回来。忽听远处传来明舒的声音，他抬头望去，就见明舒站在远处冲自己猛挥手。他站起身整整衣袍，刚要上前，瞧见那三人背后又跟来个人。

“明舒。”

明舒和陆徜打完招呼，正和闻安与淑君说笑，忽听身后有人喊自己，一转身便看到五六步开外的桃树下站着宋清沼。

树上桃花正盛，一阵风吹来，落英缤纷，宋清沼今日照旧穿了件浅青的衣袍，几朵桃花落在发间肩头，越发显得少年如玉般清润。

明舒又狠狠按了按自己的心口——见鬼，心脏又怦怦直跳。

“清沼表兄？你怎么来了？”闻安蹙眉道。

宋清沼又向闻安与殷淑君行了礼，走近几步道：“我来寻明舒的。”

他从树下走出，离得近了，明舒的感觉就没那么强烈了。她深吸两口气，不解道：“宋公子找我有事？”

“此前得你所赠护身符，宋某很是感激，今日知道你同县主她们在此玩耍，故备了薄礼聊表谢意。”宋清沼淡淡道，见她面上浮起推拒之色，又道，“也不是什么值钱的东西，是年轻娘子们喜欢的小玩意儿。”说着，他命随行小厮将东西取来。

一只大蝴蝶纸鸢。

明舒愣了愣，还没回应，便有人先开了口：“宋兄好意，我替舍妹心领，不过今日她已经有纸鸢了，再收恐怕放不过来。”

众人回头一看，却是陆徜拎着那只美人纸鸢过来，递向明舒，道：“明舒，你的纸鸢。”

两“鸢”相对，气氛凝固下来。明舒左看一眼，右看一眼，接了陆徜的纸鸢，宋清沼面上怕不好过，但若接了宋清沼的纸鸢，那她回家就完蛋了。

阿兄不和她生足三天气，这事都揭不过去。

那厢宋清沼迎向陆徜，竟毫无退意，道：“无妨，春日尚长，这次放不了，便留着下次再放，总有机会派上用场。明舒，收下吧。”

宋清沼仍将纸鸢递到她面前。

两个男人虽都神色平静，彼此之间却僵持对峙着，仿佛两军对垒般。明舒不是第一天知道阿兄不喜宋清沼，但他没有像今日这般，表露得这么明显，而宋清沼今日也不知何故，一改平时的谦和客气，半步不肯退让。

这种异样，恐怕连闻安和殷淑君都察觉到了，明舒给这两人使眼色，这两人都默默地摇了摇头。

最终，陆徜看出明舒为难，让步道：“也罢，既是宋兄一片心意，陆某就替舍妹谢过宋兄。”他说话间接下宋清沼的纸鸢，然后递给闻安，“你们三个人，一只纸鸢想来是不够放的，宋兄送的纸鸢倒也及时。”

言下之意再明确不过，他的纸鸢明舒放，宋清沼的纸鸢给闻安与殷淑君二人放。

如此一来，也是解决办法。

明舒忙跟着点头：“对对，我们三个人呢，谢谢宋公子的心意。”

闻安莫名其妙地收下了宋清沼的纸鸢。

“阿兄，你不是要赴三殿下的约？时辰不早了，你赶紧过去吧，不用管我们了。”明舒觉得不能再让陆徜留在这里，忙催道。

闻安闻言亦道：“表兄，你好像也是受三殿下邀约来的吧？赶紧去吧。”

陆徜看着明舒道：“那你就待在附近，别跑远，我回头来这里接你归家。”

“知道了。”明舒点头如捣蒜。

他交代完话，宋清沼才朝他做了个“请”的手势：“陆兄，一起。”

陆徜点点头，与他同向繁台走去。

瞧着二人渐行渐远的背影，三个姑娘同时松了口气。

殷淑君感慨："你们两人的哥哥，怎么都有些吓人啊。"

明舒无解。

闻安无解。

陆徜与宋清沼并肩走出百步，宋清沼开口打破二人间的沉默。

"陆兄，你对在下似乎有所不满，不知你我之间是否有误会？"宋清沼问道。

陆徜似乎并不喜欢他，他敬陆徜是明舒兄长，并不愿与其闹僵。

陆徜转头，神色虽未变，可语气已改："离明舒远点儿，你我自可相安无事。"

冷冷抛下一语，他拔步快速离去。

繁台已被侍卫重重围起，今日三皇子邀请汴京几位举子在此赏春，闲杂人等不能进入。

陆徜与宋清沼一前一后递上帖子，被迎入繁台。繁台宽阔，高于城，登高可望汴京十里春色，三皇子又请来宫伶在此吹奏，曲调悠扬应和盛春景象，叫人心旷神怡。

三皇子带着众才子繁台登高，即兴赋诗，考校书文，好不畅快。

一时间，各人俱做了首七言律诗，三皇子评点后交给内侍誊抄，仍是陆、宋二人佼佼在前。三皇子欣赏这二人才情学识，便命跟在身边说话，余者各自散去游览。

繁台扶栏，风猎猎作响，吹得衣袂纷飞，平添无边快意。下方繁花似锦，美不胜收，三皇子赵景然看了良久，唇畔浮起浅浅笑意，问道："那是谁家纸鸢，飞得这么高？"

陆徜与宋清沼二人望去，瞧见绿树红花间两只纸鸢高高飞起，一只美人，一只蝴蝶，不是明舒三人，又是何人？

"禀殿下，那是闻安县主、殷娘子与陆娘子的纸鸢。"见陆徜没有开口的意思，宋清沼答道。

"淑君吗？她也来了？"赵景然听到这个名字，面露温柔神色，得到宋清沼肯定的答案又是一笑，揭过不谈，只问陆徜，“陆娘子，可是陆徜的妹妹陆明舒？这位娘子我记得，松灵书院与你二人一同查案，巾帼不让须眉，不容小觑啊。”

陆徜拱手行礼：“殿下谬赞。”语毕，他顿了顿，又道，“殿下，学生有一要事禀奏。”

“何事？但说无妨。”赵景然问道。

陆徜却看了眼宋清沼，宋清沼识趣，拱手告退。

赵景然好奇了：“你有何事需要单独与吾说的？”

陆徜却是双手抱拳，长揖到底，道：“还请殿下恕学生期瞒之罪，学生与明舒并非兄妹！”

赵景然双眉顿蹙，只见陆徜并未起身，仍弯着腰道：“殿下，明舒姓简，乃是江宁富商简金海独女。”

“江宁富商简家？”赵景然眉头越蹙越紧，“可是上月呈送入京的江宁灭门大案苦主？”

江宁轰动一时的灭门惨案，已在江宁府结案，再由地方上报京都，定性为盗匪入室抢劫，此事亦在朝中引起不小轰动。

“正是。”陆徜道，他仍未起身，只将路上救下明舒又带其入京城的前因后果仔仔细细地说与赵景然。

赵景然听后虽未置评论，看着陆徜的神色却放松下来，道：“你先起来回话。这么大的案子，明目张胆地抢夺家产，江宁府上下官员恐怕都有问题，此案牵涉重大，你可有证据？”

“回殿下，学生并无证据，当日受人追杀，一路奔逃入京，也没机会回头再查，一切只是学生揣测，故也不敢妄自声张。不过依学生猜测，明舒落崖当日必是听见、看见了什么，才会招致杀身之祸，只可惜她已失去记忆。”陆徜依旧没直起身来。

“有道理。按你所言，简明舒很可能是此案重要证人，她的身份还不宜过早暴露，否则恐引来危险。”赵景然思忖道。又见陆徜仍作长揖，不由得又道：“还不起来？别以为吾不知你心思，你身为举子却隐瞒简明舒身份，可算欺君之罪，想要吾为你开脱？”

“学生不敢，学生犯欺君之罪，甘愿受罚。只是希望殿下能给学生一个将功补过的机会，让学生能亲手查清此案。”陆徜道。

“起来吧。”赵景然一拍他的背，“你当吾真不敢罚你？吾不过惜才而已，且先饶你这一回。此案需得吾接手开封府后才能翻查，这段时日我会命人将简家案的卷宗整理过来，若确有疑点，吾会如实上奏父皇。你若要查，吾可借力于你，但切莫声张。”

“谢殿下。”陆徜又一揖到底，这才直起身来。

“陆徜，你老实说，是不是听到吾将接任开封府尹之位的消息，才与吾说这番话的？”赵景然双眸陡然凌厉，落到陆徜身上。

开封府尹之职历来为二品或从一品官衔，但若由皇子续接，则是为受封储君做准备。

陆徜却是微笑：“上次松灵书院一别，学生已觉殿下刚正严明，既有仁者风范亦兼得明君之仪，实属难得，学生内心仰慕，早有陈禀之心。殿下若能接任开封府尹之职，这天下何愁有冤不得申？学生替天下百姓先谢过殿下。”

一番马屁，拍得人身心舒畅。

赵景然听乐了：“陆徜，你看着清高孤傲，骨子里……”他伸手戳陆徜的肩头，“却是小狐狸一只。”

为官，过刚易折，过狡易浊，二者取衡罢了。

“三殿下谬赞，学生受之有愧。”陆徜抱拳。

赵景然指着他，半晌方道：“脸皮厚。”

陆徜正要答话，却见飞在半空的两只纸鸢忽然断线，被风刮走，他眉心顿蹙。

底下出事了？

凉亭内，郡王妃与许氏仍在闲话家常，已经从卫家又说回儿女亲事上。

“你今日邀了这些闺秀来赏春，醉翁之意不在酒吧。”郡王妃看着树下三两聚首交谈的娘子向许氏道。

来的年轻娘子颇多，并不只有郡王家和国公府的女儿，有些是许氏邀请来的别家闺秀。

“唉，清沼也已及冠，可眼睛长在脑袋上，一个看中意的娘子都没有，我这做娘的能不急吗？他哥哥同他一般大的时候，我都抱上孙子了。现如今他科考也结束了，可得好好筹谋下终身大事。邀来的都是汴京城出名的闺秀，与咱家也都门当户对，你也帮我瞧瞧哪个好。”许氏便道。

“这些娘子都是好的，只是我瞧症结还是在清沼身上，那孩子是个心里有主意的，做长辈的恐怕不好勉强。”郡王妃看得明白，劝道。

“自古儿女亲事，父母之命，媒妁之言，难不成他还想越过我这做娘的去？”许氏不以为意道。

郡王妃还要说什么，外头忽然哭哭啼啼跑进来几个人，其中哭得最可怜的，正是许氏邀来赏春的闺秀之一。

“这是怎么了？”许氏已然站起，忙命人扶那哭得梨花带雨的小娘子进亭子。

小娘子哭得妆也花了，头上钗簪散落，衣裳上也俱是泥巴，委实有些狼狈，在许氏面前哭哭啼啼地告状：“我见陆娘子她们正玩纸鸢玩得高兴，有心结交，不想上去才说了没几句话，她就骂起我来，说我要抢清沼哥哥送她的纸鸢，还说这纸鸢是清沼哥哥送的谁都不许碰，话里话外说得不中听，我气不过同她争辩了几句，她就动起手来。后来清沼哥哥出来了，也帮着她数落我，我……”

许氏一听，当即变了脸色。

另一头，明舒气炸了肺。

她同闻安、殷淑君三人好端端放纸鸢，不知道哪里跑出个刁蛮千金来，上来就是一通明讽暗贬，说她出身差、教养坏，配不上国公府云云，见她不加理会，又指使丫鬟上手抢纸鸢，闻安与殷淑君自然帮着她，两相起了争执，纸鸢被人扯断了线，通通飞走。

“那是阿兄亲手给我做的纸鸢，画的还是我，就这么飞走了！而且她们骂我就算了，还骂阿兄你，我气不过……”明舒气得两腮鼓鼓，胸口起伏，用手狠狠抹了把脸，反倒把泥沾到了颊上。

陆徜与宋清沼都已赶到，宋清沼已经把那惹事的千金劝走，但依旧不能平息明舒的火气。

“别气了，纸鸢飞了就飞了，改天我给你再扎一只。今日你是出来玩耍的，莫因此坏了兴致。”陆徜亦劝道。他抬眸看了看天际，那两只纸鸢都已飞得不见踪影。

说来也好笑，他和宋清沼争了半天，到头来一只纸鸢都没能留在明舒手中。

“对不起，都是因我而起。”宋清沼道歉。

见他道歉，明舒反而不好意思再抱怨，只道：“与你何干。”

闻安亦安慰明舒：“你要气不过，改天我帮你教训那人就是。”

“是啊是啊，难得出来一趟，别气了。”殷淑君也道。

众人都在劝她，明舒自然不能再气，便道：“罢了，被狗咬一口，没道理要你们一起帮我去咬狗的。”

说罢，她转头，正打算招呼众人过去吃点心，忽闻身后传来声音。

“陆娘子。”

众人回头，宋清沼认出来人，是他母亲身边的大丫鬟。

“我家夫人想请娘子移步凉亭。”

“何事？”陆徜代为问道。

“适才何家娘子哭着来求我家夫人做主，说是在此受了欺辱。今日是我家夫人做东邀请何娘子赏春，她却在此受了委屈，我家夫人想请娘子过去一趟，若有误会好好解释，再同何娘子道个歉，将此事揭过就是。”

闻安闻言顿觉不妙，刚想打圆场，明舒俏脸已沉，刚才是孩子脾气，现在化成冷冽怒火。

她甩开闻安与殷淑君的手，上前半步冷冷道：“你家夫人都已要我向她道歉，怕是心内早有决断，要我过去哪里是问缘由，分明是想借权势威吓于我。我不会道歉，也不会过去，想听解释，他们可以自己过来！”

“你！”那丫鬟没想到明舒半分脸面都不给，亦气得色变。

“便是开封府断案，也需听取双方供词，你家夫人听了一面之词就要我妹妹道歉，这是什么道理？烦请转告你家夫人，我兄妹二人，恕不奉陪。”陆徜冷冷一语，转而朝明舒道，“明舒，我们走。”

“嗯。”明舒转头跟着陆徜离去。

宋清沼双眉紧蹙，对丫鬟道：“我去同母亲解释。”便跟着丫鬟走了。

闻安在后面摇了摇头，心中道，他不解释还好，若是开口必然是火上浇油。

凉亭内，丫鬟原原本本地将明舒和陆徜的话转述给了许氏。

那何家娘子听完哭得更加厉害，许氏更是气得险些摔杯——一个平民女子公然挑衅她的威信，这叫她颜面何存？当下连宋清沼的解释也不听，只冷笑着道：“好一个陆明舒！”

日暮时分，赏春宴散，许氏怒气冲冲地坐在马车中吩咐心腹孙嬷嬷。

“让你打听的事可有眉目？”

“老身已经打听到了。”孙嬷嬷便将打听到的关于陆家的事说与许氏。

“不过一介布衣，就算能高中，他妹妹也配不上国公府嫡孙，麻雀也想飞上枝头？”许氏嘲讽了几句，又吩咐道，“你去替我敲打敲打那陆明舒，让她明白何为门当户对，少做些白日梦。”

“是。”孙嬷嬷领命。

明舒那股气一直憋到了归家之时都没散去。

“我就是气他们狗眼看人低，凭什么瞧不起咱们？”明舒拍着车窗棂道，“阿兄，你争气点儿，咱们出人头地给他们瞧瞧！”

“你已经气了大半天，要怎样才肯消气？”明舒生气，陆徜也无奈，怎么都哄不好。

“我赔了只纸鸢进去，是阿兄你亲手画、亲手扎的！”明舒念念不忘陆徜给自己扎的美人纸鸢。

“我改日给你画十个！”陆徜伸出五根手指，在她眼前翻了翻。

明舒忙把他的手抓下来，道：“别人的错，哪能算在阿兄头上……阿兄的手，是要做学问的……”

“那你不要？”陆徜又问。

“要！就……随随便便做三个就够了！”明舒终于笑开。

陆徜笑了笑，有些无奈。

“阿兄，我觉得你最近变得爱笑了。”明舒盯着他直看。

“是吗？可能近朱者赤，近墨者黑吧。”陆徜没有否认。

“那定然是近朱者赤！”明舒拍拍胸口，担下那个“朱”字。

陆徜难得地没有与她斗嘴，只转而问道：“你今日与你的小姐妹谈得如何？”

提起这事，明舒便收起笑正色回他：“殷娘说铺面再过一个月就可以拿到，到时候需要修缮，我要开始物色瓦工木匠，过些天就找人先去看看铺面，让他们给出个图纸，另外还要着手采买摆件，雇请伙计，最关键的是得与五哥商量下货物，该挑的都要挑起来了。一个月时间用来修缮，再一个月用来筹备，最快三个月……也就是今年七月前就能开张。”

做生意明舒可比陆徜在行，她的计划很周全，基本无须他再提点什么，陆徜便只静静听着，瞧着她眉飞色舞的模样。

明舒说着说着，却起了些顾虑：“阿兄，你定能金榜题名，他日也许能夺三甲，仕途必定顺遂，而我身为你的妹妹，却去做那不入流的商贾，会不会给你招来非议，影响你的仕途？”

陆徜抬手轻覆她发顶，声虽轻，语却重：“我十年寒窗选了这条路，为的就是护我想护之人，若我连你都护不住帮不了，我走这条路又有何意义？”

从前是他母亲，如今添了明舒。

“阿兄……”明舒大眼眨了眨，“谢谢。”

再无余话。

翌日，天阴，又落春雨。

陆徜一早就出了门，临近放榜之日，也意味着殿试之期快要到了，他还有需要准备之事。明舒起身下楼时，楼下只有曾氏一人，正拿着封信站在门边。

“阿娘。”明舒唤了曾氏一声。

曾氏回头："你来得正好，方才有个孩子送了封信到咱家，是给你的。"她一边说着一边将信递与明舒。

大清早的谁给她送信？

明舒狐疑地接过信，信上果然写着"陆明舒亲启"等字，信封亦被妥善封了口。

她翻翻信封，没见落款，便撕开信封取出信纸，坐到桌前看起来。

看着看着，她眉头微蹙。

"什么人给你写信？"曾氏问道。

明舒不瞒曾氏，一边将信递与曾氏一边回道："是殿前司军都指挥史卫家的二夫人……给我来的信。"

信中报了身份，可明舒不认识这个人，与卫家更是八竿子打不着的关系。

"那你要赴约吗？"曾氏很快看完信，问明舒。

"我去看看什么事吧。"明舒点点头。信上只说听闻她在京中事迹，因而想要见面。

如果是打听到殷家的事和闻安及松灵书院的事而寻上门，那很可能是慕名找她调查的，赚钱的事，她不能不去，况且日后满堂辉开张，也打算承接此类案子，明舒没有拒绝的理由。

"记得带上伞，瞧这天是要下雨了。"曾氏对她外出已经习以为常，只叮嘱她注意天气。

明舒"嗯"了声，拿起油纸伞出门。

待明舒出了门，曾氏又将大门关上，自己在灶间忙起别的事来。

约忙了半个时辰，屋外传来敲门声，每三下一顿。曾氏只当是明舒回来，匆匆放下手上活计，拿围裙擦着手出来，一边道："来了来了！"一边开门。

木门"嘎吱"一声打开，曾氏口中道："这么快就回来……"

可话却在她看清来人时戛然而止。

门外站的不是明舒。

“玉卿。”那人唤出她的闺名。

曾氏名玉卿。

她怔了怔，看着门外穿戴富贵的男人，一时间竟找不到言语，直到他看了看屋内，道：“方便进去说话吗？”

曾氏才终于回过神，神色淡然地将门彻底打开，待他进屋后，她又砰地关上门，落下门闩。

该来的人，终是会来。

灶间的水刚烧沸，曾氏顾不上招呼他，径直去了灶间，出来时手里端了杯茶。那人已经坐在桌旁，看着她端茶走来的模样，依稀还有十八年前的温柔，可那眼眸中，却是冷冷淡淡的。

“陆大人，家贫无好茶，您若不弃，便请润润喉。”

她的声音依旧动听，轻轻柔柔，纵是绝情亦惹人怜惜。

“玉卿，你我和离已逾十八年了吧。两个孩子都已长大，这些年，辛苦你了。”陆文瀚端起茶来，吹去浮沫，啜饮半口。

曾氏覆在小腹上的手一攥，道：“你是为了两个孩子来的？”

“你别误会，我并非来与你夺子，只是此前在松灵书院见到陆徜与明舒，看他二人着实聪明，你将他们教养得很好，陆某有愧于你。”陆文瀚道。

曾氏一笑，那笑中，含嘲带苦。

十八年没见，当初鲜衣怒马肆意不羁的少年，也已经被磨得棱角全无，说起这样的场面话来，全然没有和离之前与她争执得面红耳赤、半步不肯退让的模样。

而她，也已经没了昔年怨气。

夫妻一场，不过换来今日客气疏离。

“我自己的孩子，当然要用心教导，你不必谢我，亦不必觉得有愧于我。”

陆文瀚点点头：“陆徜我还瞧过几眼，明舒那孩子，和离之时你刚有孕，我却是一眼都没见过。”

闻及明舒，曾氏眉头紧蹙，待要同他说清，可想想明舒的情况，也不知当不当说，便又咽下。

当年和离之时她怀的那个孩子，在他离开后的第三天，就落胎没了。

“你来此到底所为何事？”她不愿多扯过往，问道。

“玉卿，那两个孩子似乎并不知道生父尚在人世？”陆文瀚问道。

“是，我和他们说，他们的父亲已经亡故。”曾氏回他。

陆文瀚眉心微微一蹙，那神情像极了陆徜。

“玉卿，我与你只是和离，可你却对他们隐瞒我尚在人世的消息？”

“我怎么告诉他们你的身份？成亲之时，我不知你是陆家幺子；和离之时，我不知你去往何地；十八年后，若不是听明舒说起，我亦不知你是高高在上的尚书令。我如何说？”

这番话说得陆文瀚哑口无言。

天果然下起雨来，明舒赶在雨下大前跑到聚缘茶馆的屋檐下，拍拍身上的水珠，这才进了茶馆。卫家的二夫人约她在雅间相见，明舒让茶馆小二领路，很快来到雅间外。

她以为自己会见到位端庄娴雅的贵夫人，但没想到进门后迎上前的却是个大嗓门儿的丰腴女人。

不只嗓门儿大，这卫二夫人手劲也大，攥着明舒的手就不放了，直嚷道：“可算来了！”

还是在丫鬟的提醒下，她才想起来收敛，压低了声音。

明舒被她吓了一大跳，定睛再看这位卫二夫人，打扮得倒还得体，虽然丰腴，但脸圆肤白也甚是可亲，只不过现下她脖子上挂着面明晃晃的大佛牌，左右手腕都绕着几圈佛珠，与身上衣饰完全不搭。

“不知卫二夫人寻我有何要事？”明舒坐到凳上，也不等丫鬟上茶就问道。

卫二夫人又一把攥住她的手腕，一开口就道明自己身份，又絮絮叨叨起家中众人来。

原来这位卫二夫人，是卫家二房的媳妇刘氏，卫家老爷还在世，故两个嫡子并没分家，都住在一个园子里，但这卫老爷如今也垂垂老矣，所以家中掌事的是卫家长房，也就是殿前司军都指挥使卫献。

明舒好容易听完她的长篇大论，也不知她到底有何要事寻自己，刚要发问就见她左右张望两眼，神神秘秘地压低声音，说了一句话："家宅不宁，我想请姑娘来我家里查个鬼。"

明舒瞪大眼，诧异道："二夫人，抓鬼，你得找道士，再不济，你找和尚也成。我不会抓鬼呀。"

刘氏却把她的手抓得更紧："道士和尚都找过，没用。我打听过你，你解决了殷家娘子的流言，又破了松灵书院的杀人案，如今我家里这鬼，也不知道从哪里冒出来的，你帮我查查是谁在故弄玄虚，若真有鬼，我找人来收它！"

"……"明舒无言以对。破流言，查谢熙，最起码调查对象都是活人，这怎么还让她查起鬼来了？

她还想再回绝，刘氏却直接往桌上重重拍下一物。

"重酬！"刘氏握着明舒的手道。

明舒盯着那锭胖乎乎、黄澄澄的金元宝，犹豫了一会儿，妥协。

既然决定要查，就得从长计议，于是明舒又问了刘氏几个问题后，便先打道回府了。

雨越下越大，明舒撑着伞小跑到家门外，正一边想着卫家的事，一边抖落油纸伞上的水珠，忽然听到有人叫自己。

"陆娘子。"

明舒转头，见家门外的长街上走来一位年过三旬的妇人。这妇人油亮的发髻上是金镶玉的发饰，手腕上戴的是水头极好的翡翠，指上是亮澄澄的金戒指，通身无不气派，就连身旁跟着的两个小丫鬟，穿戴也比普通人家的女儿要好，一个搀着她，一个在后边替她打伞，三人正朝明舒缓缓走来。

行至明舒跟前，妇人自报身份——国公府的管事嬷嬷，长房夫人身边得脸的陪房。

明舒了然：宋清沼他母亲的心腹。

约是为了昨日在繁台的事，当时她在气头上说话也冲了些，把人给得罪了。人家好歹是宋清沼的娘，不看僧面看佛面，明舒觉得自己对长辈亦有失礼之处，便想着好生同这嬷嬷解释两句，于是好声好气地说话，要请这嬷嬷进屋喝杯茶。

管事嬷嬷姓孙，生了容长的脸，吊着眼看明舒，瞧见明舒小门小户，连门也不打算进，宁愿站在雨里把话与明舒说明白。

“陆娘子聪慧，定也明白国公府是何等门第，勋贵之家，近百年的基业，结交的不是皇亲贵胄就是高门世家，小郎虽非长子，却也是国公府金尊玉贵的嫡孙，他的亲事有宫中贵人和老国公爷看着，将来所娶女子，定是汴京名门闺秀，夫人还望陆娘子能够体谅她这做母亲的苦心，能离小郎远一些，否则……”

“否则什么？”明舒起先还笑着，本想解释一二，可孙嬷嬷的话她越听越不对劲，俏脸沉了下来，冷冷道。

“娘子一定要我将话讲明白了吗？娘子的家世，就算是你阿兄高中状元，娘子也配不起我家小郎，还望你好自为知。”这孙嬷嬷声音尖厉，似乎是要叫左邻右舍都听到，让她没脸般。

明舒被激得心头火起，也不想解释了，偏要呛她一呛，便道：“我就是要嫁与你家小郎，你奈我何？”

“你这不知廉耻的丫头，家里就这么教你规矩的？果然是寡妇教出的女儿，有娘生没爹……”

孙嬷嬷气恼，话说得越发难听，只是话还没说完，明舒身后的家门猛地被打开，孙嬷嬷连出来的人是谁都没看清，心窝就挨了一脚，被踹倒在地上。

“放肆！”蕴着盛怒的声音响起，“滚回去告诉宋常那老匹夫，我陆文瀚的女儿，就是王孙贵胄也嫁得，你宋家算个什么东西?!”

宋常是老国公爷的名讳，放眼整个汴京，敢直呼老国公名讳的人，找不出十个来。

孙嬷嬷摔在雨里，脸色惨白，惊惧地望着陆文瀚。

明舒也呆住了。

陆文瀚转头，盛怒又化作和风细雨，朝明舒道："你真想嫁宋清沼？只要你点头，为父便让他三书六礼前来迎娶你。"

明舒满心疑惑——谁来告诉她，发生了什么？

她一回头，曾氏也傻在了门边。

雨还在淅淅沥沥下着，可陆家门外的空气却似乎凝固了一般。

除了陆文瀚什么"女儿""为父"地说着，所有人都像突然哑巴了似的，宋家的那位孙嬷嬷呆坐在雨里，连站起来都忘了，只捂着胸口想陆文瀚是何人。

这一想，还真给她想起来了。

汴京城还能有哪个陆文瀚？六部尚书令陆文瀚，天子近臣，论官阶也许不如国公爷，但人家手握实权，看皇帝的意思是准备提其至宰辅之位，就凭这一点，整个汴京城的贵人谁不想巴结？不管是宫里的还是宫外的，是皇亲国戚还是达官显宦，见了陆文瀚都得恭敬地称一声"陆公"，就算是老国公，为显尊敬，也是与他平辈相论的。

陆文瀚的女儿，就算嫁与皇子也无不可，宋清沼不过是国公府嫡次子，若较起真来，倒是宋清沼身份低了。

但是……这陆明舒明明是个寡妇带入京城的平民，怎么就突然成了陆文瀚的女儿？

这个问题，孙嬷嬷想不出答案，但她知道自己闯下了大祸，当下也不敢再说，只跪地磕了两个头，便让丫鬟扶着灰溜溜逃走了。

陆文瀚不再与下人计较，看到自己的雷霆怒火把明舒这机灵的女娃都吓得说不出话了，连忙换上了温柔慈爱的神情。

"明舒莫怕，凡事有为父替你撑腰。"

明舒哪里是怕，她压根儿是没从惊愕中反应过来，孙嬷嬷想不出答案的事，她更加想不出，当下便转头看曾氏："阿娘，这人是谁？"

连"陆大人"也不叫了。

曾氏万万没想到她与陆文瀚关起门来谈话，两人在里边谈得好好的，她也答应陆文瀚找个机会把这桩事告诉孩子们，陆文瀚也没逼她，只问了些这十八年间的旧事，两人都很平静。本来陆文瀚已要离去了，不想走到门前竟听到明舒被宋家人刁难。

陆文瀚当场暴怒，温文尔雅的假面被撕下，倒恍如回到了十八年前。

面对明舒的疑惑，曾氏一时间不知如何作答，说是她父亲不对，说不是也不对。

“我是你父亲。”陆文瀚瞧着明舒满脸疑惑，不由得又满面慈爱道，“告诉为父，你是真想嫁宋家那小子？”

“她不想。”明舒还没开口，就被另一个声音抢道。

淅淅沥沥的春雨里，陆徜撑着伞从长巷另一头走来。他走得很慢，发间挂着几颗小雨珠，脸上没什么表情，眉目平静，人如这场春雨，透着凉意与清醒。

“阿兄！”明舒一见陆徜，如获大赦般松了口气，也不管外面下着雨，就跑出屋檐冲到了陆徜伞下。

陆徜将伞往她那边一歪，明舒拽着他的袖摆道：“那人说是咱爹。”

“嗯，我听到了。”陆徜把她往身边拉近一些，伞不大，即便再偏向她，也会淋到些雨。

“可咱爹不是牌位吗？”明舒向他嘀咕。

嘀咕的声音不大不小，刚好够曾氏和陆文瀚听到。

陆文瀚神色不自在了。

“我也不知。”陆徜边说边与明舒走到自家屋檐下，把明舒和曾氏都往门内一拎，自个儿把在门口，将伞收起，在地上用力一甩。

飞出的水珠溅到了陆文瀚的身上。

陆徜也没道歉，只淡淡道：“学生家中还有要事，就不招待陆大人了，陆大人好走。”

语毕，他转身进屋，当着陆文瀚的面，把门砰地关上，上闩。

陆文瀚险些被门砸到鼻子。

想象中父子相认、涕泪交加的场面并没出现，儿子太冷静，女儿在说风凉话，连句骂他都没讨到。

这对儿女真是半分脸面也不给他这尚书令。

像谁？

像极了年轻时的他。

屋外下着雨，房门紧闭的家中光线暗淡，气氛有些凝滞，谁都没开口。明舒和曾氏看着陆徜把雨伞收好，在门口蹭干鞋底水渍。

曾氏看着儿子不言不语的模样似乎有些无措，她瞒了儿子十八年，没想到竟在今天突然暴露，连一丁点儿缓冲的时间都没有。

明舒看看两人，先上前扶着曾氏坐到椅上，道了声："阿娘坐着吧。"后又走到陆徜身边，踮起脚轻轻擦去他头发上缀着的雨珠，道："阿兄头发都湿了。"

她声音轻轻柔柔，有俏皮亦有贴心，缓和了这几近凝滞的气氛。

"谢谢。"陆徜道了声谢，语气并无喜怒。

"你和阿娘坐着，我去给你们泡碗茶来。"明舒说话间已动手收拾桌上陆文瀚喝过的茶。

陆徜拉住她："坐着吧，我去。"

语毕，他接过明舒手中的器物，去了灶间。明舒便搬了把凳子坐在曾氏身边，小声道："阿娘，陆大人刚刚说的，是真的？"

曾氏默默点了下头。

明舒按住曾氏不安地放在膝头的拳头："阿娘在担心阿兄的感受？"

曾氏又点了点头。

"阿兄是读书明理的人，又那么孝顺阿娘，阿娘别担心。何况还有我呢。"明舒安慰道。

曾氏看着明舒温柔笑起："明舒真好，是阿娘的贴心小棉袄。"

明舒便也笑了。

一时间陆徜回来，手里端了三个茶碗，一人一碗，看来是准备长谈。明舒瞧着自己那碗，是用盐渍梅条又加了些蜂蜜泡的，酸酸甜甜还略带点儿咸，是她日常最喜欢的口味。

"阿娘，我们与尚书令陆文瀚到底是何关系？"陆徜坐在两人对面，手里同样也捧着茶碗，却只是碗白水。

曾氏手里那碗，则是她常喝的八宝茶。

“陆文瀚，是你父亲。”曾氏端起茶小啜一口，定定心神，为二人叙起过往。

说起曾氏与陆瀚文的这段孽缘，就得往前追溯二十余年。

曾氏并非芜湖人，她原籍宣州，是当地一户寻常人家的女儿，因一手绣活儿闻名江南，人又生得美貌非常，刚及笄家里就被说亲的媒婆踩破了门槛。只可惜那时她母亲已经过世，上边只有一个病重的父亲与一对势利的兄嫂，因着久病缠身，她父亲无力为她做主，亲事只能交到兄嫂手中，可兄嫂贪财，想将她卖给当时城中一家富户，给一个年近六旬的老头儿做填房。

“那时我和明舒差不多年纪，哪肯屈服？于是就从家里逃出，我兄嫂发现后紧追不舍，追我到河畔。那时我想着，哪怕跳河死了，也不要跟我兄嫂回去。没想到，河没跳成，却让我遇上了这辈子的冤家。”

曾氏被当时打马路过河边的少年给救下。

即便过了二十年，陆文瀚救她时的情景依旧历历在目，宛如神兵天降。

彼时他们一个英俊少年，一个美貌少女，在那样的机缘下相逢，会一见钟情毫不令人意外。陆文瀚给了她兄嫂一笔可观的银钱，把她从她兄嫂那里带走。

“我被他带到他居住的宅子里，心里只想着做牛做马赚够那笔钱还他。他并没把这笔钱当回事，反给我片瓦遮头，让我住在他宅中安心刺绣卖钱，又告诉我，他叫陆远川，父母亡故，家中经营几家米铺，是个小有薄产的年轻东家。他待我很好，温柔体贴，嘘寒问暖，和外头那些男人不一样，我便不疑有他。”

曾氏一边回忆一边说。

年轻时的陆文瀚与陆徜有七分相似，却有爱笑的眉眼，十几岁的曾氏哪能敌得住他的魅力，很快就倾心于他。陆文瀚也爱她的温柔体贴，又被她藏在柔弱之下的坚韧所折服，同样喜欢上了她。

“我与他虽两情相悦，却并未做出逾矩之事，他说他倾心于我，我便要他明媒正娶，他同意了。”

三书六礼，全按着正妻礼制，一样不差。

“我以为我是他明媒正娶的妻子，不，我就是他明媒正娶的妻子！可我却不知，远川只是他的字，他全名陆文瀚，是陆家的幺子！他骗了我！”

陆家，是宣州最出名的官宦世家，祖上三代为官，早已举家迁入汴京。虽然同姓，但曾氏万万没想过，陆文瀚会是陆家幺子，她更不知道的是，陆家这个幺子在京城是个有名的花花公子，人虽然绝顶聪明，但从小到大都顽劣难驯，到处惹是生非。

曾氏之所以在宣州遇见陆文瀚，是因为陆文瀚在京中又闯了大祸，惹到不该惹的人，为了平息祸事，家中长辈这才决定将他送回宣州老家，一来是为惩戒，二来也是放弃了这个幺子。

“那可能也是他最失意的时候，家中将他放逐，名利地位如浮云般消散，他的不甘心连我都看得出。”曾氏又道。

陆文瀚其人反骨很重，因着不满家中所为，他在外另置宅院居住，连陆家祖宅的门槛都没进，也从不在外边打陆家的名号行事，整个宣州城的人都不知道陆家幺子回来了，而他的这桩婚事，更是瞒着家中长辈私自做的主。

“他那人虽然不羁，在外头总要惹些事，但对我却是好的。”曾氏再饮一口茶，继续道。

成亲后两人过了段蜜里调油般的日子，曾氏很快就有了身孕，生下陆徜。

就在陆徜出生的第二年，陆家从汴京来人寻找陆文瀚。原来是陆文瀚的兄长不幸坠马过世，他父母膝下空虚，家中无人承嗣，这时又想起这个幺子，要将他接回汴京。

“那时我才知道，他是陆家幺子，根本不是什么米行东家。他有良好的家世，是天之骄子，不是我这样的平民百姓配得上的。”

曾氏永远记得陆家人找来的时候对她说的话。

“不过是个外室，也配自称妻？”

“若我知道这段亲事会落得如此下场，当初我宁愿跳河死去，也不想被他救下。宁为平民妻，不做帝王妾，我从来不求荣华富贵，可他却让我成了比妾还不如的外室！”曾氏眼眶渐红，手微微颤抖。

从那天起，她就总与陆文瀚起争执，即便陆文瀚一再保证是妻非妾，可每当她问起陆家的意思，他却只是一味沉默。

陆家人不会承认她。

“他是个有抱负的人，肯定是要回汴京的，那我跟着他算什么？他给不了我任何保障。说是会替我争取，可我再也不相信他的鬼话，我们俩日日吵，夜夜吵。”

这样的争吵消磨了感情，再浓的爱意也被耗尽。两人都筋疲力尽，最后曾氏做了了断。

“我和他说，‘我们和离吧’。”

那时陆文瀚也已因无休止的争吵而满腹怨愤，听闻她的绝情之语，亦负气同意和离。

“我什么都没要，只要了孩子。他没同我争，甩下和离书后就跟着陆家人回了汴京，把宅子留给了我。但他走后，陆家又很快来了人，想要从我手中将陆徜夺去。我若留在宣州，必保不住陆徜，同时还要受我兄嫂掣肘，我索性一不做，二不休，趁夜悄悄离开，逃到了芜湖，对外只称丈夫病逝，也没再打听过关于陆家与他的事。”

后面的事，陆徜便都知道了。曾氏带着他在芜湖落脚，一直住到他九岁，遇到芜湖水患，曾氏又被迫带着他逃离芜湖。芜湖水灾，官府卷宗被泡烂，她与陆徜的过去彻底被掩埋。

那段逃难的日子，他至今仍印象深刻。衣不蔽体，脚上的鞋烂了，只能赤着脚走，边走边问路人讨米粮，没少挨人唾沫星子与棍棒，就那样走了千里，一路逃到江宁，遇到明舒的生母，得了条活路。

那时的他又黑又瘦，整日形容不堪，明舒在他眼里，就像天上的月亮。

“阿娘。”明舒挨近曾氏，拿帕子轻轻拭去曾氏的泪水。

“乖。”曾氏也不知自己几时落下泪来的，许是因为回忆起那段过于艰难的日子吧，她拭净泪，又温声道，“你们也不必怨他，他那人虽然有诸多毛病，不过答应我的事倒没食言过。他说过不会夺子，就定不会这样做，只是陆家长辈肯定不容许子嗣流落在外，那些人应该是他父母派来的。今日他来时同我说，当初同意和离，不过是他争一时之气，想着先回汴京打点妥当，再回来接我，怎知我气性那般大，竟一声未吭带着孩子远走他乡，半点儿音讯没给他留下。”

说着她眼中又浮起歉意与愧疚神色：“怨我，如果当年我不争那口气，让你跟他回陆家，那些年你也不必过得如此艰难。”

“阿娘不必自责，便是让我跟回陆家，在陆家人眼中也不过是个名不正言不顺的外室子，怎比如今活得坦荡磊落。”陆徜这时方开口。

“陆徜！”曾氏急道，“同你说这些，就是要你明白，你绝非外室之子。他当初三书六礼迎我，聘书、婚书、礼书俱在我手中，还有那份和离书。若是有人敢说你，就将那三书与和离文书一起扔到对方脸上！”

“阿娘！阿兄不是那个意思。”明舒忙起身按住曾氏，“阿兄是觉得跟着阿娘比回陆家生活更自在，我和阿兄一样的想法。”

曾氏这才又慢慢坐下，道：“不论如何，我与陆文瀚的事都已经过去，我与他的恩怨也已了结，与他两不相欠。但你们不同，要不要认这个父亲，你们自己拿主意，我不会干涉。”

陆徜看了眼曾氏，忽道：“明舒，帮阿娘打点儿热水来。”

明舒只当要替曾氏净面，应声而去。待她离开后，陆徜方道：“我是陆文瀚的儿子不假，可明舒……”

“他同我和离之时，我刚好怀了第二胎。你本该有个弟弟或妹妹，可他走后几天，我便不慎滑胎。明舒年纪又相当，他以为明舒就是那个孩子。”曾氏说着眼眶又泛红。

她是真的将明舒视如亲生女儿，除了因着早年明舒生母的恩情与明舒个性讨喜之外，也因为她失去的那个孩子。如果那一胎是个女儿，如今也与明舒一般年纪。有时候她甚至觉得，明舒是上天送给她的礼物……

难怪，陆文瀚知道他有妹妹后不光没怀疑，还更加笃信他们就是他的子嗣。

是夜，曾氏因为白日伤了神，早早歇下。

明舒待她安睡之后才悄悄出了房间，去找陆徜。陆徜未睡，屋里的烛火透过门缝投出一线光亮。明舒敲了敲门，听到陆徜回应方推门而入。

陆徜背对着她站在窗前，窗户大敞，风飕飕灌入，雨丝也毫不客气地洒进屋里。

“窗户开这么大，雨都落到身上了，当心着凉。”明舒两步上前，伸手就要关窗。

陆徜的手按在窗棂上，这窗关不上，明舒要拉下他的手，可才触及他的手，便发现他的手攥得死紧，骨节绷得泛白。

明舒心里一惊，再看他脸色，他脸上却又异常平静。

平静到喜怒俱无，平静到……

让人心疼。

明舒胸口猛地一紧，心脏如被越收越紧的丝线缠绕。

“阿兄……”她喃喃道。

对于这个凭空出现的父亲，其实明舒心中没有太多感觉，可能因为失忆的关系，她想不起过往种种，对陆文瀚认亲既无欣喜亦无愤怒，但陆徜不同。

他幼时因为失怙受过太多苦，挨过太多痛，每一次都打落牙齿和血吞，那些伤害，一道一道都刻在了骨头上。因而对他来说，陆文瀚的出现不啻狂风骤雨。

但他竟一点儿也未表露在面上，若非明舒此刻察觉不对，连她也要将他心中的感受忽略。

他是痛的，那痛说不出口。

他才二十岁，别家少年刚刚崭露锋芒的好年纪，他却已经为生活奔忙了十多年。

这十多年，本也是一个少年最肆意的时光。

“阿兄，我是明舒，你在我面前，不用总是强撑。”明舒在他耳边道，手轻轻覆上他的拳，想让那拳松开。

陆徜转过头来，眼中有三分迷茫，眼眶内泛起些微红色。

他定定看着明舒片刻，忽然伸手揽住她腰肢，将她纳入怀中，头重重垂在她颈侧。

低沉沙哑的声音响在她耳边："明舒，我难过。"

明舒没说什么，只是抚上他后背，一下一下地抚摩安慰着。

就这般静静安慰了片刻，陆徜方松开手。

"好些了吗？"明舒问道。

"我没事。"陆徜淡淡道，人已经放松下来，盯着明舒又问道，"白天我在门外听你们说，你要嫁给宋清沼？"

"……"明舒顿觉不妙。

陆徜是没事了，轮到她有事了。

第二十五章 凶宅有传说

这已经是陆徜第二次听到明舒说要嫁给宋清沼了。

从第一次的震愕到这次纯粹的嫉妒，他已经渐渐明白，有些感情一旦开始就回不去了，即便他躲开、逃避，也是徒劳无功。而这感情，并非源于某些冲动，与什么血气方刚皆无关系。它甚至不是突然间出现的改变，而是从幼年之时萌芽，少年之时懵懂，就这么被时光一点儿一点儿浇灌，慢慢长成了参天大树。

看着眼前捂着嘴、一脸说错话做错事般看着他的明舒，陆徜忽然发现当初的决定有多愚蠢。“兄妹”的名义的确断绝了明舒的心思，却催生了他的感情，与从前恰好对调。

大概，这就叫报应。

顶着兄长的头衔，他什么都不能做，甚至连嫉妒都没有资格。

“阿兄？我当时被那个孙嬷嬷气急了，故意气她的，没想到会被陆大人听去。”明舒小心翼翼地解释。

阿兄的“严父时刻”，她要小心应对。

“那你喜欢宋清沼吗？”陆徜问她。

明舒看着陆徜揣度，他似乎并没生气，只是有些无奈，但恰是这种无奈，反让明舒心中莫名地浮起一阵难过。

“才见过几面，哪里就能喜欢上？阿兄想多了。”她老实道，“阿兄若是生气，我以后少同他接触就是。”

事实上，宋清沼是国公府嫡次孙，身份尊贵，想多接触也难。

她对宋清沼的感觉是有些复杂的，有时觉得他像她记忆深处一个熟悉的人，有时又觉得他只是个普通朋友——但有一点她可以确定，就是不论如何，都上升不到男女之情，遑论是婚嫁之事。

“不用了。”陆徜抬手摸摸她的头，“我的大小姐，你不用避着任何人。”

就堂堂正正地接触吧。

他能给她的，也就这份自由了。

国公府的长房今日闹翻了。

许氏当世子妇这么多年，从没有哪天像今天这般难堪——被公公训斥，被丈夫训斥，末了还被儿子嫌弃。

而这一切，仅仅是因为她要敲打一个刁蛮任性的野丫头。可谁能想得到，那丫头竟与尚书令扯上了关系，她不止没敲打到对方，还因此闯下大祸。孙嬷嬷回来跪在她面前交代时，她还半信半疑，不料想隔天陆府就来人兴师问罪了。

一石激起千层浪，也惊动了老国公。

老国公骂她：“陆文瀚当年在汴京就是个横的，当了十几年官，披了层羊皮，老奸巨猾的一个人，连我见了都要称他一声‘陆老弟’，你这不长眼的惹他作甚?！”

丈夫也骂她：“这么多年顺风顺水的日子把你给惯的，这目中无人的毛病什么时候能改改?别说我现在只是世子，就是以后真承了爵，也该谦虚谨慎，此乃家族长盛之德，你可改改你的脾气吧。”

宋清沼自然不能骂她，但脸也是冷的：“阿娘做事前也该听听儿子的解释，当日之事儿子最是清楚，您却宁可听信外人的片面之词冤枉陆娘子，也不愿听儿子一言，又派人上门找麻烦，就算她是平民女子，也不该由着人冤枉欺辱。”

公公和丈夫骂就算了，连儿子也跟着谴责，甚至对她露出极其失望的神情，许氏当真如万箭穿心，想死的心都有了。

为了平息陆文瀚的怒火，宋父要绑了孙嬷嬷送去陆家认错，再让许氏上门道歉。许氏过惯了舒心日子，这一下子脸被打得生疼，又羞又悔又气，怒急攻心，差点儿就厥了过去，叫孙嬷嬷扶在怀里哭得仪态全无。

最后还是宋清沼开了口：“事情因我而起，也因我未能第一时间把误会解释清楚，方造成如今局面。阿娘的错，就是我的错。不若让我亲自去向陆娘子道歉，这件事中，最委屈的人是她，这与她是不是陆大人的女儿并无关系，要道歉也需先向她道歉。”

一听儿子要亲自登门给人道歉，许氏又坐不住了，挣扎着起来道：“我去，不必你去！”

“你就别添乱了！”宋父没好气地瞪了她一眼，朝宋清沼道，“也罢，你去好好给人家说说，陆大人那里，交给我与你祖父便是。”语毕他顿了顿，又问宋清沼，“我听说……那陆娘子说要嫁给你？这又是怎么回事？”

宋清沼脸微微一红，当即垂首道：“我与陆娘子数面之缘，并无深交，这些话怕是以讹传讹，就不要再提，否则恐伤她清誉。”

“那你对她……”宋父目光锐利。

“儿子觉得陆娘子为人聪慧诚挚，是个好姑娘，心中的确也有些……不过如今谈及婚嫁还为时尚早，只盼父亲母亲宽心，别吓跑了人家。”宋清沼坦言道。

宋父定定看了他几眼，忽然发出两声朗笑：“‘窈窕淑女，君子好逑’，人之常情。只是你要拿捏好分寸。”

“儿子知道，不会做出格之事，还请父亲放心。”宋清沼躬身行礼。

许氏委顿在旁，半句话都插不进去，心头止不住地委屈。待这对父子离开之后，她方扶着椅子坐定，道：“这家是容不下我了，容不下我了……给我备车，我要回去！”

“回……回去？”孙嬷嬷大惊，“回哪里去？”

“回娘家……”许氏话说到一半，忽然想起自己的父母，若是回了娘家，恐怕会被原封不动送回来，当下改了主意，“去卫家，我去看文卉！”

雨又下了一天才停，太阳终于露面。

陆文瀚离开后便没再来过，陆家也没来人，明舒一家三口的日子照旧过。明舒见曾氏一如往昔，并未受陆文瀚的影响，该吃吃，该睡睡，说说笑笑仿佛从没与陆文瀚重逢过一般，渐渐放下心来。

陆文瀚的出现，就像是一颗小石子投入广袤湖面，只激起了一点点涟漪。

十八年了，曾经的情愫早已消散，陆文瀚之于曾氏，不过就是她孩子的父亲，别无其他。

明舒是敬佩曾氏这份洒脱的。

陆徜也很平静，并没因为多了个身为尚书令的父亲而有任何改变，也不管汴京城中流言如何传，他皆波澜不惊。

结果，只有明舒最闹腾。

当然，明舒不是因为自己摇身一变成为尚书令的千金而折腾，她是在为调查卫家闹鬼的事做准备。

她在想自己以什么名目接近卫家，着手调查这件事比较好。

想来想去，想出个馊主意来——最起码在陆徜眼里，这就是个馊主意。

"阿兄，快看，我像吗？"明舒打扮妥当，打开房门出来。

陆徜看得脑壳疼："你确定要这么去卫家？"

"当然！"明舒往他眼前一站，收起笑容，神情微凛，手中拂尘往肘上一甩，掐了个道诀，冷然道，"无量天尊。这位施主，在下天玄青，乃是终南山凌霄真人座下第三弟子，修的是可降妖伏魔的《素心诀》，月前奉师命下山历练，云游到此……"

陆徜听得头更疼了，再瞧明舒，她穿着身不知道从哪里搞来的女冠衣饰，长发尽束于冠内，除了一柄拂尘外，腰间还别着八卦镜，背上背着桃木剑，清丽的脸蛋儿上正义凛然，看着就像……招摇撞骗的小骗子。

"要不你想个别的法子吧……"陆徜想劝她换个方法，不料话没说完，楼下便传来敲门声。

曾氏不在家，少不得要楼上两人下去开门，明舒按住陆徜："我去开门。"人就风风火火跑下了楼，临开门前，她又扶扶头冠，整整衣襟，收起笑容，换上冷冰冰的神情，这才伸手开了门。

门外，是前来道歉的宋清沼。

道歉的腹稿已在肚内打过两遍，听到开门的响动，宋清沼后退半步，正抱拳打算向出来的人行礼，那礼行到一半，忽然停住。

他怎么都没想到，出来的是个女道士……

仔细一看，这个女道士，竟是明舒。

宋清沼抱拳的手僵在半空，诧异地盯着她，一时忘了开口。

仔细想来，他似乎见过她好多不同的面貌。初见时像个大家闺秀，举手投足间都是矜贵；后来再见，她又成了活泼飞扬的邻家娘子；再后来，她进书院帮忙，打扮成书童，清爽俏皮；而今日……

明舒生得本就貌美，平时常笑叫人心生亲近，这冷不丁换成冷冷清清的神情，倒有些冷眼观凡尘的模样，活脱脱是个小仙子。

“宋施主？”明舒把刚刚对陆徜说的那番话又对宋清沼说了一遍，问道，“你见了本仙姑，怎么不说话？”

宋清沼这才回过神：“仙姑在上，受清沼一礼。”

说着他就要行礼，明舒却“扑哧”笑了，忙拦住他：“我阿兄说我像招摇撞骗的神棍，你看呢？”

宋清沼摇摇头，又问她：“你打扮成这样是要做什么？”

“卫家不是闹鬼嘛，有人让我去查查那鬼是怎么回事，我寻思着这身打扮比较能让卫家人信服。”明舒压低了声音道。

“卫家？殿前司军都指挥使卫献家？”

“你认识？”明舒问他。

“我认识，卫指挥的夫人，是我母亲的闺中密友。”宋清沼道。今天一早他母亲就去卫家了。

明舒还没答话，楼上就传来陆徜的声音：“明舒，是谁来了？”

“阿兄，是宋清沼来了。他来……”明舒看向宋清沼，“你来做啥？”

“我是代表国公府来给你道歉的。此前家母因为误会而找你麻烦，委屈了你，实在抱歉。”宋清沼道。

“你说那事啊，我都忘了。”明舒挥挥手，根本不想听什么道歉不道歉，侧身让出路来，做手势让宋清沼进屋，她又朝陆徜道，“阿兄，烧点儿水待客。”

“……”陆徜看着她把人领进屋，沉默不语。

宋清沼与陆徜的目光在半空中交会，仿佛要撞出火花般。

“你快坐。”明舒请人坐下，自己则在他对面坐定，饶有兴趣地盯着他，“快跟我说说卫家的事。”

“……”宋清沼这“歉”，看来是不用再道了。

真是不想看到谁，谁就偏偏来。

陆徜被打发去烧水泡茶，耳朵却竖得老高听外面的动静。真不想让宋清沼进门，但偏偏前几天他才在明舒面前故作大方，如今哑巴吃黄连，只能闷声受着。

人就是这么矛盾，想是一回事，真遇上了又是另一回事。

他想他大方不起来。

外头传进几声笑语，明舒清脆的笑声里夹着宋清沼的笑，刺得陆徜险些把手里的盖碗捏碎。

快速煮好茶，陆徜以托盘捧到厅中，入目就是明舒与宋清沼笑脸相向的场景。宋清沼这人对外虽然清冷，但对着明舒，他脸上却总有浅浅的笑意，落在陆徜眼中，就像是觊觎自家珍宝的贼人，怎么看怎么不顺眼。

陆徜是明舒兄长，即使二人总暗中较着劲，但宋清沼待他仍是十分有礼，当下站起双手接茶，明舒先道了声：“多谢阿兄。”宋清沼便也跟着鬼使神差地喊：“有劳阿……有劳陆兄。”

就见陆徜的脸色变了又变，随后冷冷道：“不敢当‘兄’字。你还是喊我陆徜吧。”

明舒捋捋拂尘，她总觉得这两人下一刻就要打起来，明明在松灵书院时合作得也挺愉快，怎么私下撞上总是这副斗鸡的模样。

可能是闲的。

“别耽误时间了，快给我说说卫家情况。”明舒忙道。她是专门等陆徜出来才进入主题的。

“你想了解什么？”三人各自落座，宋清沼问道。

明舒那天见卫二夫人比较匆忙，她似乎不能出来太久，于是只聊了些皮毛就各自散去了。她斟酌了片刻方开口：“你知道的都同我说说。”

“其实我知道得也不多，只听我母亲提起过一些。卫家原来只是汴京城寻常人家，祖上无人为官，卫献以白身投军，从普通兵丁做起，一路升迁至如今的位置，也是个白手起家的能人。他的夫人杜文卉，乃是我母亲的手帕交，出身官宦世家，其父官职最高时曾任工部侍郎，不过后来……六七年前吧，因为在一桩水利工事中的失误而被降职，从此便一蹶不振，杜家也自此家道中落，不复从前。”

宋清沼边回忆边道，明舒与陆徜都听得很仔细。

“卫献白身投军，爬到现在这个位置应该花了不少时间，而当年杜文卉却是工部侍郎家的千金，他们门户并不相当，差距很大，杜家为何愿意将杜文卉嫁给卫献？”明舒不解道。

既然是白手起家，那卫献成亲时必定还只是小兵，而杜家那时应该如日中天才对，本来文臣之女嫁与武将就不常见，而杜家千金嫁的还只是个小兵。这有些奇怪。

“我母亲每每提及此事也常感慨。当年卉姨与郡王妃和我母亲三人皆是闺中密友，她们三人家世相差无几，以郡王妃最高，卉姨与我母亲略逊一筹。卉姨再怎么低嫁，本也不至于嫁给卫献，偏偏这卫献入了卉姨的眼。为了嫁与卫献，她不管不顾地同家里闹了几场，最终杜家长辈拧不过她，又觉得卫献其人果然上进，索性允了这桩婚事，将卉姨嫁去卫家。”

“原来如此。”明舒点了点头，“那后来呢？”

“他二人成婚后头几年倒还好，不知从哪年起就变了，卉姨渐渐不大同我母亲和郡王妃来往，偶尔见一面也都是郁郁寡欢的模样。我母亲以为她在卫家过得不顺心，可问卉姨时，她又总说好，母亲与郡王妃也悄悄打听过卫家情况，可得到的都是夫妻和顺的消息。再后来，杜家出了事，一年不如一年，卉姨就更少与我母亲她们相会，多是我母亲和郡王妃去寻她，回来后就直摇头，说卉姨那身体、精神一日不如一日。”宋清沼继续道，见明舒给自己续茶水，忙道了声，“多谢。”

“那他们成亲这么多年，可有子嗣？”陆徜问道。

“有一个儿子，不过听说出生没多久就因为风寒发热烧坏了脑子，因而从小到大都被拘禁在家中，很少出来见人。”宋清沼道。

“卫献可曾纳妾？”

“好像纳过两房妾，但都没留下子嗣就病故了，前些年倒是从青楼又接了个风尘女子回来做妾，但也没听说再得子嗣。”宋清沼看着若在沉思的明舒，又道，“我知道的就这些了。明舒，那卫献一介武夫，内宅却固若金汤，很少有关于卫家的消息传出来。我母亲和郡王妃都难打听到他家之事，他家中定然是管教森严，你贸然进去，万一被卫献发现你的目的，我担心……”

在这一点上，陆徜与宋清沼难得地站在了同一立场。

“明舒，卫家不比松灵书院，你身边也没人照应，倘若遇到危险，我……”陆徜亦道。

“阿兄，我不会乱来的。我只是去查探‘闹鬼’之事，有卫二夫人与我接应，冒险之举我不会做，小命要紧，我怕死得很。”明舒安慰道。

陆徜看她那模样，怎么都不像是怕死的人。

卫家的事问得差不多了，明舒瞧了眼屋外日头，时间已经近午。

“时辰不早了，我也该告辞了。”宋清沼也看了眼时辰，起身道。

明舒留人用饭：“今天劳烦你了，要不留下用个便饭？”

她只是客气，想着自家粗茶淡饭，宋清沼这金贵的公子哥儿必定不愿留下。哪承想宋清沼看了她两眼，竟欣然接受：“如此，宋某便叨扰了。”

明舒愣了愣，下意识地望向陆徜，陆徜只差把“赶人”写在脸上——曾氏不在家，明舒不会做饭，一般是由陆徜下厨，但陆徜只愿意做给母亲和明舒吃，并不想为宋清沼下厨。

“我……我下厨，你在这儿稍坐坐。”明舒只好硬着头皮道。

“有劳了。”宋清沼对明舒的厨艺似乎十分感兴趣。

明舒想的却是，千万别烧了厨房，也别毒死宋清沼。

陆徜着实看不下去，跟着起身，道：“我去给她打下手，失陪。”

语毕，他跟进了厨房。

明舒站在厨房里对着灶台发呆，有种无从下手的感觉，正思考着要不要出去改口请宋清沼下馆子时，身后的布帘子被人挑起，陆徜冷着脸进来。

“阿兄。”明舒见到他，如获救星。

陆徜冷冷瞥了她一眼，什么也没说，径直到灶膛前蹲下，着手生火。明舒眼明手疾地抽柴火递给他。

就知道阿兄定不忍见她出丑。

她俏皮地吐吐舌，也没出去，就在灶前给陆徜打起下手来。

陆徜挽起衣袖，一边起灶热锅，一边利落地切菜，又指挥明舒做些洗菜之类简单的活儿。明舒特别喜欢看他下厨，平素里清冷的男人在灶前忙碌时，身上便充满烟火气，并不像世人所认定的那样有损君子风范，反而叫明舒觉得英挺威武。

“看什么？”陆徜切完春笋，转头看明舒时，发现这人正眼也不眨地盯着自己，明亮的眼眸中有些说不清道不明的意味，他被看得耳根一烫，便在她眉心弹了一指。

明舒回神：“阿兄真好看，不知将来哪家娘子有幸能做我嫂子。”

陆徜没答，只伸手道：“把面团取来。”

面团是曾氏出门前和好的，吃前擀好就成，鸡汤也是一早煨好的。陆徜动作非常快，待汤一沸，他的面也已经擀好了。

不多时，一锅春笋鸡丝面就煮成了，馋得明舒口水直流。

“好香啊！”明舒迫不及待，拿小碗盛了点儿面与汤，顾不上烫嘴，就“呲呲”地尝起味道来，像只偷腥的猫儿般满足，“好吃，阿兄也尝尝。”

陆徜正要起锅，闻声转头，瞧见明舒已经夹了一筷子面送到自己嘴边。

那筷子……

他怔了怔，在明舒清澈的目光下含下那筷子面。

确实很甜。

也不知是灶火太旺，还是其他原因，陆徜只觉得周身俱热，耳朵与脸都发烫。

明舒已经转身又去瓮里取腌菜做凉菜。

很快，三碗春笋鸡丝面被兄妹二人端出厨房，连同三碟凉菜一起摆在桌上，陆徜、明舒与宋清沼各自落座。

“粗茶淡饭，慢待宋兄了。”陆徜道。

宋清沼虽出身优渥，相处起来却并无架子，只道：“该是在下多谢二位款待才对，本是上门致歉，不想竟叨扰了一顿饭食。”

明舒最不耐烦应酬的，只朝他桌前汤面噘嘴道：“快尝尝味道。”

宋清沼又道声谢，这才动筷匙，先饮口汤，又尝了面，眸色当即一亮。

“面条筋道，汤头鲜美，春笋脆爽，火候掌握得刚刚好，明舒好手艺。”他夸道。

明舒挠挠头，看陆徜好像并不想让宋清沼知道是谁的下厨，只能讪笑道：“过奖过奖。”

一不小心，她就抢了阿兄的功劳。

罪过。

送走了宋清沼，明舒帮着陆徜收拾好碗筷，两人坐在厅里喝消食的茶。

“明舒，卫家的事，你如何打算？”陆徜问她。

“我想再在卫家附近打听打听，看能否探出些眉目来，之后再进卫府。”明舒并不急着进卫家，总得先做好万全准备。

陆徜点点头，他阻止不了她，因而道：“好，我不拦你。但我有个要求，你入卫府后，最多只能在卫府留三日，三日后若不出来，我会进卫府要人。另外，你需得每日清晨在卫家角门墙根下给我留标记，我会每日前往卫府，确认你是否平安。若是没看到你的平安记号，我同样会往卫府要人。你记清了。”

“阿兄……”明舒往嘴边送茶的手顿在半空，她定定看着陆徜，良久才开口，“我是不是有些任性？总是让你担心。”

“知道我担心，就保护好自己。”陆徜道。

明舒瞧着他甜甜地笑了：“我一定会。”

四月初，天气晴好。

卫家宅邸坐落于城南，五进的宅院，东边是围池园林，西边以月洞门连着外扩的园子，卫家长房住在正中，二房则偏居西隅，两房虽没分家，但并不混居。卫家一家子全靠卫献一人，除了家中日常开支外，卫家老二也是靠着卫献上下疏通才揽到些军中工事的活计。

可以说，卫献在卫家是说一不二的当家人，就连卫家老太爷，面对卫献也不敢随便说个“不”字，其他人就更加不敢拂逆卫献的意思了。

明舒打听了一圈，也没再打听出更多卫家内宅里的事来。

果然如宋清沼所言，卫家的内宅固若金汤，半点儿消息都透不出来，外人连一点儿诟病之处都挑不出。不只是汴京的贵人圈中没有关于卫家的闲言碎语，就是在坊间也没有，唯一广泛流传的就是卫献爱妻。

“爱妻？他既宠爱妻子，怎还纳了两房妾室，又接了个风尘女子回家？”明舒想不通。

“仙姑有所不知，卫大人虽然置了这些姬妾，但他对卫夫人的宠爱却是十多年如一日的，就连子嗣不兴，也没怪过他夫人。这男人啊，在外头逢场作戏也是难免，大户人家三妻四妾也都是常有的事，关键这卫大人在家中，不还是极其宠爱卫夫人？”给明舒续水的小二收了明舒几枚铜板，嘴里倒豆子般把知道的那点儿关于卫家的事都抖了个干净，“上个月卫大人陪卫夫人出门时我就远远瞧见过一次，那卫大人温存体贴得……真是羡煞附近的小娘子。”

明舒今日作女冠打扮，前来卫家附近打探消息，这间茶馆就开在卫家斜对面，平日里卫家有个风吹草动，茶馆里的小二最容易发现。

她心内存疑，但与小二辩驳并无意义，又问：“那卫家闹鬼之事，小哥可曾听说？”

“怎么没听说？”小二当即点头。

普通家事，只消内宅后院严加看管也还能捂得住下人的嘴，但闹鬼之事涉及鬼神，凡人大多敬畏，自会上外头请神求符寻个安心，因而多少还是被下人透漏一点出来。

“前几天他们家负责采买的大娘还去附近的道观求了两张符，说要贴在床头。我听说他家撞见这鬼的人不少，最惨的就是卫夫人，被吓得卧床不起。仙姑，你打听这些，所为何事？”小二回答完又问明舒。

明舒故作神秘道：“无量天尊。在下就是见这卫宅上方妖气冲天，怕有妖魔作祟，方来此地一探究竟。尔等凡人，切勿将此事外泄，否则恐惹祸上身。”

小二被她吓了一跳，战战兢兢道：“真……真有妖魔？那仙姑可否赐小人些符箓保平安？”

“把手伸出来。”明舒没拒绝他。

小二摊开手掌，明舒煞有介事地掐个剑指，指尖凌空在小二掌心上方胡乱画了几笔，又倒握拂尘，用柄端点触小二指背，示意他将手掌合拢，道：“成了。”

“这就成了？”小二将信将疑地看着空无一字的掌心。

“神佛在心间，符箓岂过凡人眼。”明舒一甩拂尘，起身，“放心吧。”

“多谢仙姑，多谢仙姑。”小二双手合十连连道谢。

明舒已经飘然离去，邻桌的男人亦随她出了茶馆。

“阿兄，我学得可像？”

走到无人的小巷中，明舒方停下脚步，冲跟在自己身后的男人道。

她身后的人，自然是陆徜。今日她来卫府附近打听消息，陆徜不放心，就跟着来了。

看着她得意扬扬的笑脸，陆徜捏捏眉心，沉声道：“别以为骗过一两个人就是天衣无缝，你……”

明舒笑嘻嘻地恭维他：“阿兄的法眼我自然是骗不过的，可其他凡夫俗子又不是阿兄，哪能像阿兄这般厉害，一眼就看穿我？”

不得不说，明舒对陆徜拍马屁的功力已经到了炉火纯青的地步，任何情况下都能找到恭维陆徜的话。

“你……”陆徜这次却不领情，刚起了个话头，却被巷外大街上手提铜锣跑过去的人吸去了注意力。

“放——榜——了——”吆喝声远远传来。

伴随着喧闹的铜锣声，整条街上的人都沸腾了。

放榜之日确实是在这几天，但并没明确是哪一日，兄妹俩都没想到竟是在今天。

“阿兄！放榜了！”明舒险些跳起来，急匆匆拉陆徜去看榜。

陆徜被她拉着跑起来，手掌亦被她牢牢攥着，少女柔软的手温暖滑腻，如脂似玉，不期然间叫他想起赴京途中她替自己涂香膏时的温柔。

跑了两步，明舒忽觉手上一紧，转头望去，只见陆徜已经反握住自己的手。

“别跑了，小心摔着。”陆徜泰然自若地拉着她的手，走到她身边，“看榜去，别被人挤散。”

明舒高兴地笑了，走了没两步忽又拽住他：“等我找个地方换身衣裳。”

穿着道袍，不好和阿兄去看榜。

会试的杏榜前已经是里三层外三层围满了人，除了举子和他们家人外，百姓们也赶来凑热闹。几家欢喜几家愁，有中榜后欢欣鼓舞的，也有落榜后掩面而泣的，笑声哭声恭贺声安慰声，此起彼伏。

自然少不了榜下捉婿。

汴京各富户豪门的老爷早就虎视眈眈地蹲守榜下，只要发现了榜上有名者，也不管人家长得如何，家世如何，婚配与否，便吆喝家丁上前围堵，好些落单的中榜者被堵得狼狈不堪。

明舒和陆徜压根儿挤不进去，只能在人群外围踮着脚看，可隔得太远，根本看不清榜单上的名字，明舒想挤进人群，然而陆徜紧紧拉着她，不让她上前去挤，以免受伤。

就这般在后面张望了许久，明舒有些泄气，人群中不知是谁忽然高喊了一句：“陆徜来了！”

刚刚还喧闹的人群陡然间安静下来，前面的人有一大半齐刷刷转过身来。

无数双眼睛盯得明舒心里发毛，陆徜也蹙了蹙眉，不动声色地将明舒往身后一藏。

“阿兄，他们怎么了？”明舒小声问道。

“不知。”陆徜摇摇头，“反正你跟好我。”

好不容易平静下来的人群在下一刻又沸腾起来，人群中很快接二连三响起：“陆会元来了！”

“快快，会元来了！”

…………

明舒一听，与陆徜交换了个眼神。

“阿兄，我有没有听错？他们叫你‘陆会元’？”

会试第一名，称作会元。

做梦一样。

“我们先回去吧。”陆徜对自己能上榜毫不意外，会元他不关心，现下他只觉得自己和明舒将被人潮淹没，怕出意外，并不准备在此多待。

“好。”明舒看着四周围仿佛要吃了陆徜似的眼神，也觉得不妙。

然而人们并没给陆徜和明舒离开的机会，很快就包围了兄妹二人。他们低估了汴京榜下捉婿的疯狂，连陆徜自己也没想到，与汴京相比，江宁乡试时的榜下捉婿，真是温柔太多了。

在这里，这捉婿应该换成“抢婿”才对。

“陆公子，舍下备了酒宴，想与公子庆贺，就请公子同在下走一遭吧。”

“陆会元，大喜啊大喜，鄙人已在万嘉楼置了贺宴，就等着公子前往了。”

…………

无数声音响起，令陆徜眉头紧蹙，脸色跟着沉下，道：“家母还在家中等候消息，陆徜需得先归家禀告母亲，在此先谢过诸位抬爱，告辞。”

他说话间，拉紧明舒的手往外退去，可围过来的人哪肯就这么放走他，几个家丁在主人的眼神暗示下出手拽人，想要强拉陆徜去赴所谓的“贺宴”。

人群混乱起来，因为对方并非恶人，陆徜也不能在杏榜之下公然动手，所以只能带着明舒左闪右避。那些人估计也没料到，陆徜并不像其他书生那般文弱，几番抢人不成，在主人施加的压力下，那些人只能下了重手。

明舒没想到局面会如此混乱，险些被人从陆徜身边冲开，所幸陆徜一直紧紧护着她。

正焦急时，忽然一只手从暗处伸来，劈在明舒被陆徜拉着的那只手上，妄图分开二人。

陆徜只闻明舒痛呼一声，转头看时，她已因为手腕被人劈中而痛得缩手，眼见就要被人潮冲散，他眼神顿冷，哪里还管这是什么地方，转身先拿住那人手腕紧紧一折，紧接着将人往人潮中狠狠一推，再将明舒纳入臂弯内。

几下动作干脆利落，一气呵成，那人还没挨上陆徜的手，就已经被他掼出，重重摔在地上，人群因此被迫分开，大家似乎都有些吓到，诧异地看着他，没再上前。

这个陆徜，不是个文弱书生，他手上有些功夫。

“够了！”陆徜趁机怒喝道，“陆徜感谢诸位抬爱，诸位的心意陆徜也明白，但是……”

他看了眼明舒，朗声道：“陆徜已经定过亲事。”

明舒正拍衣裙上的灰，闻及此语，非常错愕地抬起头，正撞上陆徜的目光。

“陆徜的未婚妻，乃是江宁老家一位大家闺秀，陆徜非她不娶，故而今日只能辜负各位的美意了，告辞。”

语毕，他拉着明舒就往外走。

明舒满心震惊——她阿兄什么时候定亲了？她怎么不知道？阿娘怎么也从来没有提过?!

江宁老家的闺秀是谁？

第二十六章 我有所念人

陆家的大门敞着，春光正好，和煦暖阳斜照入宅，半个厅堂都沐浴在阳光里，天已经渐热。

今日明舒与陆徜出门，午间不回来用饭，曾氏不必准备饭食，难得偷个闲，给自己煮了碗八宝茶，坐在阴凉角落里逗趴在脚边的招宝解闷。

儿女在身边虽然热闹，不过偶尔的清静也很惬意，所谓“偷得浮生半日闲”，便是眼下这光景。

逗了一会儿，曾氏靠在椅背上闭眼呷茶，门外忽然风风火火闯进来一个人。

“阿娘！”明舒清脆的声音响起，“我阿兄什么时候定了亲？大嫂是谁？您怎么从来没同我提过！”

“噗！”曾氏半口茶险些喷出，“定亲？他几时定的亲？我怎么不知道？”

陆徜跟在明舒身后跨过门槛进屋，满脸俱是无奈，明舒已经在他耳边问了一路。

他中会元这消息，都比不上他定亲的消息来得让她震惊。

明舒就将在杏榜前发生的事说了，曾氏的注意力自然而然也被“定亲”一事吸引，狐疑地看着陆徜，陆徜并没出声解释，只是偏开头去。

“阿兄可说了，非她不娶！”明舒急得不行，“快告诉我，是什么样的小娘子？”

“哪有什么亲事？他就没定过亲，在外头信口胡诌。”曾氏骂了陆徜一句。

明舒诧异地望向陆徜：“阿兄，你撒谎啊？这可是你的亲事，传出去后，没人嫁你的！”

“也不完全是撒谎。”曾氏却按按明舒的手，坐回椅子上，端起茶呷了口，“确实有那么一位大家闺秀。”

“阿兄的意中人？”明舒坐上曾氏旁边的小杌子，听故事般专注。

心脏不知为何跳得有些快。

可能阿兄的故事动人心魄。

“那小娘子和他打小相识，人生得漂亮，性子也好，是位大户人家的千金，从小就喜欢他。偏偏他心高气傲，因为不满那娘子父亲所为，连带着也疏远了那位娘子。赴京之前，娘子亲自找他问明心意，他把人家给拒绝了。现在他倒是想通了，可人家未必等他，兴许早就许了人家，什么‘非她不娶’，只是你阿兄的一厢情愿而已。”

曾氏慢条斯理地说着，陆徜一声不吭，望着地上的光影，仿佛在盯着回不去的过往一般。

只有明舒睁着清澈的眼眸，真情实感地听着——胸口有些发紧，像被什么扯动般。

这个故事，似乎让她感同身受。

“明舒，若你是这位娘子，你会等他吗？”曾氏轻抚明舒的头，问出陆徜心里的问题。

明舒摇摇头：“不等。”

为什么要等一个已经远去的人？而那人竟然一个等待的理由都没给她。

陆徜闭闭眼：“别说了。”

明舒忽然又心疼他：“如果阿兄回去得够快，也许她还没定亲嫁人呢。世事难料，也许老天爷给你留了一线机会。”

“如果是你，若重逢之时尚无良人，可愿原谅我？”这话是陆徜问的。

明舒依偎在曾氏身边，下意识地要摇头，却见陆徜静静地看着她，宛如她真的就是他口中那位闺秀，她心口又是一紧，仿佛被他目光化作的大手握住，出口的话便改了。

“若是阿兄这样的男子，也许……会原谅吧……”明舒也不知自己是安慰他，还是心内就这般认定的，脱口而出后很快又道，“我又不是那位娘子，你们老问我做什么？说来那娘子我认识吗？”

“你认识。”曾氏道。

“阿娘？”陆徜不知曾氏要说什么，蹙眉道。

“那娘子……”曾氏顿了顿。

明舒心陡然悬起，不知何故。

“她姓简。”

明舒忽地重重垂下头，以手按在额侧，双眉紧拧。脑中突如其来的疼痛与凌乱的光影，让她忍不住痛呼出声。

“明舒?!”陆徜冲到她身边扶住她。

曾氏叹口气。

还是不行，这记忆……怕没那么容易恢复，仍要从长计议。

明舒缓了缓，痛感渐消，扶着陆徜的手坐好：“阿兄，我没事……”

她想继续刚才的话题，但话还没说完，门外就传来敲锣打鼓声。

官府的小吏，来陆家报喜了。

一大群人拥到陆家门外道贺，曾氏与陆徜不得不起身相迎。这一届的会试头名是陆徜，第二名则是宋清沼。

殿试就在三天后，倘若陆徜能夺魁，那他将不仅仅是本届状元——

解元、会元、状元，三元及第，无上殊荣。

亏得殿试是在三天之后，正巧是明舒与陆徜约定的三日之期的归来日。她答应陆徜，最多只在卫家留三天，不论查不查得出什么，她都要回来。

这样算来，她赶得及瞧见阿兄高中。

翌日一早，明舒乔装打扮妥当出了家门，陆徜跟在她身后将她送到卫府外，远远看着她敲开了卫家大门。

厚重的门被人从内打开，迎面出来个褐衣小厮，狐疑地上下打量着站在门外的人。

素青道袍，黄冠缚髻，手持拂尘，背缠桃剑，门外这人，是个容貌清丽却眉目清冷的女冠。

明舒手结阴阳印，向小厮行个礼，按之前想好的那般报上身份，小厮神情一凛。

时下道教兴盛，寻仙问道者甚多，修道者不拘男女，有半途入道之人，亦有自小便拜入名门修行之士，而其中又以后者为尊，被当作正经修士看待。明舒所扮的，便是这一类。

“在下出世历练，在汴京盘桓数日，观天象察觉此地有异，便依天象所指赶到此地。”明舒装模作样掐指一算，“贵府主人有武曲星君庇佑，这些年应当武运亨通，步步高升，贵府上方本有红光吉气笼罩，但近日这红光已暗，吉气散去，有灰雾侵袭。府上定然有不平之事，且长达数月，已经影响到贵府主人运势。我本方外之士，以降妖卫道为己任，不为求财。小哥若是方便，可否让我进去看看？”明舒道。

“仙姑，这事小人做不了主。”她倒是说中了几分要害，小厮将信将疑，但他并非做主之人，自然无法答应。

“那能否请小哥向贵府主人通传一声，让在下见贵府主人一面，在下自能劝服他。”明舒又道。

“家主今日不在家中……”小厮犹豫片刻，又道，“要不您稍待片刻，小人进去问问二爷。”

明舒知道他说的二爷，就是卫献的弟弟卫朝，当下颔首。

小厮再度合上门，明舒站在门口等了约半盏茶时间，门再度打开。影壁后出来个瘦高的中年男人与一个丰腴的女人。不消说，那女人就是此前找上明舒的卫二夫人刘氏，那瘦高男人正是她丈夫卫朝。

这对夫妻倒也有意思，一高一矮一胖一瘦，天生互补般，一边吵嚷着一边急步往外走来。

“你又不是不知道大哥的脾气，他不喜欢陌生人进家门，况且上个月不是刚请上清宫的道长回家看过，你又闹什么？要是让大哥知道了，有咱们好果子吃！”卫朝压低了声音骂道。

“上清宫那道士就是来骗钱的！钱是拿了，事儿可没办成。他走之后，家里太平了吗？你看看我这脑袋！看看！”她说着一撩鬓发，露出额角的瘀青，“前儿夜里我才被吓得摔到石阶上，得亏运气好没磕破头。”

“你那不是猫吓的嘛！”

“咱家什么时候养过猫了，猫好端端蹿出来吓我作甚？你们满园子倒是找到那只猫了？指不定就是邪祟变的！这都第几次了？我被吓得吃不下饭睡不着觉，这好不容易有高人自请上门，你还不让人查查？”

明舒在外头听得一清二楚，卫二夫人的嗓门儿还是那么大。

“可是大哥他……”

“大哥大哥大哥，他是你老子吗？这么听话？这么多年你在他面前大气都不敢喘一下，像孙子一样㞞。我要早知道你这德行，我就不嫁进你卫家了！卫朝我可告诉你，这事要再不解决，我就带着孩子回娘家去住！”刘氏嫁进来之时，卫家尚未发迹，她的出身并不高，也是普通的市井小民，但说话可不好听。

“你小点儿声！”卫朝忙做了噤声手势，左右看了看，被迫妥协，“行行行，先见见那人再说，搞不好也是个招摇撞骗的。”

刘氏白他一眼，走到门前，冲明舒使个眼色。

明舒会意，朝卫朝和刘氏结印行礼。

据刘氏所言，卫家由卫献说了算，而卫献规矩大，别说下人，对亲弟弟也是动辄责罚，所以这卫朝很怕他。卫献不喜外人入宅，所以府中除了卫献外，很少有人将外人领进宅中。刘氏虽然嘴上数落卫朝，心里头其实也畏惧这个大伯，不敢明目张胆地把明舒往家里领，明舒只能出此下策。

卫朝一见明舒的模样就是一愣。他万没料到是这般年轻貌美的小娘子，那心思便有几分活动。明舒一眼看穿他的想法，道：“无量天尊。这位施主，在下知道你心中定有所疑，不信在下之言。无妨，只请施主听在下几句再做定夺。”

她声音清冽，语速不疾不徐，颇带几分让人信服的仙气。卫朝便道：“你说说看。”

“府上应该是请高人摆过驱邪挡煞的风水阵吧，活水东引，如青龙护宅；背山为玄武，玄武坐宅镇平安；南有莲池为朱雀；西接侧园曲径通幽为白虎。四神俱全，乃是上上风水。我可有说错？”

卫朝听得呆了呆，很快道：“仙姑高人。”

这的确是当初建宅之前特地找人看过后才建的，竟被她一语道破，委实叫人惊诧。

明舒谦虚地摆摆手：“若是施主觉得在下所言不虚，可否让在下进宅一观，让在下再与你细说一二。”

“仙姑，请。”卫朝忙躬身请明舒入内。

明舒跟着他进宅，朝刘氏笑了笑。

她才不懂风水，这些是刘氏为了让她能进卫家，提前告诉她的，她再加几句信口胡诌的话，就把人给哄了过去。

卫宅南面的莲池畔，卫夫人杜文卉正与人坐在亭内闲话。

“若怡，你这气还没消吗？今日杏榜放榜，我听说清沼得了第二名，这可是件大喜事，你不回家去瞧瞧？”杜文卉一边轻轻咳着，一边劝慰来人。

这人不是别人，正是国公府的长媳，世子夫人许氏，若怡是她闺名。

因着明舒之事，许氏负气离府，又不便回娘家，索性打着探望闺中密友的名头到卫家小住。卫献虽不喜外人入宅，但国公府的面子还是要卖的，因此也没说什么。

“不回。我辛辛苦苦十月怀胎生的儿子，到头来心向着外人，我还回去作甚？”许氏已在卫家住了三日，但国公府只派了个管事前来接她，她不仅没消气，反愈加觉得委屈，不肯回去。

“再过三天，可就是殿试之期，清沼若是中了状元，你可就是状元母亲了，真不回？”虽然许久未见，杜文卉还是了解许氏这好强、要面子的个性，如此劝道。

国公爷长寿，许氏这世子夫人做了二十多年，还没熬出头，就盼着当上状元的娘能风光一把，到了殿试那天，她必是要回的。

“到时候再说吧。”果然，许氏不自在道。其目光随意一转，忽然望向小园子入口处的月洞门：“那些人是谁？”

杜文卉随之望去，只见园外进来几个人，远远望去，只依稀辨认出二房夫妻两人带着什么人进了园子。

“灵雪，去问问二爷，是谁来了？”杜文卉便打发身边的丫鬟去问。

丫鬟很快就回来了。

“禀夫人，二爷带了位女道士进门看宅，说是……说是打算除祟。”

“这又是哪儿来的江湖术士，跑到你家来招摇撞骗！”许氏先开了口。

杜文卉眉心微蹙，只看着慢慢走近的二房等人。

卫朝夫妻带着人在凉亭不远处停步，并未直接上前打扰杜文卉她们。

“那位就是贵府的长房夫人吧？”明舒望着其中一位身形纤瘦的妇人道，“我能见见她吗？”

凉亭内坐着两个人，只能看清身形轮廓，明舒凭直觉猜测。

“可不就是？”刘氏道。

明舒点点头。其实这趟刘氏请她过来查的卫家闹鬼一事，就是从这位长房夫人屋里开始的。

事情要从去岁末说起，初时是卫夫人连做数日噩梦，而且梦到的都是同样的内容，以致精神恍惚。卫家给她请了大夫回来，吃了几帖宁神静心的汤药，非但没有见效，到开春之时，卫夫人又添梦行症，于睡梦之中起身游走，且每次都会走到后院井旁，又说些叫人摸不着头脑的呓语，把在跟前服侍她的人吓得不轻。

本来卫府上下只当是病症，为卫夫人寻医问药，可不想没过多久，卫夫人就嚷嚷着说“遇鬼”，夜里看到了从窗口掠过的白影，抑或看到了檐下垂吊着人，就连白天也会在池畔或假山后瞧见脸色惨白的女人阴森森地冲她笑。卫夫人吓得卧床不起，卫献本人不信鬼神，只请御医到家中给她瞧病，当谵妄之症治着，每日汤药不断。

可到了今年二月，这鬼变本加厉，除了卫夫人外，其他人也陆陆续续看到了，下至府内仆役丫鬟，上至主子，譬如卫二夫人，通通都撞见了幢幢鬼影，府中也怪事频发——厨房养的鸡一大早就被发现已遭剖杀，血流了满地，地上又有个用血写成的“死”字；卫献妾室养的几只雀儿也莫名惨死；还有丫鬟路过水井，险些被推进井中，抑或有人夜里熟睡后醒来，发现自己并不在屋内，而是睡在了假山边缘……卫二夫人也撞过几次鬼，不是在园子里见到红衣小童，就是听到屋后头传来哭泣声，把她吓得夜不能寐。

因为这些事，卫府人心惶惶，上个月卫献终于松口，请了道长进宅作法驱祟，然而并无作用，仍旧怪事频发。卫二夫人刘氏就悄悄找坊间神婆问询，神婆说了，事出必有因，定要先查出这因，再开坛作法才有用，所以这刘氏才把明舒请了来。

不查人，查鬼。

毕竟事情最开始发生在杜文卉身上，明舒想见见这位卫夫人，把意思向卫朝夫妻说明后，卫朝便让小厮前去通传。

小厮站在凉亭的石阶下行过礼后方禀告杜文卉："夫人，今日有位修道的高人在宅外求见，二爷与二夫人见她有几分真本事，就将人请入宅内查看，现如今正巧走到莲池畔，二爷命小人来问一声，夫人可要一见？"

杜文卉与许氏皆已站起，都朝着亭外探望，只瞧见个女冠打扮的女子。

"文卉，我看不如就将人请过来，听听她能编出什么新鲜话来。"许氏道。她是不信这些招摇撞骗的神棍的。

杜文卉想了想，刚要点头同意，一直站在她身边不言不语的老嬷嬷突然开了口。

"夫人，卫爷交代过，您身体才刚好转一些，切不可再多费心神。既是江湖骗子，您不见也罢。"

老嬷嬷年近五旬，穿着件深苍色的褙子，一张爬满皱纹的脸被这衣服衬得失去血色，只有那双眼睛，冷冰冰地注视着杜文卉。

杜文卉在她的目光下微一瑟缩，便道："既然如此，那就算了。"

许氏立刻蹙眉，瞥了这老嬷嬷几眼，方道："这位嬷嬷好大的脸面，都能替你家主子拿主意了？"

老嬷嬷立刻垂头，道："奴婢只是谨记卫爷的吩咐，好生照看夫人罢了。"

“照看？你这是监……”

“若怡，别说了！”

许氏刚想说话，就被杜文卉打断。杜文卉挽住她的手，道：“就听嬷嬷的吧。”又用祈求的目光看许氏，许氏只好作罢。

其实这趟来卫家，许氏已是满腹疑问。她与杜文卉已经许久未见，此前见面也多约在外头，她并不知道杜文卉在卫家是什么情况，这两天一见才发现，杜文卉身边的人，全都换成了生面孔。

她记得杜文卉出嫁时，带了不少丫鬟婆子做陪嫁，可如今竟一个也不见了，就连昔年跟在杜文卉身边的心腹丫鬟也没了踪影。

许氏自然不解，但这话当着卫家下人的面并不好问，而她也找不到与杜文卉独处的机会，不论她与杜文卉约在哪里说话，这吕嬷嬷总要守在旁边寸步不离，美其名曰奉了卫献之命贴身照顾杜文卉。

现下杜文卉已经开了口，许氏一个客人也不便置喙，只能暗恼杜文卉包子脾性任人揉捏，自己却也做不了什么，眼睁睁瞧着小厮回去回绝卫家二房。

明舒并没如愿见到卫家夫人。

二房夫妻只带着她在池畔走了一圈，就又带着她离开东园。明舒提议去看闹鬼传言中怪事发生的地方，正巧有人来寻卫朝，卫朝便让刘氏带着明舒去看，他先走一步。

这可如了刘氏的意，没有卫朝在旁边，她同明舒说话也方便些。

刘氏先带明舒去厨房看鸡笼。厨房与东园相连，靠东园那一角用栅栏围了块地，用来养些家禽。明舒到的时候，厨娘正拌好糠喂鸡，刘氏带着明舒上前询问。

厨娘便把当时的情景描述一通，不过因为已经过去了一个多月，鸡舍附近早被清理过，没有留下什么痕迹。明舒便问她：“这鸡舍平时可上锁？除了厨房的人外，还有其他人能进来吗？”

“鸡舍上什么锁，平时谁没事跑这儿来踩鸡屎。”厨娘道。

言下之意，就是这鸡舍谁人都能进。明舒点点头，并没再问，就让刘氏带自己去下一处。

路上，明舒问刘氏："二夫人，贵府的中馈，是由大夫人管着吗？"

"不是。我大嫂身娇体弱，多走两步路就要倒，哪有精力管？再加上大伯心疼她，也不让她管家事。"刘氏回道。

"我见府内规矩森严，宅内各处井井有条，这掌管中馈之人真是了得，大夫人没管家，莫非是您？"明舒恭维道。

"快别提这事。这府里吃穿用度一应开支都由大伯来出，哪轮得到我掌中馈？不瞒你说，家中大小事宜俱由大伯做主，我们是插不上话的。"刘氏边走边叹道。

"啊？卫指挥亲自管家？"明舒很是吃惊，这世间一般男主外女主内，男人管家的倒是非常少见。

"算是吧。不过我大伯能耐大，规矩定得像军营一般严，但凡哪个人出点儿错，都得吃不了兜着走，我家那口子也不例外。所以家里人都怕大伯，也没人敢造次。"刘氏回道。

"按你这么说，府中这些下人，也都是卫指挥亲自挑选的？"

"是啊，全是我大伯的人。"

也正因此，闹鬼才让人害怕。既然都是卫献的人，就说明是府中装神弄鬼的可能性很低。

刘氏一边与明舒聊着府中情况，一边带着明舒去了几个传言中闹鬼的地方，明舒逐一查过。最后带着她来到了西厢房。

西厢房是卫献小妾住的地方，这小妾先前在廊下养了几笼雀鸟解闷，但后来也和厨娘养的鸡一样，在某个雨夜惨死了。

"冤家路窄。"刚拐过弯走进长廊，刘氏就暗骂了句。

明舒顺着她的目光望去，只见前方站了个身形婀娜的女人。那人二十五六岁的模样，发髻懒懒斜绾，细长眉毛勾魂的眼，身上是桃红抹胸搭着鹅黄褙子，露一片雪白肌肤，腰如水蛇，行动时风情缱绻，极是惹眼。现下她正双手环胸，半眯着眼看着下人把新买的两只雀鸟装进空荡荡的笼子里。

"一股子狐骚味。"刘氏看不惯她的做派，又啐了口。

那女人正“哧哧”笑着，似乎正逗那下人，转头看到刘氏，似笑非笑道：“哟，是弟妹来了呀。”

“呸，我正经嫂子在园子里待着呢，轮得到你叫我弟妹。”刘氏极讨厌她，一点儿脸面都不给。

这小妾名作烟芍，出身风尘，是卫献某次与同僚在青楼饮酒时所结识的红倌人，入了卫献的眼，被他赎买回家中。

烟芍显然已经习惯刘氏的冷眼与奚落，仍笑道：“我服侍你大伯一场，怎么说也算你半个嫂子，唤你声弟妹也不为过。”说完她见刘氏又要骂人，便抢先一步望向明舒，道，“好生漂亮的小娘子，这又是谁？难不成弟妹也要给小叔子找个房里人？”

“我呸！你再胡说八道，我撕了你这张嘴。”刘氏大怒。

烟芍挑了挑眼，伸手去扯明舒的衣袖：“这女冠衣裳不错，好妹妹，告诉姐姐哪里弄的，我也去弄一身来，放在房中定然别有一番风味，定叫郎君留步……”

她越说越过火，轻浮的话语连明舒听了都不禁脸红，当下退了两步以避开她的纠缠，却不慎撞在后面站的小厮身上。

那小厮忙扶了扶她。明舒转头向他道：“多谢。”

小厮很快松手退开，他步伐有些奇怪，似乎是个跛子，明舒便多看了两眼，才发现这人竟只有半张脸完好，另外半张脸上满是被烙铁烫过后的疤痕。因她这两眼，小厮慌忙垂头，似乎怕被人看见自己丑陋，很快开口告辞。

烟芍也失了兴致，扭着腰回屋，砰地关上房门。

见刘氏又有骂人的冲动，明舒忙道：“二夫人，这几笼雀鸟平时就这么挂在廊下？”

“是啊，那狐媚子平时就把鸟笼挂在这里，从不收起。”刘氏回道。

明舒看着一瘸一拐离开的小厮，又问：“那人是谁？我瞧贵府规矩森严，小厮不得传唤一般不能进内宅，这人怎么能进来？”

“嗐。那是大伯三年前带回来的人，叫丁宣，是个……”刘氏不自然地顿了顿，才附到明舒耳畔道，“犯事被赶出宫的内侍，脚和脸都是在宫里被人给害的，所以大伯才放心让他进内宅，其实也是大伯放在内宅的眼线。”

明舒这才了然。

园子逛得差不多了，刘氏就又带明舒回了二房的侧园，恰好卫朝办完事也回来了。

“兄长方才派人回来传话，他被邀去赴同僚的宴饮，今夜应该不回来了。这样，今晚就让仙姑留宿咱们这里，待明日兄长回来，再向他说明此事，到时再做定夺吧。”卫朝道。

明舒行个礼，心道运气颇好。

刘氏便道：“今晚委屈你在耳房留一宿，看看能否听到什么动静。我与丫鬟夜里常听到些古怪声音，时有时无的。我家这口子总说我们女人自己吓自己，他自己睡得沉什么也听不见，难为我夜夜难寐。”

耳房就在正房旁边，刘氏若能听到，那明舒在耳房里也必能听到。

“好。”明舒一口应下。

夜幕缓慢降下，街巷的灯火也一盏盏点起。

陆家的门已关上，曾氏照旧做了几道菜，与陆徜两人坐在桌边用晚饭。陆徜话不多，平素都是明舒叽叽喳喳地逗笑，今日少了明舒，母子两人这顿饭用得都有些没滋没味的。

说来也怪，以前十多年母子两个都是这么过来的，明舒才与他们生活了半年不到，就已经彻底改变了家中的氛围。

陆徜吃了半碗饭就搁筷。

先前都是他离家去书院，明舒肯定是留在家里的，他只要回来就定能见到明舒，然而这次却不同，他留在家中，换明舒不在。

他便有些心不在焉。

触目所及，皆是她的影子。

“你去哪儿？”曾氏用完饭，正要收拾碗筷，忽见陆徜朝门外走去。

“阿娘，我去去就回。”陆徜只匆匆扔下一语，人便没入夜色中。

曾氏看了良久，摇了摇头。

只叹一声，儿子大了不由娘。

夜色降临，平时用来堆放杂物的小耳房中是临时搭出来的架子床与简陋桌案，屋里只有盏不算明亮的油灯，明舒正伏在灯下把白日打听到的消息一条条梳理记下。

虽然卫二夫人刘氏让她来查鬼神之事，但她心中并不相信有鬼神。所谓鬼神之事，多半是人为，她还是打算从卫府的人着手。不过卫府的这些人都是卫献精挑细选入府的，嘴巴紧得很，除了与闹鬼之事相关的消息外，很难再打听到别的东西。

卫家的事有些棘手。

灯下伏案久了，眼睛酸涩，一时又没个头绪，明舒咬着笔杆蹙眉。耳房很闷，她心下渐烦，便踏出耳房，走到无人的西墙根下，盯着黑漆漆的园子发呆。

蓦地，一声清亮笛音从墙外传入。

明舒立时睁大了眼。

那是草叶笛的声音，音色清亮，虽然单调却也悦耳，被人吹出一曲简单的童谣。

笛音悠悠，越过高墙，送到她耳中。

明舒几乎是立刻就听出来了那首童谣。

在赴京的路上，陆徜赶马车时，就曾经单手用草叶吹奏过，也教过她。

陆徜在卫府墙外。

“阿兄。”明舒喃喃着，飞快地从草丛里择了片合适的草叶拧下，也置于唇边。

用力吹了两下，只有不成调的笛音传出。陆徜虽然教过她，但她并没学会，只能吹出残音，但即便这样也够了。墙外的悠扬笛音忽然一停，片刻后再度响起。

一声一声，似能熨帖人心般。

明舒知道，阿兄听出她的回应了。她烦乱的心绪渐渐平静，便将草叶揣在怀中，坐在墙根下的石头上，笑着听陆徜在外头给自己吹曲子，心里忽然无比羡慕起那个被阿兄钟爱的姑娘来。

陆徜这样沉默寡言的男人，若是动情，那必然会温柔到极致……

如果，她也能遇到像阿兄这样的男子，那该多好。

夜更深沉了，府外街巷上传来的悠扬笛音渐渐没了声音，万籁俱寂的夜晚，灯火一盏盏熄灭。

许氏洗漱完毕，更衣准备就寝。

丫鬟服侍她躺到床上，吹熄了寝屋的烛火，又悄声将用过的水端到屋外倒掉。许氏看着丫鬟出门，却了无睡意。

一阵风吹过，映在窗上的树影猛烈地晃了晃，不知何故，她想起卫家闹鬼的传闻来。

尽管杜文卉已经同她说过那只是以讹传讹的谣言，但许氏现下还是忍不住去想，她开始想念自己家。

四周出奇地安静，许氏又躺了片刻，忽然想起自己的丫鬟只是出门倒水而已，可去了这半天竟还没回来。她是负气离家，所以身边也只带了一个心腹丫鬟，这丫鬟一出去，屋里再没别人。

她一个人有些胆怯，便披衣起身，想将蜡烛再点上，等丫鬟回来再灭。

才刚刚找到火折子，许氏就见糊着纱的雕花窗上晃着一道人影。

她以为是丫鬟回来了，开口便唤人。

但那道人影并没回应她，也没停下，仍往旁边飘过去……是的，飘！

许氏已然发现，这人影移动的方式与常人不同。她的心猛地悬起，再不敢出声，只盯着那道人影。人影“飘”到门外，许氏并没见“它”如何动作，就先听到一阵拍门的声音。

她险些吓晕过去，站在原地不敢动弹，生恐引起那人影的注意。

拍门声响了一会儿，忽然间屋外一暗，檐下的灯笼似乎被什么打灭，那道人影随之不见，拍门声也消失了，屋里恢复寂静。

丫鬟还是没回来，这寂静很是瘆人。

许氏艰难地挪动脚步，想干脆钻进被窝儿，来个眼不见为净，连蜡烛也不想点了，可才走了半步，忽然之间朝向长廊的窗子似乎被什么猛地一撞，许氏转头就看见窗纱被撞破，一张惨白的人脸钻进窗纱。

这一吓可非同小可，许氏当场失声尖叫，什么也顾不上了，飞快地冲到门边，夺门而出。

另一厢，明舒在外听了陆徜几支草叶笛曲，心情大好，已经回到耳房，吹熄灯烛，正和衣躺在床上休息。

忽然间，一阵如泣如诉的嘤嘤声传来，像婴儿夜啼，又似猫儿叫春，断断续续的。

她记起刘氏的话，很快起身下床，出了房门，正好撞见刘氏披衣出来。

“你可听着了？就是这声音！”刘氏脸色不太好。

明舒这会儿再听，那声音似乎又停了，她想了想，道：“我去看看吧。”语毕，她便向刘氏借了灯笼，往刚才声音传来的方向走去。

第二十七章 寒窗忆往昔

因风水关系，卫家后院的叠石假山一直延伸到二房的侧园后，两边的后院中间，又有个小月洞门相通，平时两房女眷往来都从这里过。

明舒循声而去，只闻那声音断断续续，时起时伏，是从大房假山处传来的，她提灯走过月洞门，朝那方向慢慢探去。

夜已很深，外头的街巷上连犬吠与更鼓声都没有，天虽然渐热，衣裳穿得薄了，但到这里叫风一吹，让人觉得皮肉乍凉，心头没来由地发慌。卫府的主子下人们也都已就寝，值夜的老嬷嬷也不往这地方走，附近一点儿灯火都没有，明舒只靠手中那盏灯笼发出的微弱光芒照着路。假山不高，但怪石嶙峋，在夜色里张牙舞爪，仿佛无数恶鬼将要从天而降吞人噬魄般，看得人心中悚惧。

明舒也有些怕，但依旧壮着胆子朝前走，然而那声音却突然消失且再不响起。她在假山处徘徊良久也没能找到声音源头，正要往回走，身后忽然蹿过一道影子。明舒猛一回头，瞧见那影子蹿进了假山石隙间的矮洞中。她定定心神，猫腰跟着钻进石洞。

石洞不大，只能容两个人弯腰站在里面。明舒举着灯照去，在石洞的最深处瞧见只弓背奓毛的黑猫。她一不小心跑到了这猫的老巢里来，现下它正瞪着眼警惕地望着明舒这个不速之客。

“吓人的是你啊？”明舒松了口气。

她想起白天刘氏和卫朝抱怨被猫吓到一事，没想到卫家居然真的就有只猫。

这猫看着野性十足，并不让明舒靠近，应该不是被人饲养的，也不知是哪里的野猫误打误撞跑进来的，想来那古怪声音也是这只猫儿发出的。

明舒不敢抓它，小心翼翼接近，哪想这猫警惕性极强，明舒才稍微靠近一点儿，它就像闪电一般又蹿出洞去。

明舒没逮住它，想着天亮后再让卫家人来这里找猫，便转身往洞外去。

只是这一回，她还没走几步，就听见外面传来几声匆促慌乱的脚步声，似乎有什么东西很快地朝这里来了，她下意识地驻足，侧耳细听。

簌簌两声，那东西好似扑倒在地，恰好扑在洞口。又听见有什么窸窸窣窣的摩擦草木的声音，明舒还没反应过来，洞口就连滚带爬地进来个人。

明舒惊得往后退了两步，提灯照去，只见是个披头散发的女人。两人各自吓了一跳，不过好在明舒镇定，眼见这人吓得要叫，她飞快地伸出手捂住这人的嘴："别叫！"

那人被她捂着嘴剧烈喘息着，渐渐看清是明舒，明舒瞧她情绪已稍稍平复，才慢慢撤了手，可她却突然一把攥住明舒手腕，用气音道："有鬼！有鬼追我！救命！"

明舒听她这般称呼自己，料想应是白天见过自己的人，刚想问话，却听她又道："来了，它来了！"

明舒蹙起眉来，听到洞外又传来很轻缓的脚步声，正慢慢接近这里。她果断吹灭手中灯笼，与这人悄悄换了位置，自己蹲到洞口处。

脚步声缓缓靠近，洞口处有长长的衣摆拖地而过。

"它"没发现这里有个矮洞，径直路过洞口，往前"飘"去。待"它"经过后，明舒想钻出洞口跟上去一探究竟，却被身后那人紧紧拽住衣角。

她回头以眼神询问，这人用微弱的声音道："别……别出去……小心它回来。"

话音刚落，果不其然，"它"又回来了。

这人吓得往里一缩，连呼吸都不敢大声，明舒也不敢作声，只见"它"又从洞前"飘"了过去，沿着来时的路回去了。

这次，明舒没有贸然出去，与这人蜷在洞中藏好。也不知藏了多久，"它"再没回来过，明舒壮起胆子探出头去，左右看了看后回头朝她道："别怕，不在了。”

她这才终于大口呼吸起来，往后一瘫，整个人坐在了地上。

明舒摸出火折子，小心翼翼点亮灯笼，对她道：“你在这里等我，我去看看就回来。”

说着，明舒钻出矮洞，提灯蹲在地上仔仔细细地查看。

“它”刚刚走过的地方，有两道浅痕，像衣摆来回扫过的痕迹，里面还夹杂着并不完整的不明显的脚印。

明舒沿着痕迹走了几步，可走到假山尽头，连通后院的长廊下时，这痕迹就消失了，她便提灯走回矮洞。

洞中那人已经站了起来，正扭头朝自己身后望着，手上提着自己的裙摆，只将裙子往前攥在手中，听到明舒进来的动静，她像受惊的兔子般飞快地往墙上一靠，松开手中提的裙子。

明舒摸摸鼻子，危险解除，她这会儿才嗅到些气味，想起这人裙子适才被烛火照出一片水渍，明舒心里便有数了。

许氏想死的心都有了。她做了半辈子的国公府世子夫人，从没像今晚这般狼狈过，先是被鬼吓得魂丢了一半，又被一个外人看到自己吓到……她的脸面丢得精光，恨不得挖个洞钻进去。

“它已经走了，我送你回去吧。”明舒没揭穿她的窘境，只是静静地道。

许氏看着眼前少女，少女眸中清澈，并没流露出任何轻视或者嘲笑的意味，连语气亦无波澜，倒让她羞恼的情绪稍减。

“夫人……”

许氏还没开口回答，忽然听到远远传来的呼喊声。

终于有人找来了。

许氏的丫鬟发现许氏不见，已经叫上卫府的下人一起找到这里来，现下正提着灯笼聚集在矮洞外，正等着许氏出来。

“夫人？”丫鬟俯身到洞口处，要进去扶人。

“你走开些！”里边却传出许氏愠恼的声音。

丫鬟被骂得惶惶退开，只见洞里先钻出个女冠打扮的人来。

“贵府确实有些不太平，今晚这位夫人受惊吓了。你们且退开些，在前头照着路，我扶她回去便好。”明舒知道这位夫人为何不愿当着众人的面出来，便抢先开了口。

众人看见是白天的女冠，心里先对她起了几分敬畏，也不敢因她年轻小看她，皆按她所言退开。许氏这才扶着明舒的手从洞中出来，明舒又道：“带路吧。”

众人连同许氏的丫鬟在内都朝前照着路。

“多谢。”许氏方感激地望向明舒，谢她解围。

明舒笑笑，陪她回去。

厢房前已经聚了许多人，就连杜文卉也被惊动，站在庭院里满眼焦急地等待，时不时地咳嗽几声。许氏跟在众人身后回来，却连杜文卉也不理会，飞快地在明舒掩护之下进了厢房，朝明舒道：“别让他们进来。”

明舒只好站在门口冲众人道：“各位不必担心，这位夫人惊吓过度，在下替她做法收魂，还请各位不要聚在门外。”语毕她想了想，又朝丫鬟道，“这位姐姐，烦请你替你家夫人准备香汤，她需要沐浴以定心神。”

丫鬟称“是”退下，众人也各自散去，只留两个人在外头听吩咐。

明舒将门关上，转身却见许氏站在厅内不动，眼睛不住地往寝间看。

“夫人可是在找衣物？”明舒问她。

许氏脸大烫，点了点头方道：“在……在衣桁上，但是刚才，那鬼……险些撞破窗户进来，我……”她心有余悸，不敢进去。

明舒了然：“我去拿。”

说完她进了寝间，从衣桁上将许氏的干净衣裳取下，往外走时又回头看了眼窗户——窗上糊的纱果然破了个大洞。

“夫人既然害怕，那就让他们换间房吧。”明舒将衣裤递给许氏道。

许氏进了屏风后，窸窸窣窣地换好衣裳，将脏衣裤一件件扔到地上，明舒已经交代了外头站的人给许夫人换房的事。

一时间卫家人去给许氏准备新厢房，沐浴用的香汤也都一并送到新厢房去。许氏换好衣裳出来了。

“这衣物……”明舒看着满地衣裤问道。

“扔了。”许氏毫不犹豫，“不能叫人发现。”

明舒心想，这真是位爱面子的夫人。

新的厢房与香汤很快备妥，许氏对先前之事余悸未消，又觉得明舒在身边叫人安心，便不肯放她离去。恰好关于许氏见鬼之事，明舒也有话要问她，便欣然应允，陪她去了新的厢房。

厢房内水雾缭绕，丫鬟服侍许氏褪去衣裳，扶她进了木桶，明舒隔着一扇屏风坐在外头，喝着下人泡来的茶，与许氏说话。

“听说你就是冲着卫家这鬼来的？”虽然泡在香汤之中，但许氏依旧无法放松，想着今晚的遭遇，她不禁问道。

“是啊。”明舒道，“不知夫人可方便将今晚发生之事详细说给我听？”

“你叫什么？”许氏却问她道。

“在下天玄青。”明舒报上之前信口胡诌的名字。

许氏在心里嚼了嚼这个名字。白天她还说人家是招摇撞骗的江湖术士，不料到夜里却自打耳光，恨不得让人家守在旁边驱鬼。

“玄青仙姑，今晚多谢你了。”她道谢，却并不自报身份。

今晚之事委实丢脸，若是传出去不只有失她的身份，还会给国公府抹黑，她不想叫眼前这人知道自己是谁。

明舒也猜到她的心思，并不问她身份，只询问起今晚遇鬼之事。

许氏就将先前发生的事一一道出，回忆到惊险处时，她仍旧瑟瑟发抖。

“我仓皇逃到门外也不辨方向，它在身后追我，我就只有朝前逃，不知怎么就跑到了假山处，摔倒在地时发现了矮洞……”

后面的事，明舒已经知道了。

明舒听完，并未立刻开口，恰好丫鬟进屋，她便问丫鬟：“你家夫人遇险之时，你人在何处？”

丫鬟一听就跪在地上：“奴婢罪该万死，夫人饶恕。适才奴婢出门泼水时，正巧遇上卫夫人身边的灵雪，便与她闲聊了几句，怎知屋里竟发生这样的事。”

许氏就带了她一个丫鬟出来，白日都是她在照顾许氏，无人分担，好容易许氏就寝，她也想喘口气，遇到灵雪便与她在庭院里散步闲聊起来，忘了时间。直至听到屋中传来许氏尖叫，这才急匆匆往回赶，但回到厢房时许氏已经不知所终，她找遍厢房前后都没找到人，这才慌了神，忙又去回杜文卉，杜文卉已经歇下，等消息通传到她耳中，又已经过了许久。

明舒点了点头，心中有数，又问许氏：“夫人与卫家夫人可相熟？”

“怎么不熟？我与她都认识二十多年了，从前在闺阁中时，我们便是手帕交，她从前可不是现在这模样，唉。”许氏轻叹道。

明舒心里忽然咯噔一声。

闺中密友？手帕交？

她想起了一个人。

宋清沼的母亲。

她与国公府这位长房媳妇并没真正打过照面，两次都只是远远看过两眼，也就囫囵看个轮廓，今日撞上时又是那般惊险情况，许氏披头散发，她也乔装成女冠，完全无法认出彼此。

可如果她没记错，宋清沼那日曾经提到他母亲负气去了卫家，应该就是眼前这位了。

明舒轻轻捂住嘴，她这误打误撞地，竟然帮了宋清沼母亲一把？

可不能让许氏知道自己是谁，要是许氏知道她曾嫌弃挖苦过的人，竟然看到她吓破胆尿湿衣裤的模样，她恐怕要……

羞恼得撞墙了。

许氏靠在樟木浴桶壁上回忆自己在闺阁时的少女时光，丝毫没有察觉屏风外的明舒心里在想什么。

温热的汤水让言语变得柔软，许氏没了平日高高在上的盛气凌人。

“我与文卉还有另外一位夫人，是十分要好的手帕之交，常常约在一起玩耍，文卉是我们三人之中年纪最小也最活泼的娘子，爱笑，爱说话，爱逗我们乐，整日没心没肺的。”

明舒便想，另外那位夫人，说的大概就是闻安的母亲吧。

谁都有做女儿的时光，待字闺中的岁月，怕是这一生中最无忧无虑的光阴，父母疼爱，挚友相陪，天真烂漫。成婚生子后再回首，除了感慨韶光易逝外，也不得不叹一句，岁月催人老，老去的不仅仅是容颜，就连人心也跟着变了。

“那时的文卉，开朗大方，京城里暗暗倾慕她的少年郎不少，但她都没放在心上，直到遇见卫献。二十多年前，卫献只是一个小小的兵卒，连个正经的军吏都算不上，不过模样生得英俊，又有一身的武艺，刀枪剑戟样样精通，与我们常见的那些养尊处优的公子少爷不同。”

说起二人初见，应该是在二十多年前的一次秋宴上，当时卫献只是负责宴会安全的侍卫之一，偏偏那场宴会出了意外，混进了几个亡命徒，胁持了在场的一批女眷，杜文卉与两个闺中密友都在其中。后来是卫献悄悄潜到歹徒身边拼死救了她们，他自己却被刺伤，险些丢了性命。

“卫献因此功升迁，调入殿前司。而从那以后，文卉就常常借故出现在卫献面前。作为好友，我们不可能看不出文卉什么心思。文卉对卫献上了心，明里暗里总和卫献接触，两人慢慢就熟了。卫献这人……虽出身卑微，但能力还是有的，脑袋灵活，做事也颇有手段，对文卉也算体贴。那时我们冷眼旁观，他鞍前马后地照顾文卉，无一处可指摘。只有一点，他不喜旁人接近文卉，尤其是男人。但凡有男子同文卉说一两句话，他就要变脸。那段时间，京中就有两个公子因为与文卉有些接触，暗地里都遭了报复，怕与卫献脱不了干系。”

“这……未免太过了些。若只是寻常接触，彼此守礼，卫夫人又有何错？那与卫夫人说话的郎君又何其无辜？”明舒一听便觉不对，再联想这些日子打听到的关于卫献和杜文卉的消息，越发觉得卫献古怪。

“连你也这般觉得，我们就更觉不对，都劝文卉，要她擦亮眼睛看仔细些。”许氏又叹口气，“可有什么用呢？她听不进去，甚至在卫献的花言巧语下，感动于他一片痴情。”

年轻时，见识未广，杜文卉只觉卫献为自己吃醋，竟做出这样的事，定是爱惨了她，再加上那些海誓山盟，杜文卉反而认定卫献深爱自己，为了避免他妒忌反而一退再退，再不与外男说话，慢慢地就发展成连言行举止都要依着卫献的喜好来，成了不爱笑不爱闹的木讷之人。

“可卫献和杜家家世天差地别，这桩婚事应该不容易成。”明舒又问道。

“文卉一心只想嫁给卫献，谁劝都不听，与父母撕破脸面，还寻过两次短见。她父母被逼无奈，只能妥协。然而也因为这桩亲事，文卉的父亲恼她不孝，几乎和她断绝关系。”许氏边说边从浴桶中起来，水已经凉了。

丫鬟听到水声，便跑进屏风后，服侍许氏更衣。明舒也站起来，隔着屏风只看到个女人纤细的身影。

“婚后卫献将她看得很紧，轻易不许她出门，我们之间见面的机会越来越少，偶尔见一面，只看到她憔悴不堪，日渐消瘦。她也不回娘家，她母亲思她成疾，递了几次信也没见着面，我初时以为是因她与父亲决裂的缘故，后来有一回总算在别家宴会上遇见她，她也不和人说话应酬，只傻呆呆坐着，倒是她原先的贴身丫鬟跑来求我帮忙向杜家传信，请她娘家人到卫家走一趟。我也不知出了何事，找文卉又问不出个所以然来，她总说没事……可那神情哪里像是没事？手腕上还有瘀痕，也不知在卫家遭了什么罪。我怕出事，就到杜家找她母亲把这事说了。”许氏穿好衣裳，一边说着，一边从屏风后出来。

明舒便瞧见个长发披肩的美妇人缓缓朝自己伸出手来。

能生出宋清沼那样的儿子，许氏的容貌定是好的，这些年又保养得当，看上去比同龄人要年轻许多，现下卸去脂粉高髻，只穿了身素色寝裙，看着温柔高贵，通身气质与之前所见判若两人。

明舒上前扶住她的手，与她一道往寝间走去。

许氏谈兴被她勾起来，一时间也无睡意，拉着明舒在床畔坐下，继续说杜文卉的事。

“后来杜家应该是派人去了卫家，也不知谈了什么，那段时间见到文卉，她脸上恢复了些红润，眉眼间似有喜色，卫献也随即升迁。只不过打那时起，文卉陪嫁到卫家的那些人，就一个接一个地离开了。再后来，文卉有孕……她又没了好颜色。往后又逢杜家中落，文卉就很少出现在人前了。你现在看到的文卉身边那些人，还有这后院里的，全是卫献的人。”提起这事许氏便有些气恼，“那个吕嬷嬷，连我和文卉说话都要在旁边盯着，一刻不离，支都支不走，真是气人，我想同文卉说些体己话都没办法。”

说着她又一敲床铺：“那卫献惯会装好人的，在外头装得比谁都疼妻子，可要是真的疼爱，又怎会像看守囚犯般把她囚禁家中，自己倒是纳了几房妾室，连风尘女子都收进宅中，文卉连半句都不能置喙，人变得如此唯唯诺诺，哪有半点儿年轻时的样子。”

这些事，也只有与杜文卉走得近的人才知道，外人还不知道被卫献怎么蒙骗，个个都觉得他好。按说这是卫家内宅的秘密，轮不到她一个外人多嘴，但这二十几年来，她看着杜文卉一点点变成现在这副模样，心里怎能不气？哀其不幸，怒其不争，这气一憋二十余年，今晚不知怎么，她就不想再忍了，竹筒倒豆般全说了出来。

“原来如此。”明舒心下了然，又见许氏义愤填膺的模样，便安抚她，“夫人与卫夫人情谊深厚，倒叫人羡慕。”

“别叫我夫人了，我娘家姓许。”许氏又道。

“许姨。”明舒便顺着她的意思叫她。

许氏喜欢她这爽快劲儿，便笑了，道：“都是年轻时的交情，她嫁到这样人家，娘家中落，母亲病故，父亲也顾不上她，若我们这些做姐妹的再不管她，还不知她在卫家要被如何磋磨。但我们能做得毕竟有限，只能时不时地递张帖子邀约一番，她虽疏远我们，但我们知道她还好好的，也就够了。”

就譬如这一回，她们已经许久没见杜文卉了，递到卫家的帖子通通都被打回，兼之卫家又传出闹鬼之事，许氏担心，这才一不做，二不休，以负气离开国公府为由进了卫家。

“许姨，卫夫人能有您这位挚友，是她的幸事。”这话明舒说得真诚。

女子嫁人之后，哪个面对的不是满地鸡毛？闺阁中的友情，说淡也就淡了，似许氏这般嫁入高门身份尊贵的人，更是只顾得上自扫门前雪。但她面对杜文卉的疏远，依旧愿意想尽办法拉她一把。

这样的友情，弥足珍贵。

明舒是羡慕且敬佩的。

“有什么可幸的？我家人还整天嫌我管得太多，这也要问那也要管。外人见我嫁得好，大多羡慕，又怎知这一大家子人，鸡零狗碎的事，顾了这个也不能忘了那个，整天操碎了心，谁又真比谁好过？日子不过如人饮水，冷暖自知。可恨操了心还要叫丈夫儿子嫌弃。”许氏又叹道。

“许姨别难过，一家人没有隔夜仇的，他们心中总会记着您的好。”明舒安慰她道。

“儿子大了，有了媳妇忘了娘，哪里还记得我的好？喜欢上一位出身贫寒的小娘子，觉得我嫌贫爱富要阻挠他的婚事，同我置上气了。是，那天我是冲动了些，也没问清缘由，让人挑拨离间当了枪使，这事是我的错。可我是他娘，再怎么样还能害他不成？”许氏反手拉住明舒，坐直道，“老话说门当户对，可不是没道理的，你们年轻人不爱听罢了。都像文卉这样低嫁于卫献，为了情爱落个惨淡下场就好了？你给我评评理，我盼着我儿子娶个家世相当的媳妇，有错吗？”

“……”明舒想，这是在说她吧？还让她评理？她能评什么理？从头到尾就是个乌龙，她和宋清沼怎么就绑到一块儿了？这误会，还是迟早得解开才是。

她想了想，委婉道：“许姨，凭令郎的出身世家，跟那出身平平的娘子，应该也没见过几次，这其中大概是有误会吧……”

“误会什么？他当着父母的面亲口承认的，他喜欢那小娘子！你不知道我儿子那脾气，平日眼高于顶，从没见他把哪家娘子放在心上，我这当娘的就算把全汴京的闺秀都摆到他面前让他挨个儿挑，他也无动于衷，倒是对那小娘子另眼相待，还为了她同我对着来。你说说，这像话吗……玄青仙姑？玄青？”

许氏抱怨起宋清沼来，说了半天想要求个回应，哪承想一直听自己说话的人此刻却僵如木石。

明舒又尴尬又震惊。

她好像无意间听到了宋清沼的心思。

宋清沼当着父母的面承认喜欢她?

这……

匪夷所思。

这一夜也不知是如何过去的。

许氏说着说着便累了，倚在床头慢慢睡过去，明舒帮着丫鬟扶她躺下后，方倒在厢房的贵妃榻上对付了一宿。

她睡得不是很踏实，满脑袋要么是卫家乱糟糟的事，要么是许氏说的宋清沼喜欢自己的事……

她想不通，拢共也没见过几次面，宋清沼那样的男子，怎么会喜欢自己?

被人喜欢又是怎样的滋味? 她也没什么感觉，就是心有些乱。

天快亮的时候，她迷迷糊糊地睡着了，做了个梦。

梦里，依旧是面容模糊的青衣少年，站在灯火下朝着她伸手，用极其温柔的声音向她开口。

“我心悦你，明舒，嫁给我。”

明舒捂着狂跳不止的心脏，从梦中惊醒。

天已大亮，许氏和丫鬟都不在屋里，她深吸几大口气，才按捺下如万马奔腾般的心跳，紧接着又想起另一件事来。

“糟了！”她飞快地掀被起身，顾不上洗漱，就往屋外跑。

和陆徜约定每日清晨给他留平安记号的，因为起得晚竟然错过了时间。

她急匆匆地跑到角门，扶着门框喘气。

街的对面，陆徜倚墙而立，似乎已经等了很久。

他今日，恰也着一袭青衫。

白墙青衣，一如梦中所见。

明舒敲着自己的脑袋——你在想什么? 怎么是个男人都要被拿来对号入座?

那是陆徜，你阿兄啊!

许氏撞鬼一事，很快在卫家传开。

明舒并没机会与陆徜搭上话，就被卫二夫人遣来的人给请回宅中，只能隔空抛给陆徜几个眼神，告诉他自己很安全。

昨夜的事闹得很大，国公府的世子夫人在卫府撞鬼被吓坏，无论如何，卫府都要给个交代。

明舒回到宅中时，杜文卉、许氏、卫朝与刘氏通通都在正房的明事堂中坐着，底下站着黑压压一群人。许氏的脸色很不好，想来昨夜睡得晚又不得好眠，勉强打起精神坐在这里，见到明舒进来，只冲她微微颔首。明舒的目光从堂中众人脸上掠过，最后停在杜文卉身上，这是她进卫府后第一次见到杜文卉。

四月天渐热，一众女眷早已换上单薄春衫，抹胸褙子三裥裙，只有杜文卉还包得严严实实，高襟盘扣，脖子都不露。她五官秀美，看得出年轻时是个美人，可现下那脸比惊吓过度的许氏还憔悴，瘦得颧骨凸起，双眼无神，虽然坐在主位上，却没有当家主母该有的气势，反而时不时地拿眼神询问跟在旁边的老嬷嬷。

许氏见状已面露不满，但到底碍于人在卫家，不便置喙。明舒便知，那老嬷嬷大抵就是许氏提过的、卫献放在杜文卉身边的眼线吕嬷嬷，这人看上去便不好相与，阴森森的模样。

卫献不在，大小事情无人主持，暂时便请二老爷卫朝在这儿坐着，但是卫朝也是个没主心骨的人，平日里依赖大哥习惯了，压根儿拿不出个章法来，最后还是那个跛脚且破了相的丁宣站在堂中，垂首道："宅中不太平，惊扰了各位主子，是下人们办事不力，还请主子们恕罪。昨夜之事小人已经前去查过，许夫人厢房窗纱确被撞破，附近门上还留有掌印，此外并没找到其他痕迹。昨晚值夜的婆子和丫鬟们小人也已问过，她们并没发现什么异常，没人知道那东西从哪里来的，又如何消失的。"

"我都说了家里有鬼，你们为何总不信我？"杜文卉闻言忽然失控，攥住了吕嬷嬷的手惊道。

"夫人请冷静。"吕嬷嬷伸手按住杜文卉，"大夫说了，你那只是癔症，只消好好服药就可好转。昨夜之事，许是一场误会，可能有人同许夫人闹着玩，许夫人又一时错眼……”

“吕嬷嬷，你不如说我同你家夫人一样得了癔症，那鬼也是我的幻觉。”许氏冷笑一声。

“奴婢不敢。”吕嬷嬷忙垂下头，“夫人在咱们府内受了惊吓，咱们府里定是要给个说法的。可咱们府上一向太平，也没出过什么人命官司，好端端的怎么会发生这样的事？这其中必有蹊跷，可今日家主不在，还请夫人宽限些时间，待家主回来再做定夺。”

“是，要不就等我大哥回来吧。”卫朝忙附和道。

“另外夫人在我们家中受了惊吓，奴婢想着是否要遣人往国公府通传一声，或是着人先送夫人回国公府休养，待家主查明真相，再派人上门与夫人解释。”吕嬷嬷又道。

许氏仍冷笑道：“这鬼乃我亲眼所见，尚未查明，吕嬷嬷先说误会，又要我离开卫府，可是想隐瞒什么？莫非是你这刁奴趁着你家夫人病重欺主，有心拿捏，做了什么见不得人的事，才这般害怕？”说罢她又向卫朝道，“卫二爷，不是我说，敢情你家原是这般尊卑不分？正经的爷们和夫人什么都没说，就让下人拿主意？这传出去可不大好听啊。”

“许夫人，冤枉啊，奴婢可没做过什么！”吕嬷嬷阴沉的脸色变了变，忙替自己开脱。

“你这老婆子，还不退下，这里哪有你说话的份！”卫朝被说得没脸，少不得喝令吕嬷嬷退下。

那边许氏又道：“贵府的事本也与我无关，只是我见不得我这姐妹受委屈，卫二爷见谅。这鬼是真的也罢，是人为也罢，横竖查清就是，我也不急，就在贵府等卫指挥回来，与他当面说清楚的好。”

“是，许夫人说的是。”卫朝忙堆起笑脸附和着。

“卫二爷，其实昨日也不只我一人看见了那鬼，还有贵府请回来的那位女冠，不如也听听她的说法吧？”许氏又望向明舒。

明舒本站在角落听许氏斗吕嬷嬷。

许氏不顾身在卫家为客，气势大开斗吕嬷嬷，被吓成那样也不肯回国公府，怕是打定主意要借此事替闺密出头。

不过比起吕嬷嬷，明舒却更关注那个丁宣。他与吕嬷嬷，应该是卫献用来监视内宅的两个心腹，吕嬷嬷专门负责监视杜文卉，丁宣则负责监管整个内宅的一举一动，他比吕嬷嬷心思要更深些。

“在下昨夜是受卫二夫人所托，调查近日干扰她睡眠的怪声。”明舒被点了名，将拂尘一甩，信步走入堂内，施个礼方道。

“对对，她是我请回来的高人。这段时间我夜里睡觉老是听到假山那里传来古怪的声音，我心里惶恐，整宿整宿睡不着觉。昨晚她住在我的耳房，正碰上这声音响起，我就让她去查看了。”刘氏忙跟着开口，又紧张地问明舒，“那你昨夜可查到什么？”

“查到了。影响夫人睡眠的应是一只从墙洞钻入内宅的野猫，那猫在假山矮洞里做了窝。夫人之前说被猫吓到摔伤，始作俑者应该也是它。你们今天白天去假山处仔细搜寻，应该能找到这只猫。”

“是猫……不是鬼？”刘氏喃喃道。

“你很失望？”卫朝没好气地道。

刘氏白他一眼。

明舒又道：“影响夫人睡眠的是猫，但昨夜找猫之时我无意间与许姨……许夫人遇上，确实一起撞上了鬼。”她说着语气一改，表情凝重道，“那鬼穿一袭白衣，飘在半空，满面惨白、双眼滴血、一身怨气化成的厉鬼，很难对付。我昨日法宝没带在身上，不敢贸然与它对阵，才让它侥幸逃了去。”

四周的人顿时发出低低的抽气声，杜文卉也吓得发起抖来。

“那厉鬼不知何故扎根贵府，夜半出来吸纳贵府众人精元，如今已成气候，若再放任不管，假以时日，必定酿成大祸。”明舒又道。

“那……那要怎么办？还请玄青仙姑指条明路。”卫朝和刘氏挨在一起，脸色发白道。

“无妨，卫二爷不必太过担忧，此鬼在下可收。”明舒面露微笑，“那妖物藏身贵府某处，在下需要将它巢穴找出，才能摆阵作法将其收服，恐怕需要贵府上下帮个忙。我听二夫人说，府上不少人都曾遇到过怪事，那应是被妖物缠上吸食精元，我需要从他们身上收集妖物气息，再凭妖物气息追踪到它的藏身处，所以要麻烦二爷让这些人站出来，一来我可收集妖气，二来也可为他们除祟，以免他们继续被妖物所缠。”

卫朝早就被这一连串的事弄得晕头转向，哪还有余力去思量明舒这番信口胡诌，当下便冲堂内众人道：“你们中间，都有谁遇到过怪事，举起手来。”

唰唰唰，举手的人占了大半。

明舒摸摸鼻子，掩住窃笑。

寻常办法不能撬开他们的嘴，那就换个方式吧。

“许夫人，您看……”卫朝虽然惊讶，也没忘坐在旁边的许氏。

“我倒也想瞧瞧这位仙姑的本事。”许氏并没拆明舒的台，点了点头。

卫家给明舒腾了间花厅作为收妖气的地方，所有遇到过怪事的人都排在门外长廊上等待。几乎所有的卫家下人都来了，甭管有没有遇到过异常之事，来除个祟都安心。

明舒一次只叫一个人进去。

她只准备了手札笔墨，点了香，自己盘膝坐在蒲团上，高深莫测地看着进来的每一个人，然后问问题。

问完问题后，她便让人转过身去，她在那人背后凌空画符念咒，最后高喝一声，将符拍上对方背脊，这除祟就算完成。

进来的人千恩万谢地退出去。

仪式虽然简单，费不了明舒多少心神，但架不住人多，再加上有些人她问得仔细，一来二去就耗掉了大半天时间。转眼就过午，明舒只喝了几口水，茅房都没工夫去。

待所有人都问过一遍后，明舒便令人都离开，一个人待在花厅内“闭关”研究记录众人回答的手札。

到了傍晚，明舒方打开花厅的门，要求见杜文卉。

杜文卉体质虚弱经不起吓，早上回房后服过药就已卧床，吕嬷嬷和灵雪等几个丫鬟正守在屋里。明舒跟着卫二夫人进来时，屋里满是汤药与线香混合的气味，并不好闻。

“你小点儿声音说话，我大嫂怕吵，容易受惊。”刘氏低声嘱咐她，又和吕嬷嬷打招呼。

吕嬷嬷却将她们拦在了珠帘外，道：“夫人服了药正歇着，不便见客，二夫人的心意，奴婢代夫人心领了，但夫人之事还是等卫爷回来再说吧。”

言下之意，没有卫献开口，她是不会让明舒见杜文卉的。

明舒透过半掀的珠帘，瞧见杜文卉正靠坐在床头，并未躺下，身上只穿了件素白寝衣，神情呆滞地看着床帐，仿佛失去魂魄般。

吕嬷嬷注意到明舒的目光，当即放下珠帘，往人眼前一挡。

“就见一眼，给大嫂收收妖气，都不成吗？”刘氏还想争一争。

吕嬷嬷摇头：“二夫人恕罪。”

“你……”刘氏有些气恼，刚要发作，却被明舒拉开。

“二夫人，算了吧，别难为吕嬷嬷了。”她客气地向吕嬷嬷笑笑。

刘氏被她劝走，两人出了房门，刘氏忍不住骂吕嬷嬷：“这老货，拿着鸡毛当令箭，天天给人找不痛快！”

“二夫人息怒。”明舒安抚她，又问道，“我瞧大夫人的精神状态不太好，看起来病得不轻，是因为最近闹鬼的事？”

“大嫂的身体一直都不好，自开年因为这些事更差了。”

“原来如此。其实可以送大夫人去外头庄子上散散心，兴许精神会好些。”明舒又道。

“快别提这事。早几年大嫂就提过，想去庄子上小住，就连大夫也说过，大嫂这是心病，要能换个地方住住，也许对病情有帮助。但大伯他不同意，说是外头不像家里，万一遇到事也没个人照应。”刘氏边走边回答。

“大夫人也想出去？”明舒问道。

“是啊，提过几次，每回都被大伯驳回。大伯紧张她紧张得不行，唉。”刘氏回答道，又问她，“你这妖气收集得如何了？可找到那妖物的巢穴了？”

“有些眉目了，但还不能最后确定。”明舒若有所思道。

天色已经微沉，府里下人正在挑灯点烛，两人边聊边往外头走去，走到半路时，忽然瞧见丁宣一瘸一拐地朝内宅急步走来。刘氏好像突然想起什么来，叫住他。

“丁宣，可是大伯回来了？”

“回二夫人，卫爷回来了，小人正要去禀告夫人。”丁宣站住回话。

“那正好，你带她一起去见见大伯。”卫二夫人便想着让明舒去见卫献。

丁宣摇头：“卫爷带回了一位贵客，恐怕没有工夫过问此事。二夫人，还是明天再说吧。”

“贵客？”刘氏疑道。

“嗯。殿帅来了，眼下就在前院，二爷也在陪着。”丁宣说话间告退，去找杜文卉。

刘氏满脸惊诧：“殿帅怎会来我们家？”

明舒蹙了眉。

称“殿帅”者，乃是禁卫军统领，殿前司都指挥使，从二品的武将，亦是卫献的顶头上峰。

“走，咱们也出去瞧瞧。”刘氏记挂自己的丈夫，便拉着明舒往外走。

两人绕过长廊，停在长廊拐角处悄悄朝外张望，果见前院内站着一群人，其中有两人着戎装，身上为大安朝禁卫军轻甲，腰佩长剑，年纪都在四旬左右，其中一人面白无须，身姿很是英挺，想来就是传言中的卫献，而另一个人……

明舒瞪大了眼，盯着那人不放。

卫献正向那人做“请”的手势：“殿帅，请。”

她揉揉眼，没有眼花，那个人是魏卓。

殿帅、禁卫军统领、殿前司都指挥使……她魏叔的来头，把她吓到了。

难怪，他敢那样对陆文瀚家的下人。

可是魏叔，他真不像个位高权重的人。

夜深，卫府灯火仍通明，因为卫献的归来和魏卓的驾临，今晚卫家很热闹。

闹鬼的事比不上魏卓重要，卫献也没空管这些，通通往后押。

明舒仍旧暂宿二房院中的耳房。她心思有些沉，用过饭后就闷闷不语地打着个灯笼捧着手札，坐到墙根下。

闹鬼的事，她问完所有人之后，已推导了六七成出来，尚缺证据，然而她犹豫了，不知自己该不该继续往下查。查下去，水落石出，也许会伤害到无辜的可怜人。

她是不是要向刘氏请辞，退还定金，让这桩事到此为止？

明舒不知道怎么办，把头埋到双膝间。

一墙之外，草笛声又起，吹的还是那曲童谣。

要是阿兄在身边，她就能问问他的意见了，他比她要更清醒。

明舒忽然非常想陆徜，想不顾一切翻墙而出，陆徜必定在墙下，会接住她的……

然而终究她只是这么想想，伸手摘下一片草叶，吹出不成调的哨音，回应陆徜。

明天，就是殿试之期了吧？

十年寒窗，一朝题名，希望她阿兄能三元连中，独占鳌头。

墙外，陆徜倚墙而立，手拈草叶置于唇畔，吹出悠扬笛音。

墙内，是明舒惨不忍闻的草笛声传来，他顿了顿，唇边勾出一抹笑意。

明日，两人三日之约期满，他殿试归来，就能见到她了。

第二十八章 真相水中浮

草叶笛的乐音与陆徜一样，清冷冷的外在，温柔的内蕴，有着抚平心中烦乱的魔力。他三遍童谣吹完，明舒烦躁的心情渐渐平静。

她拈起草叶吹出一声长长的笛音，外头便再无声音响起。陆徜得到她道别的回应，不再打扰。夜风徐徐，吹得人清醒通透。明舒从随身的荷包里翻出那枚金元宝，在手中把玩着。

脑中浮过的，都是杜文卉那张苍白的脸、呆滞的目光、无望的眼神……

于绝望中出现的最后一根稻草，她不能将它毁灭。

金元宝被她抛起又接下，如此往复了三次，最后一次落下时被她牢牢攥在掌中。

心意已定。

刘氏交给她的任务，她恐怕无法完成，明日，就将定金退掉，离开卫家。

正好，能给阿兄庆祝。

决定已下，明舒心情转好。

尽管这个决定会让她失掉一大笔佣金，也会影响她的信誉口碑，但她依旧打算放弃。

若是阿兄在这儿，也定然会告诉她，不论哪种选择都没错，让她不必有心理负担，做自己想做的就够了。她查明真相揭破所谓的“鬼”局没有错，同样地，选择放弃也没有错，选择从来都是件两难的事，衡量的标准，只是自己的心。

明舒依旧没有睡意，时辰未晚，她提着灯笼往外走去，今晚卫府有贵客，前院宴饮未歇，后院也不能休息，丫鬟婆子都随时待召。明舒一路上遇到不少人，个个都拿她当高人，看到她就恭敬地打招呼，明舒颔首回礼，心里有些许愧疚——她这假道士扮得太好，人家都当真了。

走了一会儿，她便坐到长廊外的桂树下，看着廊上人来人往。

“丁宣，我这打扮，你觉得可好？”

不期然间，廊上传来一句娇媚如水的询问之语。明舒循声抬头，只见廊下走来几个人。当前那人是丁宣，他垂着头，恭恭敬敬地带着身后的人往前院走去，带疤的那半张脸藏在另一侧，露在灯火下的那半张脸十分清秀。

可以想象，他从前也定是个清俊的男子。

说话的那个，是被丁宣领着的烟芍，卫家如今唯一的妾室。她今夜打扮得十分妖娆，大红的牡丹抹胸，薄如雾的外衫，高髻间簪着大朵的鲜艳绢花，脸上脂粉厚施，花钿勾得精致，美得妖娆冶艳——这并非一个良家妾室该有的打扮。

现下她风情万种地跟在丁宣身后，似笼着烟雾般的眼眸中，俱是欲语还休的缱绻，看得人心都要化掉。

丁宣却只径直往前，嘴里回道：“姨娘的打扮，自然是好的。”

“男人都喜欢这样的打扮吧？你说呢，丁宣？”烟芍不肯放过他，问道，见他不再理会，又笑出声来，“我忘了，你不是男人……”

她“哧哧”地笑，似乎有种宣泄般的痛快。

一行人匆匆而过，很快消失在明舒眼前。明舒仍坐在桂花树下，看着灯沉思。

这宅中的女人，都苦。

也不知过了多久，丁宣又从外头回来，仍垂头匆匆走着，却被明舒叫住。

“玄青仙姑？你怎么在此？”他转头看到明舒，头仍垂着，眼却朝上望来。

“捉‘鬼’。”明舒言简意赅道。

她提着灯笼走到长廊的扶栏处，笑眯眯地看着丁宣，丁宣在廊下，与她隔着扶栏，脸上并无多余的表情，问她："不知仙姑可捉到鬼了？"

"差一点儿。"明舒盯着他道，"听说你是三年前入府的？"

"是。三年前小人出了些意外，是卫指挥帮了小人一把，又收小人在府中，小人才有片瓦遮头。"丁宣平静道。

这些事一查就能得知，没什么可瞒的。

"卫指挥也很信任你。"明舒又道，"那你呢？你觉得卫指挥是个什么样的人？"

丁宣眉心微不可查地一蹙。

"我只是个下人，卫爷是主子，下人没有评论主子的权利。小人还有要事在身，不能陪仙姑捉鬼，还请仙姑见谅。"他说着行礼要走。

明舒却道："我昨天见到那个'鬼'了，它从假山前'飘'到长廊处消失，从长廊到后院的路上，有值夜的老嬷嬷把守，但只有一处没有，就是卫老爷的偏院。"

丁宣脚步一顿。

"卫家老爷病重多年，手足瘫痪，卧床不起，口不能言，移居偏院静养。我怀疑，那里就是妖物巢穴。你说我如果现在去捉'鬼'，能捉到什么？"

卫献与卫朝的父亲去岁因卒中之症而瘫痪在床，平日虽然有丫鬟照顾，但老人家瘫痪在床，擦澡翻身这些活计，丫鬟的力气不够，需要小厮负责，可卫献把内宅看得紧，普通小厮不能随便进出，只有丁宣因为身份的关系不会招致猜忌，因而也被卫献安排照管卫老爷。

此语一出，丁宣猛地转身，正面望向明舒。

那张脸在火光下显得狰狞吓人。

"在这宅里生活，挺苦的吧？"明舒又将话题一改，道，"烟芍姨娘是要被送到前院去侍奉贵客吗？"

丁宣偏开头不答。

"卫献赎她回来，就是等着有这么一天能派上用场吧？"明舒也垂下头，摩挲着灯笼道，"有时，人心要比鬼更可怕。"她说完又是一笑。

"不耽误你了，我也回去了，告辞。"语毕，没等丁宣开口，她就提灯回了耳房。

前院灯火未熄，外头还有些闹，耳畔刘氏咋咋呼呼的抱怨声传来，似乎在骂自己的男人……明舒笑了笑，和衣躺下。

想着明日能见到阿兄，她心情不错，在床上躺了片刻便睡着了。

天微亮时，明舒被屋外传来的慌乱人声吵醒。

“夫人，不好了！出……出事了！”男人的声音响起，把满院的人都惊醒了。

进来的是个小厮，他慌慌张张冲进院里，在屋外嚷开。

卫家内宅小厮不得擅入，眼下又是大清早，若不是出了要紧事，前院的人断然不会闯进内宅。刘氏被惊醒，连头发也顾不上梳，就披衣掀帘出来问道：“大清早的出了何事？在这儿大惊小怪的！”

明舒也已出来，站在门前看着。

那小厮已经跪在地上，语不成句道：“二夫夫……夫人，出大事了……”

“你倒是把话说完啊，出了什么事？”刘氏急道，恨不能拽着这小厮衣襟让他把话一次性说完。

“人命……出人命了……咱家大爷……溺……溺在东边园子的池子里……”

“你说什么?!”刘氏向后踉跄两步，险些栽倒。

明舒本倚门而立，闻言不禁站直了身体——卫献死了？

“那……那二爷呢？”刘氏待了片刻，方想起自己丈夫来。

昨晚卫朝也在前院陪客，一夜未归。

“二爷……二爷昨晚喝多了，就歇在了前院，现下还没醒。”小厮道。

“这混账东西！”刘氏又急又气又怕地骂道，转身进了房间，让丫鬟立刻替自己梳头更衣，她要亲自去前院。

明舒已经先她一步，往东园去了。

时辰尚早，天微凉。

东园的池子不大，四周以叠石与绿植围起，现在不是莲花盛开的季节，池中的莲叶还没长出来，空荡荡的只有几尾鲤鱼不时游过。

明舒赶到时，池子旁边已经围了许多人。

水面上漂着具尸首，丁宣正带着卫家下人打捞。尸首被钩到岸边，衣着打扮与面容俱清晰可见，真是她昨晚匆匆一瞥的卫献。

除了丁宣与卫家下人外，魏卓亦在，身边跟着两个亲兵，此刻正盯着卫家人打捞尸首。明舒观其模样，身上兵甲未卸，腰间佩剑，面色冷凝，满身都是叫人退避三舍的肃杀之气，与在胜民坊遇见的那个魏叔几乎判若两人。

除此之外，烟芍也在场，她正抱紧双臂站在旁边，似乎有些怕冷，脸上妆容与衣着都与昨夜一般无二，只不过昨晚的她风情万种，今早脸上却只剩下惶恐。

明舒知道，昨晚为了招待魏卓，卫献不仅从外头叫回几个风尘女子，就连自己的小妾烟芍也被送到前院待客，想来都是为了讨好魏卓。只是不知昨夜到底发生了什么，这一夜过去，魏卓和烟芍并没点儿变化。

“慢点儿，慢点儿！快，抬上来了！”前头有人唤道。

尸首总算被抬上岸来，湿淋淋地放在地上，四周立刻有人接二连三哭道：“卫爷！”很快哭成一片。

哭声有些扰人，明舒只听魏卓威严道：“住嘴！”

他话不多，却立刻镇住众人，哭喊的声音顿时收起，他才又道：“报官没有？”

丁宣道：“已经遣人去了。”

魏卓点点头，亲自蹲到卫献身边查看，片刻后起身道：“所有人立刻退出东园。丁宣，找几个人守住东园所有出入口，不要放人进来。”语毕又叫自己的亲兵，“守在池畔，保护现场，待开封府的人来了再作勘验，在此期间，不准任何人接触卫献的尸首。去把卫家的人都叫起来，再把最先发现尸首的人带到前院。”

几个命令有条不紊地吩咐下去，无人敢置喙。

魏卓这才准备离去，一转身，便瞧见了站在人群里的明舒。

他蹙蹙眉，朝她招手。

明舒三步并作两步跑到他身边，与他并肩向园外走去。

魏卓脚步稳健，身上的轻甲随着他的行动发出细微的响动，带着几许大将风范，充满力量。

“魏……”明舒想了想，“殿帅。”

魏卓斜睨她一眼：“不必见外。”

“魏叔。”明舒就又改了称呼。

“你怎会在卫家？”魏卓问她。

“我是受人所托，来查卫家闹鬼之事。”明舒并不隐瞒魏卓。

“闹鬼？”魏卓不解。

明舒便将卫家内宅闹鬼之事简要说明，又道：“不知卫献之死，是否与此有关。他昨晚应该是在陪魏叔宴饮吧？”

闻及此语，魏卓发出声冷笑：“我来卫家是为公事，他也确是陪我饮酒，不过……”他说话间顿了顿，“他喝到一半就走了。”

“魏叔可记得是什么时辰？”明舒问道。

“亥时中吧，我听到更鼓声后又过了一段时间，他才离去的。”魏卓回答完又望向明舒，“小丫头，你问这作甚？卫家的浑水，你别蹚。”

明舒“嘿嘿”笑了两声，刚要说话，外头就有人来报：“开封府的人到了。”

报案的时间尚早，开封府衙还没正式开衙，先赶来的是总捕头董成武和手下两个年轻的捕快应寻、汪商，以及仵作等杂吏。

“殿帅，此案已经遣人通传少尹了，小人怕现场被破坏，所以先带手下过来勘验，少顷少尹亦会亲自前来。”董成武向魏卓行礼道。

此案死者身份非同一般，又涉及禁卫军统领魏卓，怠慢不得，开封府少尹肯定要亲自过问。

魏卓颔首，一边让人带捕快们去现场，一边又与董成武说：“卫献牵涉军中秘事，他的尸首你们不能带走，就在卫家验尸。稍后我会同少尹亲自说，我也会暂留卫家，与你们一同查明此案。”

明舒不便多听，便悄悄退到了后院去。

后院女眷已经全部被叫醒，现下集中在庭院内，个个神色惶惑，交头接耳。杜文卉魂不守舍地与许氏坐在花厅中，两眼迷茫，一滴眼泪都没落。哭声最大的反而是二房刘氏，她带着一身的药油味扶着头冲进花厅，哭喊道："昨儿还好好的人，怎么说没就没了……"

发生了命案，许氏也没了头绪，只能陪着安慰杜文卉，听到刘氏的哭号，越发觉得头疼。

宅中没人主持大局，一时有些乱起来。

明舒在人群里看了看，找到两个日常在东园附近洒扫的婆子，凑上去闲聊。她才聊了一小会儿，丁宣就带着开封府的捕快进来了。

"夫人，二夫人，这位是开封府的捕快应寻，他奉命前来查问内宅女眷。"

明舒望去，这应寻二十岁上下的年纪，穿着捕快的劲衫，腰间别刀，生了张棱角分明的脸，不苟言笑的模样显得有些冷酷。

应寻的名字，她听过。

上回在松灵书院时，明舒结识了几个开封府的衙役，这次虽都没来，但当时她曾听他们提起，开封府有位小神探，就叫应寻。

想来，就是他了。

应寻让所有人都集中在后院，请丁宣清点完人员确认没有遗漏后，又让人守着众人，不允许交头接耳，自己则开始一一盘问。

盘问之地在与后院一墙之隔的偏厅内，后院的人被一个个带进偏厅问话，逐个排查，完全没问题的就被放回来，有疑问的则会被暂时收押。

卫家下人人数颇多，盘问一时半会儿结束不了。先问的自然是卫家的夫人。

明舒站在长廊上等着，卫献出事，这宅中所有人都有嫌疑，她也不例外。想来今日是不能回去见阿兄了，就连给陆徜留平安记号都做不到，心中隐隐有些不安，怕陆徜担心。

时间一点点过去，转眼就到傍晚，终于轮到了明舒。

明舒被带入偏厅，还没开口，就见应寻冷冷地盯着自己道："你就是那个自称来自终南山，能降妖伏魔的天玄青？"

"天玄青不是我的本名，我叫陆明舒。"明舒老实道。

岂料应寻唇角勾起一抹嘲笑："招摇撞骗的江湖术士，怎不继续骗下去？"

"我不是骗人，我进卫府是受人所托。"明舒准备把事情和盘托出。

应寻却打断她道："我知道，你是受二房刘氏所托进府，是也不是？"

"是二夫人拜托我进府，那是为了……"

"闭嘴，我问什么你答什么！"应寻又打断了她，"你现在也承认自己和二房合谋了？"

"……"明舒被应寻问得心头火起，她说什么了，就变成与二房合谋？"我不知道应捕快的意思。"

"卫朝有杀兄的重大嫌疑，你既然是他们夫妻带进卫府的江湖骗子，定与此事脱不了干系。来人，先将她押下去看守起来，待我盘查完其他人，再好好审她！"应寻道。

"应捕快，你连问也不问就断定我与此事脱不了干系？未免太过武断！"明舒急了，也不知二房卫朝为何就成了嫌犯。

"不管你与此案有没有关系，假扮江湖术士总是不假。你们这些骗子我见得多了，先带下去！"应寻并未多说，只朝左右使个了眼色。

立刻就有人上来拿明舒，明舒挣不过开封府的衙役，被押到了厅外，心里恼怒不已，气道："放开我！"

"老实些！"衙役没什么怜香惜玉之心，呵斥道。

明舒挣了挣，无法挣脱，正暗暗着急之际，忽听前头有阻止声传来："且慢！"

她抬头一看，只见魏卓出现在前方。

日暮时分，持续了一整天的殿试已然结束，当场便定下名次。

很快地，参加殿试的举子们陆续从宫门内出来，当前三人皆着绯衣，被众人簇拥而出。这些举子自黎明时分入宫，行礼后先经笔试，由阅卷官择出十人，送呈圣人，再由圣人传召应答，最后御笔钦定出三甲。

金榜要到明早才会张贴，传胪大典也在两天以后，现下还未公开。

这一届科考，出了一位三元及第的状元，若是消息传开，必将引发全汴京盛议。

陆徜先策马赶回家中，他迫不及待地想要见到母亲与明舒。

到家之时，天已全黑，家里亮着灯，曾氏坐在厅里一边绣花一边等他。

他兴冲冲地进门，却未见明舒的身影。

卫家的灯笼也已高悬，大门紧闭着，宅院里头的人今晚注定无眠。

宋清沼将马缰交给小厮后整妥衣冠，方迈步走向卫家大门。

“若是夫人见公子得了榜眼亲自来接她归家，她定会消气。”小厮道。

宋清沼不语，只忽然在离卫家大门十步开外的地方停下了脚步。

街巷另一头，有人走来。

三日之期已到，明舒并没回来，陆徜赶到卫家，也没有看到明舒留下的记号。

他要进卫家要人。

灯火之下，同样身着绯衣的陆徜与宋清沼撞个正着。

一个来要妹妹，一个来接母亲。

天已黑，庭院里的灯火一盏一盏亮起。在卫府内的除了开封府的人，还有后来赶到卫家的一队禁卫军侍卫，将四周包围得水泄不通。

魏卓坐在外院中庭正中的圈椅上，等着开封府的查证结果。明舒跟在魏卓旁边，哪儿也不能去，什么都不能做。

魏卓虽然让她避免了被捕快带走的下场，不过她也不能随意走动。

“闷了？”魏卓看了她一眼，点着桌面道，“喝茶，吃些点心。”

明舒看着桌面上已经冲了几遍早就淡得无味的茶，无奈道：“魏叔，我已经满肚子都是水了。”

魏卓被她逗乐，唇角扬了扬，道：“好了，知道你委屈，且再忍忍。

他们办案能力不错，应该很快就能还你清白。”

“您说应寻啊？他那么武断，也不听人解释，手底下真没冤假错案？”明舒对应寻意见格外大，她可从没见过这么武断又自以为是的人。

“他们自有一套办案手法，也见惯了各种各样的犯人，你又假扮江湖术士进入卫府，先入为主罢了。”魏卓对其他人都言简意赅，对明舒却很有耐心，有些闲聊的意思。

明舒刚要开口，庭院外走来一行人，原是开封府少尹带着应寻等人过来了。

“殿帅。”少尹先朝魏卓拱手。

魏卓已经起身，回过礼道：“可有进展？”

“尸体勘验完毕，仵作尸格已出，稍后呈上，现场也已勘察结束，卫府上下人员俱已盘查完成，已列出几个嫌疑人，现下过来是有件事想请教陆娘子。”少尹望向明舒。

明舒站直，淡淡道：“大人想问卫府闹鬼之事吧？”

“你若知道什么，就实话实说，别藏着掖着妨碍办案。”应寻开口道。

“官府办案我当然要配合，不过应神探什么都还没问，就在心里先定我一个招摇撞骗的罪名，我就想问问，我要怎么说呢？”

“那你现在可以说了。”应寻依旧硬邦邦道。

明舒被他的态度惹怒，还想讥讽他几句，又见魏卓与少尹都等着自己，不得不顾全大局把气咽下，道：“卫府闹鬼之事已经有近五个月，卫二夫人请我来是调查闹鬼之事，我因此假扮女冠入府。这个‘鬼’，据我所查，乃是有人假扮。”

“何人所扮，又是为何扮鬼？”

“我先前借驱祟为名集中查问过府中所有遇见过异常情况的人，得出一个结论。卫府闹鬼，其实分了三个阶段。”明舒不再理会应寻，整理思绪开口解释。

第一个阶段，集中在杜文卉身上，所有关于“鬼”的消息，都由她亲口放出，也只有她一个人说见过，所以才被诊断为癔症。第二个阶段，卫府闹鬼的范围扩大了，府中丫鬟婆子们纷纷遇到奇怪的事情，比如禽鸟遇害，有人被推向深井险些跌落，等等。这些现象虽然奇怪，但“鬼”并没真正出现。卫献虽然也整顿肃查过内宅，但没找到“鬼”，只能将事情压下。第三个阶段，就是昨夜许氏遇鬼，“鬼”真的出现了。

这三个阶段，鬼的威胁性是逐渐变大的。

“我一直觉得许夫人遇鬼有些奇怪。这‘鬼’如果藏在卫家这么久，就算有冤气，也该冲着卫家人才是，怎会冲着才上门没几天的许夫人？还那么明显地现形吓她？那只有两种可能。一种是这‘鬼’想把许夫人赶走，因为许夫人妨碍到‘它’了，可许夫人到卫家只是来探望卫夫人，小住几日，她迟早是要回国公府的，平日最多也只是和卫夫人说说话，身后还有吕嬷嬷监视着，又能妨碍到谁？甚至需要这个‘鬼’要冒着被人揭穿的风险亲自出来吓人？”

“另一种呢？”

“另一种就是，‘它’想借许夫人的身份，把卫府闹‘鬼’之事闹大。不知道各位大人发现没有，卫家宅子的下人们，从丫鬟婆子到小厮，都是卫献一手挑选的，宅内消息完全无法传到外边，坊间几乎听不到卫家的传言。但从今年年初起，关于卫家闹鬼的流言，就慢慢在汴京城内流传开了。”

后院人手虽是卫献亲自挑选，日常也是严加管束，若是寻常后宅秘辛自然不敢往外传，但鬼神之事毕竟不同寻常内宅的流言，普通人心存敬畏，无法以平常心对待，遇上了难免到外头或寻道观或寻寺庙烧香求符保个平安，便会提及一二。消息，就这么传出来了。

而许夫人也正是因为听到这个流言，才赶到卫府安慰闺中密友杜文卉。

这才是前后因果。

语毕，明舒暂时停下，等他们消化。

应寻眉头紧紧蹙起，魏卓向明舒道：“你继续。”

明舒点点头：“许夫人遇‘鬼’那天，正好撞上在帮卫二夫人调查古怪声音的我，我和她一起躲在假山的矮洞里，虽然只看到‘它’的衣摆，但是我在事后查看了地面上的痕迹，这个虚无缥缈的‘鬼’在假山下的泥地上留下了拖痕与脚印。你们何时听说过鬼有重量，会在地上留下拖痕与脚印的？那分明是人假扮的。”

“明舒，你的意思是，这人扮鬼，不是为了‘藏’，而恰恰相反，是为了‘露’？”魏卓斟酌道。

明舒回他：“这是我的推测。”

这个推测有悖常理，只有放在卫家才说得通。

“为什么？”应寻问道。

“你和卫夫人杜文卉见过面了吧？你觉得她怎样？”

“神情恍惚，唯唯诺诺，面对丈夫溺亡没有流露一丝悲伤。”应寻已经盘问过杜文卉，这个卫夫人确实奇怪，也完全看不出和卫献如传言般夫妻情深。

“许夫人与杜文卉是二十几年的闺中密友，对杜文卉了解甚深。我在遇‘鬼’那晚曾和许夫人深谈过，她告诉我，杜文卉年轻时是个开朗活泼的娘子，与现在所见判若两人，自从遇到卫献之后，才慢慢变成现在这个样子。这二十几年，卫府像个囚笼，卫夫人被禁锢于此，谁都不知道这其中发生了什么事。我想你们可以找个医娘给卫夫人瞧一瞧，她身上可能有伤，你们问问她，是谁造成的。”

许氏说在杜文卉手腕上发现过瘀痕，而杜文卉本人在外也都将自己包得密不透风，这举动极像是在掩饰身上的异常。

“你是说，她受卫献虐打？”应寻立刻反应过来。作为捕快，他没少接触各类人，虐打成性的男人，并不在少数，有时甚至会打出人命。

可在卫家，杜文卉是当家主母，能够虐打她的，也就只有卫献了。

“也许……她心中所承受的东西已经达到了极限，但身处卫宅，她无法向外求救，甚至还要被迫向外界装出与卫献恩爱的模样。”

“明舒，你说的‘鬼’，莫非是指卫夫人杜文卉？”魏卓问道。

明舒点了点头。

任何一个正常的女人，处于被囚禁、监视的环境中，面对控制欲极强甚至虐打她的丈夫，又求助无门，她能怎样？借“鬼”之名向外界传达她的声音，以引发外界关注，这是她最后的救命稻草。

杜文卉是想逃离卫家的，卫二夫人说过，杜文卉不止一次提出想搬离主宅去庄子上休养。杜文卉最初装遇鬼，可能只是想借这个子虚乌有的“鬼”来逃离卫家，没想到卫献仍不同意，但她意外地发现闹鬼的流言能传入坊间，于是卫府闹“鬼”之事愈演愈烈，一方面她可以让消息流入坊间引发关注，另一方面也可以继续找借口离开卫家。

慢慢地，卫家这固若金汤的内宅就被撬开了口，流言会一点点传出，从闹鬼到卫家的秘密，很多其实并不相关的事会因为鬼神之说而一同传入街巷，这会给卫献带来压力，也会给杜文卉带来一点点喘息的空间与逃离的可能性。

“可杜文卉被人监视，一举一动都在他人眼中，又怎能分身去做这些事？”

“她有帮手。总有些人虽然被卫献招进卫家，但心里还是看不过眼，想帮帮卫夫人的。”明舒答道。

“是谁？可有证据？”

“没有证据。这桩案子，我本来不想查了，打算今早就和卫二夫人请辞，把定金返还的。不过可惜还没来得及说明，卫献就被发现死在了东园池子里。”明舒道。

“既已查明真相，为何又要请辞？”

“这‘鬼’从头到尾都没伤过人，若只是一个可怜人的自救，若是被我揭穿，你觉得杜文卉还活得下去？”明舒叹口气，接着道，“不过提起证据，如果你们动作够快，也许能找到。前晚遇‘鬼’时，那‘鬼’走到长廊下突然失去踪迹。我问过卫家下人，卫家内宅是有丫鬟婆子值夜的，从假山处的长廊到后院主屋之间，恰好有人值夜，除了卫献的父亲所住的偏院。我怀疑那人是逃进偏院了，扮鬼所用的东西，也许还在。”

“扮鬼之人会是谁？”

“在偏院照顾卫老爷的，是丁宣。”

应寻便召唤了同僚，打算立刻往偏院寻找证据，临走时又转头问明舒：“你不想说出这些害了杜文卉，那现在为何又要和盘托出？”

明舒给了他一个“你有毛病”的眼神，道：“我不想继续搜证查探，是因为我觉得闹鬼并不会给这宅子里的任何人造成实质性的伤害，却涉及一个可怜妇人的自救，所以选择闭嘴。可是现在卫献死了，案情性质不同了，我有必要把我知道的事情告诉你们。我虽然同情杜文卉，但也不能否认，杜文卉和她的同伴存在强烈的杀人动机！作为一个正直的大安百姓，我有义务配合你们办案，有什么问题吗？”

应寻被她一顿抢白说得无言以对，转身走了。

魏卓倒是笑了：“小丫头，瞧你气得，都变小老虎了。”

“魏叔，我看他不顺眼。”明舒恼道。

魏卓哈哈大笑起来，安抚她：“好了，话说清楚，嫌疑洗清，你也能自由。少尹，你说呢？”

“下官觉得殿帅言之有理。”少尹附言道，正要再打几句圆场，却见开封府守在门口的衙役匆匆过来。

“殿帅，少尹，府外有两人，自称新科状元陆徜与榜眼宋清沼，要求见少尹。”

开封府少尹尚未回应，明舒已然瞪大了眼，冲到衙役跟前问：“你说谁？新科状元是谁？”

“陆徜……”

“那是我阿兄！他中状元了？魏叔，他中状元了！”明舒险些一蹦三尺高，喜不自禁地向魏卓重复道，又问，“他应该是来接我的，我能去接他吗？”

“你阿兄是新科状元郎？”魏卓很是惊讶，又望向少尹道，“可以吗？”

“自然可以，带陆娘子去见陆公子。”少尹点下头。

明舒笑得合不拢嘴，跟着衙役走了。

卫府大门的影壁前，陆徜与宋清沼并肩站着，等进去通传的人出来。

等了片刻，他们先等到的，却是一声清脆悦耳的声音。

“阿兄——”

陆徜原本正看着卫府漆柱上挂的对联，骤然听到这个声音，竟是胸中忽震。不过三天时间没见，她的声音乍然响起，竟直透魂魄。

三天，只不过三天，他本不觉得什么，及至这乳燕归巢般的呼唤响在耳边，方觉相思已深。

明舒高兴极了，拐过绿树时，瞧见灯笼下站着两个人。

绯衣少年郎俱被璀璨灯火笼罩，一起朝着她笑，那红色美得惊心，像无数少女心底最盛大的期待。

明舒看呆了，她情不自禁慢下步伐，往影壁处踱去，走到陆徜身边。

“发什么呆？”陆徜轻轻一点她的眉心。

明舒犹似梦中被人惊醒，终于收回魂魄，道：“阿兄，你中状元了？”

陆徜颔首，明舒拽着他的衣袖跳起：“我阿兄是状元！好厉害啊！”

她面上喜悦毫不掩饰，看得陆徜随她一起笑。旁边的宋清沼这时方向明舒打招呼：“明舒。”

明舒也早就看见他了，只是阿兄中状元这个消息冲击力过大，以至她一时间忘形，被宋清沼这么一叫，她才收敛起来，道了声：“宋……”忽然想起许氏说过的话，没来由地脸一红，往陆徜身畔一缩，才继续道，“宋公子中了榜眼？恭喜。”

“比不上你兄长。”宋清沼笑道。

陆徜觉得明舒有些不对劲，她从来不是扭捏的人，从前对着宋清沼也都大大方方，今日不知为何，她却突然扭捏起来。

这个发现让他心里不大痛快，道：“宋兄承让而已。”语毕又问明舒，“回家吗？”

“还不能，卫府发生了命案，卫献死了。”明舒走到二人面前，对宋清沼道，“宋公子是来接你母亲的吧？都随我来吧，我带你们去见殿帅和开封府少尹。”

“殿帅？”陆、宋二人异口同声。

出了命案，开封府少尹在这里不难理解，怎么殿帅也来了？

“边走边说。”明舒带着两人往里去。

明舒简单交代了一下卫献之死，三人就已经走到前院的中庭内。

魏卓与少尹仍在，但除了他二人外，还多了一个人。

“母亲？”宋清沼远远就认出那人是自己的母亲。

许氏被丫鬟扶着，正满面怒气地对着开封府少尹：“你们开封府的人怎么办案的？把我也当成嫌犯了？我堂堂国公府世子夫人，能做出那样的事来？你们看犯人一样将我看守在内，又明里暗里说我有杀人嫌疑，因为我和文卉是闺中密友，所以我就要杀卫献？”

“夫人息怒，息怒。他们绝无此意，定是其中有什么误会，待我回头教训他们。”少尹是个和稀泥的，忙安慰许氏道。

“母亲！”宋清沼的声音及时响起，打断了许氏的发作。

她转头望来，看到宋清沼脸上一喜，哪还记得先前与宋清沼置气的事，忙道：“清沼我儿。”

宋清沼三步并作两步跑到许氏身边，问道：“母亲，发生了何事？”

“他们开封府的那个捕快应寻，说我与文卉合谋杀了卫献。清沼，你可得替母亲出头，我可不能平白叫人这么冤枉。”许氏拉着宋清沼道。

“误会误会。”少尹也是头疼。

明舒一步上前，挽住许氏的手道：“许姨，你别气，这只是他们开封府的推测罢了。事实上案发之时正逢深夜，卫府大部分人都在睡梦中，基本都没有不在场证明，我们每个人都有嫌疑，不拘你我，甚至连殿帅亦有嫌疑。捉贼拿赃，没有证据，他们不会平白诬陷你的。”

经她这么一解释，许氏的气才算稍减：“但那应寻说话，也忒难听了。”

“我也觉得，不过咱们宰相肚里能撑船，不和他一般见识！”明舒哄道。

许氏这才平静下来，宋清沼听明舒喊自家母亲作“许姨”，又见二人相处甚欢，不免奇怪。

“阿娘，您与……”他指了指明舒。

许氏回神道：“这位是卫家请回来捉鬼的天……”

她话没说完，明舒就已经松开了手，然后摸摸鼻子，垂头道：“许姨，我不叫天玄青，那是我进卫府的化名，我叫……陆明舒。”

陆明舒？

这名字有些耳熟。

许氏看看明舒，又看看宋清沼。

不会这么巧吧。

“你就是……”

“我就是！”

没头没脑的对话，只有明舒和许氏听懂了。

许氏重重地“唉”了一声。

第二十九章 人心最可怕

许氏捂着心口，一副要晕倒的模样，险些往后栽倒，幸亏被宋清沼一把扶住。

“母亲？”宋清沼不知许氏突然间是怎么了，不由得急道。

许氏只觉得颜面尽失，想就这么厥过去一了百了，但偏偏她晕不了，只好倚着儿子双眼紧闭地装晕。明舒如今倒有些了解许氏这人了，不由得掩嘴一笑，很快又收敛，正色走到许氏另一边，朝宋清沼道：“放心吧，许姨没事。”

宋清沼疑惑地看着明舒把许氏扶到怀中。

陆徜只看到宋清沼和明舒一左一右把许氏夹在中间，眉头紧紧蹙起。

这画面，让人不太痛快，扎眼又刺心。

“许姨，您放心吧，我发誓，那件事天知地知您知我知，绝对不会有第三个人知道。”明舒凑到许氏耳畔低声道，“快醒醒，别装了。”

许氏又“唉”了一声才睁开眼，用手扶着额头，嚷着：“我的头，头疼……”

“可能是吹了风，扶许姨去屋里歇会儿吧。”明舒笑笑，朝宋清沼道。

宋清沼狐疑地看着二人，他觉得事情定没这么简单，她们必然有秘密瞒着他，但他又完全看不出眉目，只好扶着许氏道：“多谢。”又向众人告辞，送母亲去休息。

宋清沼扶着许氏走了，明舒又是一笑，转头看到陆徜目光灼灼地盯着自己。

“你和他们很熟？”陆徜道。

“嘿，和许姨一起撞过鬼，所以就熟了。”明舒笑嘻嘻道，转头又拉陆徜去见魏卓和少尹。

“晚生陆徜，拜见魏大人，少尹大人。”陆徜一边道一边向两人行揖礼。

魏卓伸手拦住了他：“不必多礼。陆徜之名，我在朝中早有耳闻，没想到是明舒的兄长，果然有其兄必有其妹。”

“魏叔，为什么不是‘有其妹必有其兄’？”明舒不甘被排在陆徜后面，小声说道。

魏卓笑了，陆徜又道：“区区陆徜，劳大人挂心了。”

“你既是明舒兄长，不必如此见外，随她一起唤我一声‘魏叔’吧。”魏卓道。

陆徜虽有些疑惑，但还是从命：“如此，多谢魏叔厚爱。”

打完招呼，明舒问陆徜：“阿兄衣裳都没换，是一到家就过来了吧？可用过饭？”

陆徜摇头：“尚未。”他赶着来找明舒，哪有工夫吃饭，原本还不觉得什么，不过被明舒这一提起，忽然觉得确实饿了。黎明进宫殿试，自然不可能好好用饭，出宫之时天色已晚，他又赶来卫家，这一整天下来，几乎粒米未尽。

“魏叔，您看……”明舒立刻望向魏卓，用目光讨要吃食。

无须明舒多言，魏卓立刻着人给这对兄妹拿点心茶水过来。明舒便拉着陆徜到空庭长廊的石阶上坐下，道：“你饿坏了吧？先吃点东儿西，咱们慢慢说。”

点心和热茶很快送来，明舒端起吹了两口，才小心翼翼地捧给陆徜。陆徜谢过之后接下，小饮半口，问她道：“明舒，你几时认识殿帅的？”

这样的人物，汴京城的达官贵人求遍关系也未必见得到，可明舒却一口一个“叔”叫得十分亲近。

“先前不是同你提过，咱家隔壁老太太的儿子在战场上殉了国，她儿子昔年的同袍时常来探望照看，那人就是魏叔。你不在家的时候，我和阿娘与他见过好几次。”明舒想了想，又道，“对了，他还救过阿娘。”

虽然曾氏当时不让她说，但事情已经过去许久，现在说应该没关系了。

“救？阿娘出了何事？”

明舒便将曾氏遭人欺负又被魏卓救下的事一说，陆徜当即脸就沉了：“当时为何不与我说？”

“那不是怕你冲动嘛，况且你又在备考，不宜分心。”

陆徜将茶重重放到石阶上，道：“明舒，今后再遇到这些事，不管是关于母亲还是你的，都必须第一时间告诉我。”

“知道了。”明舒不以为意地回答。

“明舒！”陆徜一把攥住她的手腕，沉声道，“我不是在同你说笑。倘若遇到危险，不准再瞒我。”

明舒被他吓了一跳，抬眼见他无比凝重的神色，心中不免一暖，温声道：“阿兄，我记住了。”

陆徜这才放开她。

石阶旁边恰有座石灯，摇曳的火光照得陆徜身上的绯衣越发鲜艳，陆徜那张脸也愈俊，唇红齿白眼眸如星，明舒不由自主地呆呆看着他——她阿兄真是太好看了。

陆徜又饮了两口茶，忽然瞧见她傻傻地盯着自己，眼中似有碎星，目光就那么凝在自己身上，他心脏怦怦直跳，边侧身朝她倾去，边轻声道：“明舒。”

声音低沉，略带着因喉中干涩而起的沙哑。

四目相对，温柔缱绻。

明舒有些发怔，脑袋空空的，突然间失语，眼睁睁看着他逼近自己，伸手探向自己腰侧，宛如拥抱，宛如……

“阿兄……”她无意识开口，直觉不对，一时间却不知要做何反应。

陆徜比她更快一步，伸过来的手只是擦过她腰侧，最终落在她身边石阶上放的那盘点心上。

“你在发什么呆？”他无奈道，“我饿了。”

明舒猛地惊醒，吐不出字来，只在心中暗骂。

陆徜已经端过盘子，随手拈了块糕点送入口中，甜丝丝的味道在嘴里化开。

卫府后院的厢房中，宋清沼将许氏扶上了床。

“哎哟哟，我的头……头疼。”许氏抚着额角不断嚷道。

丫鬟给她揉着头，宋清沼坐在床沿道：“我去给母亲请个大夫吧。”

见儿子要去找大夫，许氏忙又拽住他：“不用了，老毛病，一会儿就好。”她心知肚明，自己哪里是头疼，分明是心病而已。

一想起自己的糗态被陆明舒那丫头看了个通透，她就想挖个地洞钻进去。

若是日后再见，她这张老脸不知要摆到哪里去。

宋清沼见母亲似乎心情不快，便将自己殿试中了榜眼的事一说。许氏一听，当即百病全消，喜得将先前发生的事全抛到了脑后。

“真的中了榜眼？”许氏惊喜非常。尽管她相信儿子必能高中，但金榜题名的消息真的传到耳中，她还是喜悦非常，虽然不是状元，但她也已经十分满足了。

纵观这满京城的世家子弟，还有哪一个能像她儿子这般不靠祖荫，凭借自己的本事出头的?

宋清沼是她的骄傲。

母子俩聊了一会儿，许氏已经彻底从明舒的阴影中走了出来，头也不疼、心也不慌了，拉着儿子直笑。宋清沼便知母亲已经无碍，于是频频回头朝门外看。

他看到第三次时，许氏的笑冷了下来：“你老看什么？想去找那丫头？”

“母亲……”宋清沼被她揭穿心事，索性承认，“卫献这案子不知办得如何，明舒知道得多，儿子是想找她问个明白。”

“想找她就找她，你编什么借口？打量我都看不出来？”许氏白了儿子一眼。

宋清沼倒不辩解，道：“母亲，那儿子能不能去呢？”

“儿大不由娘，心都是往外长的！我生你何用！”许氏怒拍了他肩头一下，又道，“去去去，去找你的陆明舒！”

“母亲，您这是同意了？”宋清沼唇一扬。

“我要不同意，你能随我？”许氏冷哼着别开脸。

“那我可真去了……”宋清沼笑道。

许氏别过头去不看他，宋清沼又笑了笑，告辞离开，走到门口时，却听许氏又叫他。

“清沼……”

“母亲还有何事吩咐？”宋清沼回头道。

许氏看着儿子的脸，想说的话又咽下：“算了，没事，你去吧。”

算了，还是别告诉儿子她把他的心思在陆明舒面前戳破了的事。

陆徜确实饿坏了，一大盘点心没几下就吃掉一大半，明舒把自己那杯茶也让给他就糕点。

她心疼他，道：“阿兄今天定是累坏了。”

陆徜肚子填个半饱，便有了精力关心卫府的案子了，按按她的头，道：“没什么。你和我说说卫家的事吧。”

明舒点点头，正欲开口，就听远处传来宋清沼的声音。

“陆兄，明舒。”宋清沼一边打招呼，一边走了过来。

明舒见了他仍有些不自在，但已经没了适才的扭捏，捧着那盘点心冲他笑道：“宋公子，许姨好些了没？”

“多谢挂怀，我母亲已经无碍。”宋清沼见他二人坐在石阶上，也随意在陆徜旁边坐下，隔着陆徜和明舒说话，“卫献的案子我母亲也有嫌疑，所以我是来找你了解情况的，你可方便？”

“方便，我正要与阿兄说这件事。”明舒回道，又见他也一身绯衣，想来他和陆徜一样，刚出宫就赶了过来，便把手中的点心盘子往他那边一推，“你也没用饭吧？先将就垫垫肚子？”

陆徜见这两人隔着自己说话，心中已不自在，看着那盘点心道：“这不是给我的吗？”

明舒奇怪地看了他一眼，道：“一起吃吧，吃完了我再找魏叔要点儿。

宋公子，不要客气。”她一边说，一边把盘子再递过去些，一边又用“你太小气”的目光看陆徜。

陆徜胸口有些堵，便不再作声。旁边的宋清沼道了两声谢，倒真不客气，和陆徜同时伸手。

盘里还剩三块糕点，两人偏巧都看中了同一块，一左一右捏住糕点两侧。

宋清沼、陆徜与明舒都是一怔。不过一块糕点，想来宋清沼和陆徜都是懂得礼让之人，明舒并没当回事，只是她捧着盘子顿了片刻，这两人却都没松手的意思，还有些暗暗较劲的意味。

明舒就不明白了，不过是块再普通不过的桂花酥而已，又不是长生不老的仙丹，这两人至于吗？

“还有两块，都好吃的。”明舒万分不解道。

“那两块留给宋兄了，我只要这个。”

“不了，宋某就想试试这桂花酥，望陆兄成全。”

两人互不相让，说着在明舒听来像打哑谜一样的对话。明舒端着盘子手举得发酸，于是沉下脸道：“撒手！”一声不行，她加重语气，“我让你们撒！手！”说着就要收盘子。

陆徜和宋清沼只能同时放手。

明舒看看陆徜，又看看宋清沼，然后拿起一块梅花糕递给宋清沼，又拈起一块栗仁饼递给陆徜，二人便都接下，盘中只剩下最初他二人看中的桂花酥，明舒拈起，在两人面前晃了晃。

“想吃？”

两人都没回答，只眼睁睁看着，明舒便自问自答：“不给！”随后就将那桂花酥塞进了自己嘴里。

要争要抢是吧？那就谁都别想吃！

明舒终究不是硬心肠的人，又找魏卓要了点心和茶水，这回送来了两盘点心三杯茶水，除了明舒外，陆徜和宋清沼都是一人一盘点心加一杯茶水。

这下，就没什么好争的了吧？

明舒着实想不通这两人在闹什么，莫不是殿试上没比够，私底下见了面还得斗一斗才痛快？

她分完点心，看着同时捧着茶在啜饮的两个少年，一时有些恍惚。这两人都着绯衣，身形也相近，远远看着，几乎分辨不出谁是谁来。

现下他们虽然并排坐着，但二人中间已经拉开距离，塞下两个人绰绰有余。明舒因要同他二人说卫府的事，便想坐到两人中间好说话些，不想这念头才刚浮起，她就见陆徜已经挪向宋清沼，把二人间的距离给缩短到半个明舒都塞不下。

这意思已经足够明显了，明舒若看不明白就是傻子，她选择挨着陆徜坐下，探出头来向二人说明卫家状况。

远远地，魏卓看着他们三人凑在一起坐在石阶上的模样，不由得在心里感慨。

年轻，真好。

卫家闹“鬼”的事，说复杂也不复杂，可真的解释起来，仍花费了不少口舌，明舒喝完整杯茶，才把卫家的“鬼”和卫府情况向陆徜、宋清沼一五一十说清楚。

“开封府应该找医婆去查证杜文卉的状况了，应寻也带人在找扮鬼者的证据，估计也快有结果了。杜文卉到底是否被卫献囚禁虐打，是否真有人协助她扮鬼，这个人又会是谁，应该能很快见分晓。”明舒最后说了一句，结束整段分析。

“你觉得闹‘鬼’之事和卫献的死，有没有关联？”宋清沼问明舒意见。

明舒摇摇头：“不好说。其实这桩案子最棘手的地方在于，卫献是亥时中离开的，这个时间除随侍宴会的下人外，后院大部分人都已睡下，很难提供确切的不在场证明。没有确切的不在场证明，就意味着只要身在卫府，就有嫌疑，排查筛选嫌疑人的难度很大，要查的话，暂时只能通过作案动机入手，而闹‘鬼’这事恰好能揭露卫献的虚伪面目。因他的品性低劣，卫家有作案动机的人反而多了。除了杜文卉，以及被官府锁定的嫌疑人卫朝之外，卫献那个小妾烟芍也可能有作案动机。一个能够那样对待发妻的男人，又怎会善待自己的妾室？在卫献心里，只怕女人就如同玩物，有些玩物是束之高阁，仅供自己把玩的，而另一些，则是用来换取人情、做交易的。”

魏卓昨晚驾临卫府，烟芍就需打扮成那般外院侍奉，已经足够证明她在卫府和卫献心中的地位。烟芍虽是青楼女子，但既已被人赎买回家，想必对寻常的生活也心怀期待，卫献却只将她视如玩物，日子一久，她心生怨恨也不足为奇。

人之所以会杀人，无非三个原因，要么为情，要么为财，要么就是因为恨。

卫家下人都是卫献亲自挑入府的，和卫献有情爱及利益纠葛的可能性比较小，综观卫家，与卫献有亲密关系的就只有杜文卉和烟芍，若单纯从动机方面去推断，这两个人都有可能。

“至于卫朝为何被锁定为嫌疑人，我就不知道了。他们查到什么也不会告诉我，我在案发之后就被应寻盯上了，只能跟在魏叔旁边，什么也查不了。”说起应寻，明舒还是有些气愤。

“按禁卫军的编制，每百人为一都，五都一指挥，五指挥为一军，一军方设一个军都指挥使。这卫献麾下两千五百人，又是白手起家爬上来的，不论他品性如何，本身能耐都定然不小。行伍出身的人，身手、反应和观察能力都不会差，尤其是像卫献这样凭一己之力爬到这位置的人，就更不容小觑。明舒你想过没，你刚才所提的那几个人，哪一个有能把卫献推入湖中，再将他悄无声息溺死的能力？”陆徜一针见血道。

他刚说完，就见明舒脸上两条秀气的眉又锁了起来。

这的确不可能，别说杜文卉和烟芍，就算是这宅子中仅有的两个男人丁宣和卫朝，也同样做不到。

首先把卫献推入池中就不易办到，其次推进池中后，就算卫献不会泅水，也定不会坐以待毙，肯定要呼救，而要杀他，就定要控制住卫献的反抗，把他的头按入水中溺毙，要同时满足这么多条件，又不会被来来去去的下人们听到动静，这对凶手的能力要求太高了。

“还有一种可能，东园的莲池，并非第一案发地点，他是在其他地方被谋害后再被推入池中的，他死亡的真正原因，不是溺毙。”宋清沼推测道。

“不是溺毙，那是在地面上与人起了冲突，遭人暗算？但以卫献的身手，至少也该反抗吧。早上发现尸体的时候，我在旁边看过几眼，他身上似乎没有外伤，衣着整齐，头发未乱，神情也无异常……”明舒用双肘撑膝托住下巴。

说着说着，她将头一垂，道：“巧妇难为无米之炊，我们在这讨论有什么用，全是猜测。看不到尸体，也看不到现场，我们能获取的线索太少了，根本无法推断，什么都做不了。都怪那个应寻！”

“应寻？”陆徜和宋清沼异口同声道，而后两人对望一眼，又各自偏开头。

“对啊，就是开封府的小神探应寻，刚愎自用，武断专横！”明舒随口抱怨了两句，头一抬，恰好看到庭院中开封府的人回来见魏卓，抬手一指，“喏，就是那个人。”

陆徜与宋清沼同时望去，正巧那边不知和魏卓说了什么，一群人也正望过来，两方目光撞在一起，魏卓便朝明舒招了招手。

“魏叔叫我，不知道那应寻又出什么幺蛾子，过去瞅瞅！”明舒从地上跳起，朝着魏卓跑去。

陆徜与宋清沼自然也起身跟去。

魏卓的亲兵已经提来好几盏灯笼，正照着应寻递到魏卓手中的案卷。明舒过来时，魏卓将案卷放下，朝她温和道：“应捕快说，你的嫌疑基本洗清，可以和你哥哥回家去了。”

明舒诧异地望向应寻：“我怎么就忽然没有嫌疑了？”

“只是暂时洗清而已。”应寻硬邦邦地说道，“我们已经盘查过卫家所有人员，也勘察过卫府布局，从二房所住的侧园到东园，必经大房安排在后园的值夜点，值夜点有两个婆子，我们已经求证过，亥时前后，她们都没看到你出现在后园，你入府的目的，我也向卫二夫人查证过，确如你所言，所以可以暂时排除你的嫌疑。但是也不排除其他可能性存在，一旦我们发现新的疑点，还是要将你请回。”

他解释完也不管明舒做何反应，又向魏卓道：“殿帅，这些是奉少尹之命送来的勘验卷宗，包括仵作的尸格以及卫府所有人的口供记录，请殿帅过目。”

魏卓“嗯”了声，低头翻开案卷，没看两行就又抬起头：“小丫头，都什么时辰了，你还不和你哥哥回去？”

明舒看了眼陆徜，陆徜并没开口，她心里便有数了，笑了笑，道：“我能不能不走？”

“不走？”魏卓诧异道，“这是凶案宅子，你好不容易洗清嫌疑可以回家，还留下作甚？”他说完顿了顿，见明舒欲言又止，他忽然领会，“你该不会是想留下查案吧？”

明舒猛点头。

魏卓顿时乐了，看着眼前三个年轻人问道：“所以，你们都想留下？”

“回殿帅，清沼愿竭尽所能替朝廷分忧。”

“陆徜也一样。”

“哈哈哈。”魏卓笑出声来，挨个指着他们，“陆徜……宋清沼……陆明舒，新科状元，本届榜眼，新科状元的妹妹……有意思。松灵书院的案子，也是你们三个查的吧？”

“松灵书院的案子，是三殿下、陆大人和当时所有侍从共同协作破获的，我们三人不敢居功。”陆徜行礼回道。

魏卓唇畔笑意渐收，平静地盯着他们，打量了片刻方道：“好，那你们便留下……”

“殿帅，这不合规矩。”应寻蹙眉道。

魏卓摆手：“卫献之死牵涉军务，我要尽快破案抓住凶手。这件事我会亲自和你们少尹交代，如果有什么问题，本帅一力承担，你不必多言。”

他一语落定，应寻再无置喙余地，只能抱拳领命。

明舒大喜过望，盯着魏卓手里的案卷道：“那我们……能看看案卷吗？”

魏卓抽了两页案卷给她，正好就是尸格。

明舒接到手后立刻看起来，宋清沼与陆徜二人亦围在她身边，凑头望去。

“死亡时间是亥时中到丑时末之间，尸体无明显外伤，确实死于溺毙，且无挣扎痕迹，死者死前曾……”明舒顿了顿，抬头与陆、宋二人交换了一个眼神，“服过迷药？”

如果被迷药迷晕，那倒是能够解释卫献为何会毫不挣扎地溺毙池中。

“属下此番也为迷药之事前来求问殿帅，卫献死前除了与殿帅同堂宴饮之外，并没去别的地方，亥时中他离席后就进了东园，所以这迷药很有可能是他在宴饮时服下的，不知殿帅当时有没有发现什么异常之处？”应寻拱手问道。

魏卓脸上的温和顿失，双眉微锁，眼露凌厉，道：“掺了迷药的那杯酒，是本帅给他的。”

“……”所有人都诧异地望向魏卓。

面对众人惊讶的目光，魏卓将手中卷宗递给明舒三人，转身负手道：“卫献在军都指挥使这个位置上已经坐了有五年，他早有升迁之心，近日正逢升迁考核，兵部在等本帅的升迁名单。然而本帅三年前回京接管殿前司，虽与他共事时间不长，却觉此人心思不纯且急功近利，非良将之选，故而并不准备提他职级。他或许是听到风声，昨日以军中混有奸细要向我密报为由，将我邀进卫府，不想到了卫府，他却闭口不谈军务，只设宴饮。”

说罢，他顿了顿，明舒似乎想通了一些关节，忖道：“宴无好宴，他是想以美色贿赂殿帅？”

烟芍就是卫献用来贿赂魏卓的。

魏卓是朝中出名的铁面将军，不为权贵折腰，不为利益低头，仿佛铁板一块，他的关系很难疏通，不过他鳏居多年，未娶继室，亦无姬妾，卫献便将主意打到女色上。如果他能为烟芍所惑，那是再好不过，如果不能，他便要想些办法。

烟芍是卫献的妾室，魏卓一旦与她发生关系，可不仅仅是收一个女人这般简单的事，传到外头，就会变成魏卓侵占属下妾室。虽然烟芍是个风尘女子，虽然她本就是卫献在自己前程之路上设的棋子，但外人怎会知晓其中关节？只要卫献愿意，自可污蔑魏卓。

这是卫献设的双重保险。只要魏卓接受，他就再不是铁板一块，日后必要与卫献同流合污，如果魏卓不肯帮他，那这事就会成为卫献手中的小辫子。因此他须得确保烟芍和魏卓发生关系。

“那杯掺了迷药的酒，是卫献敬给殿帅的？他想逼殿帅与那位烟芍娘子……”陆徜同样快速反应过来，只是说到最后，碍着明舒在场，并没说完。

倒是明舒补充完整了：“生米煮成熟饭，第二天就能捉个正着？”

这话一出，陆徜抚抚额，宋清沼和应寻都看向她，明舒仍旧满脸坦荡。

魏卓点点头，这才转过头来：“他以为自己做得天衣无缝，殊不知他那不入流的手段，在本帅这里不足挂齿。”

区区一杯下了迷药的酒，岂能瞒过魏卓的眼睛？他是何等人物，用这种下作手段来对付他，简直是对他的侮辱。只是他尚未从卫献口中套取情报，因此并没戳破，只是暗暗对调了两杯酒。

那杯被卫献掺过迷药的酒，最终被卫献自己服下。

“饮过那杯酒之后，他或许是觉得事成大半，便借口离去，留我与烟芍在席上，等着迷药发作。”魏卓冷冷道，“卫献此人虽有些真本事，但他的手段委实肮脏，这些年为了上位，只怕没少动歪心思。”

“那卫献走后呢？”宋清沼问道。

当时堂上应该不止卫献、魏卓和烟芍三人。

“他走之后，卫朝很快也离去，其他服侍之人也跟着退出去，席上只剩我与烟芍。我不知道烟芍是否被卫献提前交代下药一事，反正她就留在席间跳舞。我没开口，她也不能离开，直到最后累得跌在地上，才被扶下去。她离席之时，大概近子时末。”魏卓道。

经他一说，这案子算是有了些眉目。

“以魏叔的能耐，要想成功迷晕您，那药量应该下得很大，所以卫献饮下酒后定会很快失去知觉。接下来的事情，又有两种可能。一是卫献昏厥后失足跌落莲池溺亡，属于意外；二是凶手发现卫献昏厥后临时起意下手杀的人，把他推进池中溺死。”陆徜斟酌道。

“不是失足跌落，我们在莲池附近的草地上找到了拖行的痕迹，他应该是晕在池畔草地上，被人发现后拖到池边推进湖里，不是意外，是谋杀。”应寻道，“我们重点调查了亥时到丑时间进入东园的人，目前唯一有人证能够证实进过东园的，是卫朝。他与卫献前后脚离开宴席，很多人看见他跟着卫献进了东园。”

所以，卫朝身上有重大嫌疑。

“奇怪，大半夜的卫献为何要进东园？东园全是造景，晚上乌漆墨黑没什么可看的，他如果是要回后院休息，直接过二门就行，拐到东园做什么？”明舒不解道。

“关于这一点，我盘问过卫朝，卫献会进东园，应该是被卫朝缠得心烦。卫朝在外染上赌瘾，欠了地下钱庄一大笔银子，来找卫献借钱周转。他前后找过卫献三次，卫献都没同意，如今到了最后期限，他又来求卫献，兄弟二人起了口角，当时四周有人，卫献不愿叫人看见兄弟争执，于是进了东园。”

“所以你们怀疑是卫朝因为借不到银子而起了杀心，趁兄长昏厥，把他拖到池边推进去？只要卫献死了，卫夫人体弱，唯一的儿子又是傻的，卫家肯定落在卫朝手里。”宋清沼顺着往下说。

这是非常合理的推测。

应寻点头：“我们派人去地下钱庄查过，他的确欠了五百两银子，且已经到了期限。”

尽管明舒不喜欢应寻，但也不得不承认，应寻的办事效率极高，一天的时间，他已经把这案子的枝节捋得清清楚楚，不论他们问什么，他都能答得从容不迫。

“可没有证据，还是无法证明他杀人，对吗？除了卫朝外，其实烟芍亦有可能在离开宴席后，悄悄潜入东园。她在席上侍奉，是最有可能知道卫献喝下掺有迷药的那杯酒的人。而且东园有两个出入口，一个在前院，另一个在后院。如今只查了前院的入口，后院的呢？”明舒问道。

“后院通往东园的门，夜里会上锁，附近也有值夜的老嬷嬷。钥匙有两把，一把在卫献手里，另一把在卫夫人身边的吕嬷嬷手中。我盘问过，案发时间内，吕嬷嬷一直和卫夫人在一起，基本可以排除作案嫌疑。”应寻说着想了想，又道，“另外你提过的关于卫夫人和丁宣之事，我也已经查实，卫夫人……她身上确有多处伤痕，新旧交加，有鞭伤、撞伤、烫伤等。”

明舒听得呼吸一窒，她攥了攥拳，低头小声骂了句：“畜生。”

陆徜不动声色地轻轻握握她的拳头，温热的手掌给了她无限安慰，明舒朝他感激地笑笑。

“还有丁宣，我们在卫老爷的屋里找到他了来不及销毁的义足，足印和假山附近找到的一样。一问，丁宣就招供了。”应寻继续道，“他留在卫家是因卫献于他有恩，所以答应做卫献心腹，但同时他眼见杜文卉在卫府所受待遇，心生恻隐，便和她琢磨出这样的办法，好令杜文卉能离开卫家。”

义足能让丁宣行走姿势与常人无差，但走不快，故他平时不用，扮鬼的时候为了让自己看着与常人无异，才装上，留在地上的痕迹很容易比对，加上卫献一死，扮鬼这事没什么好隐瞒的，他索性都招了。

这些和明舒猜的并没太大差别，只是坐实卫献的恶劣行径而已。

“不过丁宣一直在前院听差，虽然没人见到他进入东园，但也不能完全排除他的嫌疑，他的杀人动机也比较充足。也许他第一时间发现卫献昏厥，索性一不做二不休下手。他进出后宅时常接触杜文卉，对她心生爱怜，因怜生爱，又因爱生恨，扮鬼助她不成，自然也有可能为她杀人。”应寻道。

“如此说来，现如今除了嫌疑最大的卫朝外，烟芍与丁宣也有很大的嫌疑。我们要重点调查这三个人。”宋清沼道。

“不是‘我们’。我与你们，不同道。”应寻冷冷回答，虽然看在魏卓的面子上和他们讨论了半天，但他仍没把他们和自己划到一起。“案卷已经送到，如果没有其他要事，属下先行告退。”他说着朝魏卓拱手告辞。

魏卓颔首："辛苦了。"

"你们看，他这人是不是特别讨厌！"明舒盯着应寻走远的背影道。

"好了，别管别人。"陆徜将她的注意力拉回。

"如何？接下去你们打算怎么做？"一直沉默的魏卓开了口。

"我想……我们分头行事吧。既然卫朝的嫌疑最大，那就拜托阿兄与宋公子去会会卫朝，看他怎么说，我先去后院见见卫二夫人，然后咱们再一道去现场看看？"明舒很快道。

与松灵书院那次不同，那次陆徜和宋清沼都比她了解书院情况，但这次明舒比他们更了解卫府的情况，自然由她主导。

陆徜和宋清沼都没异议，三人兵分两路，明舒去了后院，陆、宋二人去见被收押的卫朝。

时辰已然不早，卫二夫人刘氏却还没歇下，坐在床畔哭个没完，谁劝都没用。看到明舒进来，刘氏便立刻起身拉住她的双手，道："陆娘子，我家卫朝是冤枉的啊，他一个连鸡都不敢杀的男人，哪来的勇气杀大伯？你认识殿帅，又是新科状元的妹妹，我求你帮帮我，帮我同他们说说，真不可能是我家卫朝做的！"

明舒朝丫鬟示意，丫鬟忙送了块拧干的湿帕过来，明舒亲自替刘氏拭泪，温声道："二夫人别急，案子没结，疑点尚存，开封府不会冤枉好人的，您先坐。"

说话间，两人都在房内圆桌旁坐了，丫鬟取了盏灯搁在桌面上，灯火下，刘氏那双眼肿如核桃。

"他们说卫朝为了五百两的赌债杀了大伯。天地可证，我家卫朝最是敬畏大伯，别说五百两，就是五万两，他也不敢杀大伯啊。"刘氏急急说道。

"所以那五百两的赌债确有其事？"明舒问她。

"我男人结交了两个狐朋狗友，定是他们把卫朝拐带去了赌坊……"刘氏听闻赌债的事，想起来有这么两个人，"可要说他为了这五百两赌债杀大伯，我是真不信！这些天你也见过他，他哪有那个胆？退一万步来说，就算他真的狗急跳墙，也该来找我，我……我手里还有些积蓄，五百两也还得起，他不敢来找我，只是怕我知道了和他吵而已。”

“所以这五百两的赌债，他其实还是能还上的。”明舒顺着她道。

刘氏点点头，继续道：“其实真到被人上门催债的地步，大伯也不会坐视不理，他那么在乎家风的人，怎么会允许这样的事发生？无非是要给卫朝一点儿教训罢了。再说，杀了大伯对我们有什么好处？我们这一大家子都指着大伯讨生活，只有大伯好好的，他官运亨通，我们才有好日子过，卫朝杀他图什么？”

“卫献不在了，大房的家产可就都是二房的了。”明舒又轻声道。

“放屁！”刘氏气得猛拍桌面，霍地站起，“大伯这两年为了晋升之事，银子像流水一样花出去，大房手里能剩几个钱？没把田地变卖去疏通就不错了。况且我们要大房的家产，根本无须杀人，大伯早就有意从我们这里过继一个儿子做子嗣，我们何必铤而走险去做这种掉脑袋的傻事？”

明舒忙起身安抚她：“二夫人莫气，这是外头的猜测，我这番过来就是为了与你弄清这些推测的。不过你说大房要过继你们的儿子做嗣子，我倒有些不解了。这卫指挥正值壮年，再生几个孩子并非难事，为何非要从你们这里过继呢？”

“他们倒是想生，那也要生得出正常的孩子！别生了三个四个都是怪胎，把人吓死，就像前几年……”她说着忽然掩唇住嘴，心虚地看着烛火，不再多言。

明舒蹙眉：“二夫人，前几年发生了什么事？”

刘氏别开脸：“你别问了，这都是陈芝麻烂谷子的事了，和现在可没有关系。”

“二夫人，如今可是要帮你丈夫洗清嫌疑，你可不能有所隐瞒。得先证明为何大房要从你们这里过继嗣子，否则谁信你说的话？”

刘氏内心挣扎了半天，终是遣散屋内丫鬟，向明舒道：“罢了，说就说吧。大伯他……有隐疾，生下的孩子……不是天生痴傻，就是……怪胎。”说话间她似乎想起什么，打了个寒战，继续道，“他和大嫂生的第一个孩子，就是个痴傻的，那孩子一直被关在后院养着，从没放出来过。

当时家里只当是偶然，除了怪大嫂，也没作他想，不过大嫂自从生过那胎后就亏损了，一直不能再孕，为了子嗣，大伯又纳了两房良妾。”

卫献另外两个妾室的事，明舒倒是听说过，应该是十年前纳进门的，不过没多久就因为染了时疫而先后过世了，后来卫献就一直没再纳过妾，直到烟芍进门。

“那两个妾倒是争气，没多久就先后有孕，这本是喜事，阖府欢欣，没想到十月怀胎，终于瓜熟蒂落……”刘氏有些说不下去，顿了许久才道，“生下的全是怪胎，险些把稳婆给吓死。那两个孩子一个出生就夭折了，另一个也没活几天，后来大伯就封了院落把两个姨娘关在里面，没多久就传出两个姨娘病故的消息，家里的下人也换了一批。我不知道这其中发生了何事，只听卫朝同我提起，子嗣问题应该出在大伯身上，不管他生几个，恐怕都是同样的结果。后来大伯果然没再纳妾，大房也一直没能添丁。”

她说着说着又叹了口气：“你道为何烟芍能住在正院里头？那是因为原本用来安置妾室的小偏院被锁了，就西北角那个，谁也不能进。”

西北角的偏院？

明舒有些印象，那是单独开辟的院落，只有一个与后院相通的门，门上挂着锈蚀的锁，她曾路过一次，当时并没在意。

“那个院落的钥匙，在谁手里？”明舒又问道。

“在大伯手里吧，可能吕嬷嬷那里也有一把，我不太清楚。吕嬷嬷是大伯放在内宅的心腹，日常除了照顾大嫂，也管着后院的事，你可以去问问她。”刘氏又道。

明舒点了点头，算了下时辰，又安慰了她两句便告辞离开。

外院往东园的入口处，陆徜与宋清沼已经见完卫朝，现下各提了盏灯笼在手，正等着明舒过来。

两人之间无话可讲，彼此沉默了片刻，宋清沼忽然开了口。

“陆兄，在下有几句心里话，想说与陆兄知晓。”灯火下宋清沼的神情无比郑重，“在下明白陆兄护妹心切，不愿明舒遭受任何伤害，但在下也希望陆兄能够明白，在下对明舒……”他深深吸口气，“也绝无轻薄之意，在下是认真的，也希望能得到陆兄认可。”

不论如何，陆徜都是明舒的兄长，他想获得佳人芳心，早晚都要过陆徜这关。

陆徜没说话，手却渐渐攥成了拳头。

第三十章 不负相思意

陆徜不知道作为一个兄长，面对这样的情况会有怎样的情绪，他只知道自己现在很愤怒，然而这股怒气又没有宣泄之处。以他眼下同明舒的关系，他并没资格阻止宋清沼。

宋清沼的喜欢，直接且热烈，坦坦荡荡，而这一点，恰是现在的陆徜最难做到的。

他没办法向明舒说，即便心里有了想法，也无法吐露，只能看着宋清沼说他想说的话，做他想的事……他心里愤怒。

可虽愤怒，却也无可奈何，像无药可解的病。

宋清沼可以堂堂正正地喜欢，而他的感情，只能……偷偷摸摸。

披着兄长的皮，他无能为力。

“陆兄？陆兄？”

宋清沼又说了几句话，不外乎希望他能够允准之类，陆徜并没全听进耳中，直到他听到宋清沼说了声：“……愿娶明舒……”

陆徜下意识地开口：“不可能！”

宋清沼握了握手中灯笼杆，道：“为何？”

陆徜心中那股气就差冲出胸膛化成刀剑冲向宋清沼了，面对宋清沼的攻势，他有些克制不住，脱口而出：“明舒她不是……”

话未说完，就被远远传来的声音打断了。

“阿兄，宋公子！”明舒一边挥手，一边朝两人小跑过来。

陆徜猛地清醒过来。

宋清沼提起灯笼冲明舒笑笑，又问陆徜：“陆兄适才要说什么？”

“没什么。”陆徜面上如罩寒霜，看着明舒蹦蹦跳跳到宋清沼身边，很是兴奋地和他说话，胸中郁气愈重，转身提灯就往东园里走。

“我刚才除了向二夫人了解卫朝之事外，还从她那里打听到一桩卫家的秘密，不知与卫献的死有没有关系。”明舒一路小跑过来，微喘着道，可话才开了个头，就见陆徜径直进了东园。她忙急匆匆跟上，道：“阿兄？你走慢点儿！”

陆徜脚步却发泄般越走越快，明舒急急跟着，身边宋清沼提着灯笼替她照路，三人就这么前后脚进了东园。

“我阿兄他怎么了？”明舒万分不解。

陆徜这模样，分明就是生气了，今天是他的好日子，照理他应该高兴才对，这好端端的又发啥脾气？

“你们俩吵架了？”明舒直觉是宋清沼的关系，每次对上宋清沼，她阿兄都要不痛快。

宋清沼耸耸肩，面露无辜神色：“没有，我只是与他闲谈几句而已。”他解释一句，又提醒她，“你走慢点儿，小心脚下。”

东园无灯，四周一片漆黑，即使有宋清沼提灯照路，那路也虚虚实实看不清楚，明舒只顾着跟上陆徜，压根儿没管脚下的路，宋清沼提醒的声音还没落下，她就已绊到了石头。

明舒轻呼一声，打了个趔趄，险些摔在地上。

“小心！”宋清沼眼疾手快，扶住了她。

陆徜听到声响转过身来，一眼便瞧见两人交握的手，眼睛不自觉眯起，两步急走到明舒身边，扶住她另一边手，道：“可伤到了？”

明舒还保持着趔趄的姿势，躬着腰朝前倾身，目光一动不动落在地面上，看了两眼后，她忽将身边两人推开。

“你们离我远点儿。”

“？”陆徜和宋清沼均面露疑惑。

“把灯拿开。”明舒又道。两人提灯走开了两步，还是不够，她又道，“再远些！”

陆徜和宋清沼只能继续退，直到退出近十步，灯火几乎照不到明舒附近的草地，明舒才终于往某处走了一小段距离后蹲下，用手轻拨草丛，道：“阿兄，宋公子，你们来看看，这是什么？别把灯带过来。”

陆徜和宋清沼便将灯就地放下，三步并作两步过来，一起蹲在明舒身边。

明舒所指之处，有淡淡的荧光。

这荧光十分微弱，又夹杂在草叶里，即使是在黑夜也极不显眼，明舒刚才险些摔到地上，恰好俯身在此，才瞧出些异样来。

陆徜伸手搓过草叶，拈了些粉末下来，粉末沾在指腹，发出极微弱的幽光。

“夜光粉？”他与宋清沼异口同声，认出了这种东西。

所谓夜光粉，就是用夜光石磨成的粉末或夜光石碎块。今夜明舒发现的这种，是已经磨成粉末的。大颗夜光石可打磨成夜明珠，能用得起的都是权贵，普普通通的富人家，也是消受不起的。

“这东西价值不菲，怎会散落在此？”提起夜光粉、夜光石，明舒倒是很了解，“就算只是粉末，普通人也很难拿到。”

陆徜暂时收敛心神，望着地上的幽光道：“不只这里，那里也有，过去看看。”

三人起身循踪而去，这幽光断断续续，一直延续到池边，而后消失。

“这会不会是卫献被拖行的路线？”宋清沼忽然问道。

应寻等人忙了一天，现场早就被清理妥当，尸首已经运走，他们只听应寻提过现场情况，并没到现场勘察过。明舒摇摇头，她无法确定。

“夜光粉虽然贵重，但军中却有储备。高级将领的身上一般会随时带着夜光粉，以备意外急情发生时，留作标记用。”陆徜走到池畔往水中张望，“这些夜光粉有可能是卫献的。如果这是他被拖行过的路线，那么极有可能是他随身携带的装有夜光粉的容器，在他被拖行的过程中不慎打开，导致里面的粉末漏出来，从而留下了痕迹。留在这里的粉末并不多，且散在草丛中，不要说白天有阳光时看不出来，就是在夜里，若不是明舒意外凑近发现，可能都没人注意到。”

白天应寻在这里已经进行了地毯式搜索，并没发现夜光粉，凶手行凶如果匆忙，也注意不到这些。

“可如果是卫献随身之物不慎打开，应寻他们在验尸的时候应该有所发现才对。”明舒道。

以应寻的细致程度，如果发现装有夜光粉的容器破损，应该会在现场专门搜索夜光粉痕迹。

“还有一种可能是，容器在卫献被人推入池中时彻底掉落，掉进了湖里，所以没人发现。但这只是推论，还需要让应寻他们再打捞一遍莲池才能确定。”宋清沼道。

“又便宜应寻了。”明舒真不乐意把调查的发现告诉应寻，但配合查案他们责无旁贷，自然不能藏私。

三人边说边回头提灯，又沿着池子走了两遍，再无所获，便一起回到前院。

夜已深，开封府的人在卫家查了一整天，现下已经准备离开。卫献尸体勘验完毕，因牵涉军中机密，交由魏卓带回。明舒几人回来时，应寻也恰巧来向魏卓交接。让明舒意外的是，除了开封府衙和禁卫军的人，庭中还站着两个人。

“阿娘？”明舒和陆徜对视一眼，飞快上前。

那边宋清沼也蹙蹙眉，道了声：“阿娘？”

竟然是曾氏来了。

许氏也由丫鬟陪着从后院出来。

曾氏正半垂着头与魏卓说话，她心中虽然对魏卓的身份诧异非常，但形容举止却并无拘谨，仍与先前在胜民坊遇到时无甚差别。魏卓的神色倒是温和了许多，那眉眼甚至称得上温柔，他在安慰曾氏：“你放心，他兄妹二人皆无恙……”

话说到一半，就听到明舒的声音，两人同时转头，曾氏虎着脸对着明舒与陆徜二人。

“阿娘怎么来了？”明舒问道。

“你们还好意思问我？一个刚到家就又出了门，去哪里、要做什么，通通没有交代；一个在外头野了三天，丁点儿音信也没给家里传。要不是知道明舒在卫府，我都不晓得该上哪儿找你们！你们当我这做娘的心是铁石生成的？不会担心不会害怕？”曾氏那般温柔和善的一个人，生起气来的时候半点儿不含糊。

明舒这还是第一次瞧见曾氏动怒，立刻认错：“阿娘，我错了。”

曾氏的气还没消，魏卓出面打圆场：“曾娘子，你别怪他们，他们也是在替朝廷办案，想早点儿查出凶手。”

魏卓的劝解并没让曾氏消气，反而有些火上浇油。

“我自己的孩子我了解，什么替朝廷办案，还不就是贪玩！贪玩也该有度，不管是为人子女还是在朝为官，都得知道万事需有个交代，这才是真正可靠之人！”

曾氏一骂都是陆徜和明舒一起骂，魏卓看着垂头认骂的陆徜和明舒，他立刻就改变阵营。

“你们母亲说得对，做人得有个交代！刚才我让你们先回家，你们偏不听！”

“……”明舒抬起头，用目光询问魏卓：刚才他们说想留下的时候，魏叔可是很高兴的。这怎么当着母亲的面，他就变了呢？

魏卓只好清了清嗓——和事佬不好当。

“阿娘，我们知道错了，一会儿就回。”陆徜开了口，并没辩解什么，又道，“我们在东园有些发现，和应捕快交代完就回家。”

应寻正在旁边候命，闻言不禁望向他二人。

那边许氏也正和宋清沼说话：“他们说我可以回家去了，所以我就出来找你。”

宋清沼点点头，和母亲交代了几句话后，就往魏卓他们那边走去，与陆徜、明舒将池边的发现说与应寻。因是分析案情，曾氏不便多听，就退到旁边。

“这位夫人是天……陆小娘子的母亲？”

站了片刻，曾氏听到旁边传来温和的声音，她转头一看，是一位与自己岁数相近的贵妇人。

“我是。夫人是……”

“我是清沼的母亲。”许氏道。

“原来是世子夫人，有礼了。”曾氏忙向她行礼，却被许氏拉住。

“别这么多礼。此前你我两家有些误会，该是我向你赔礼才对。”许氏又道。

“既是误会，过去便过去吧，夫人何必再提？”曾氏也拉住她。

许氏笑了笑，又与曾氏互相寒暄恭维了几句，方道：“恕我冒昧，原是有件事想问问，明舒那孩子，可曾定过亲事？”

曾氏摇头：“还不曾。”

“她兄长中了状元，明日皇榜一出，贵府的门槛怕是要被求亲的人踏破。不知娘子对他们兄妹的亲事，可有要求？”

曾氏有些奇怪许氏为何问这些，斟酌片刻方回道：“没什么要求，只要他们自己中意，又是清白人家，便好。”

许氏点了点头，看着曾氏的目光越发亲切。

另一厢，明舒将池边的发现及关于卫家的秘密向应寻和盘托出。

应寻的推测与他三人几乎一致，道：“我马上派人再去现场勘察，明日一早立刻打捞莲池。那两个姬妾之事，我也会调查清楚。”

“若真是卫指挥身上夜光粉所留痕迹，也许凶手衣鞋上也会蹭到，到时就可据此比对，寻找凶嫌。”明舒道。

这是极为有用的线索。

应寻点头赞同。

明舒盯着他：“这就完了？”

应寻冷冷道：“还有什么没说完的吗？”

“应捕快，你不觉得你少说了什么？”明舒死死盯着他，“这可是我、我阿兄还有宋公子三个人查出来的，你是不是多少得有些表示？”

应寻沉默片刻，终于拱手：“多谢陆娘子、陆公子与宋公子。”

明舒这下心里舒服了，道了声：“那我就等你们结案的好消息了！”语毕，便同陆徜一起往曾氏处走。

“陆兄！”宋清沼却突然叫住陆徜。

陆徜没转身，明舒不明所以地转过头。

“适才同你说的那番话，清沼是认真的。”

宋清沼声音刚落，明舒就听到陆徜重重吐息的声音。

陆徜还是没转身，也没回答宋清沼，很快继续朝前走去，明舒跟在他身边小声问道：“阿兄，你和宋清沼打什么哑谜呢？”

“没什么。”陆徜沉声道。

魏卓派人驾车送陆家三人归家，马车里有些沉闷。

曾氏在气头上，难得地板着脸；陆徜看着窗外，心事重重的模样。明舒挨在曾氏身边，又是认错又是逗乐，好不容易让曾氏脸上有了笑容，她这才放下心来。

马车一路摇摇晃晃往胜民坊驶去，四月夜晚的风吹进车窗，带走沉闷。明舒在卫家连续几日都没睡好，被马车颠着颠着，就靠在车上睡着了。马车在巷口停下时，她犹未醒来，直到被人背着走了几步，她才迷迷糊糊睁开眼。

“阿兄？”眼皮还很沉重，明舒眨了两下，看清四周，也看清自己正被陆徜背在背上，往家里走去，曾氏提灯在前面走着。

曾氏手中的灯火把三人的身影拉得很长，幽静的巷子里只有他们三个人，夜色幽深诡谲，但明舒却觉得格外安心。

“放我下来吧。”她把头从他肩上抬起道。

“再几步路就到家了，你若困，就继续睡吧。”陆徜没有转头，任由她的气息从耳边拂过。

明舒又乖乖把头垂下，鼻子有些堵，她说起话来带着鼻音。

“阿兄是状元了，还背我？”

“我背你和我是不是状元有什么关系？”陆徜道。

“状元可不是一般人，以后要当大官，前呼后拥，哪有让你背别人的道理。”明舒笑道。

“当再大的官，我也还是你的陆徜。明舒大小姐，可满意？”陆徜温声道。

以前他也背过她，很小的时候，她还是简家的大小姐，也这么趴在他背上，瓮声瓮气且毫不客气地使唤他：“陆徜，背我回家。”

那时他说了什么来着？

他好像说——是，大小姐。

这个称呼，从那天起，就一直留在他心里了。

明舒笑出声来：“满意满意。”

他的话，她有些听不懂，为什么是她的“陆徜”，而不是她的“兄长”，她的“哥哥”，她的“家人”……但这并不妨碍她在这一刻像要飞起来一样的愉快，没有缘由，仿佛是从心里生出的喜悦。

“阿兄真好。”她由衷感慨。

陆徜却发出微不可闻的叹息——什么时候，可以不用再听见“阿兄”这个称呼？

他记得自己第一次听到她全心接纳他时，抱着他喊出的那声“阿兄”，那时他真觉着这称呼被她喊成了世间最动听的声音，可如今，她喊出的每一声，都像箭一样刺入他的心，令人痛苦又充满讽刺。

而他，无能为力。

“阿兄，你怎么不说话了？”明舒似乎是想起了什么，拍拍他问道，“你刚才和宋清沼打什么哑谜？他对你说什么‘认真的’？认真什么？”

听到这个名字，陆徜心里的那点儿温存荡然无存。

“能不提这个人吗？”他今天实在不想再听到任何关于宋清沼的话了。

“哦。”明舒识相地闭上嘴，过了会儿还是忍不住，“可是我真的好奇啊！阿兄，他能有什么要对你认真的，你就同我说说嘛！”

“……”陆徜沉默。

家门已在眼前，他将明舒往地上一放，边推她进门边说：“一，他不是对我认真！二，这是我和他之间的事，你不必管！好了，进屋！”

明舒被他推进家里，结束了关于宋清沼的短暂交谈。

简单洗漱过后，明舒抵不住阵阵作怪的瞌睡虫，倒头睡着。

曾氏站在门旁又看了两眼，出了房间，反手关上门。陆徜还在门外站着，见状问道：“她睡下了？”

“嗯。”曾氏点点头，向儿子低声开口，“今天国公府的世子夫人，向我打听明舒了。”

陆徜一愣。

“你还不明白？”曾氏望着陆徜。

都是有儿有女的长辈，许氏向她打听明舒，那意思还不够明显？若非心里存着结亲的心思，堂堂国公府的贵夫人，为何纡尊降贵向她这平头百姓打听女儿的亲事？

陆徜一时间答不上来，曾氏拍拍他的肩：“其实这段时间以来，上门问起明舒的人很多，我都打发好几拨了。明日皇榜公布，求问明舒的人家就更多了，但是明舒的婚事，你我都没资格做主，所以我不会替她答应任何人家，除非……她自己点头要嫁。”

陆徜是她亲生儿子，他心里想什么，她很清楚。明舒虽然才和他们生活了半年，可也是她从小看着长大的孩子，她心里也是把她当成女儿看待的。手心手背都是肉，曾氏不想看到任何一方受到伤害，但如今这骑虎难下的局面，不是他们想改变就能轻易改变的。

“我知道，没人会逼明舒，也不会……阻拦她。”陆徜攥着拳道。

当初做那个决定时，他就没有退路了。

家世、地位、才学……通通都是浮云，他和宋清沼之间最大的差别，在于宋清沼可以堂堂正正说出他对明舒的情意，而他不可以。选择的权利握在明舒手中，她将感情放在谁那里，才是最关键的。

作为兄长的他，胜算低得可怜。

因为明舒永远不可能爱上自己的哥哥。

永远。

明舒又做梦了。

梦里依旧是灯火璀璨，面目模糊的青衣少年站在灯火中向她伸出手。

她很努力地靠近，也很努力地去够他的手，然而总是差了一丁点儿距离，指尖相抵却再不能前进半寸。

明舒很生气，她想骂他。

故弄玄虚！装神弄鬼！

但她发不出声音，只能看着少年缓缓退入璀璨灯火中，身影逐渐模糊。她也不知道哪儿来的力气，忽然挣脱了看不见的束缚，朝前一跃，相抵的指尖化作十指交扣。

可迷雾涌来，猛然淹没了两个人，她如坠黑夜，找不到方向。

满目漆黑，金铁交鸣的声音响起，伴着无数的脚步声，急迫如催命，跟在她身后紧追不舍。她突然间又害怕又迷茫，只知道要逃跑，却不知该逃向何方，只能在惶惑中向如同深渊的未知黑暗跑去。

黑暗仿佛没有尽头，身后追兵的声音却似乎越来越近，好像下一刻就要追到自己身边，她死命地跑，可仍旧逃不脱那声音。很快，那杂乱无章的声音已近在咫尺，渐渐将她包围，她跑不出去，觉得下一刻自己大概就要死在这片黑暗里。

不期然间，一只手从黑暗中伸出，牢牢抓住她的手，将她一把拽出了黑暗。

天光大亮，刺眼的阳光晃花了她的眼。

“别怕，我在。”

手的主人对她说道，声音低沉有力。

她抬头，那人的脸……依旧模糊不清，可身上青衣已换了绯红衣衫。

梦，忽然结束了。

她从床上坐起，捂着怦怦直跳的心脏，回想刚刚的梦。

梦里的少年，到底是谁？

这一定是她认识的人。

可她认识的男子中，从穿青衣变成着绯衫的，似乎只有……

宋清沼。

做了个冗长且没有结果的梦，明舒觉得脑袋昏昏沉沉，额头上的青筋一跳一跳地胀痛，鼻子也不通气，喉咙也疼，身体的关节也发僵发酸。

时辰已经不早，屋里没人，曾氏应该很早就起身了。明舒慢慢起床，只觉得身上没有一处得劲。洗漱更衣完毕，她扶着墙无精打采地下楼。陆家这赁来的小屋内厅堂已收拾一新，桌上摆满干果点心与茶水，曾氏换了身新衣坐在厅堂正中，陆徜在下首坐着。

明舒刚想说话，便听街上传来喧天的唢呐声，附近的百姓已从家中跑出，跟着那阵声音拥到了他们家门外。曾氏与陆徜都已站起，不多时，礼部和吏部的官员同时出现在门口。

明舒想起，她阿兄中了状元，还是三元及第，朝中正式遣人来报信了。

官员带来的，还有一道圣旨、一顶金花乌纱状元帽、一袭状元红袍。所有人跪地接旨，明舒下了楼，也跟着跪在母亲与兄长身后听宣，最后看着陆徜接下圣旨。

从这一刻起，她的阿兄，就是真真正正的状元郎了。

不知为何，明舒眼里泛酸，有些想哭，仿佛她与他一样，苦读十年终于等来这一刻的辉煌。

接完圣旨，明舒与陆徜一起扶起曾氏，接受潮水般的道贺。感谢的话说了几箩筐，茶水不知倒了多少杯，又烧了几大锅水。明舒帮着曾氏招呼众人，忙得身体都不像自个儿的了，才总算送走了上午这拨前来道贺的人，躲进厨房休息。

陆徜一直在应酬上门的官员和前来道贺的同窗，也直到这时才得空进厨房找明舒，却见她坐在灶旁的小马扎上，靠着墙壁大口大口地呼吸。

"明舒？"陆徜直觉不对，冲到她身边蹲下，抬手就探她的额头。

明舒额头滚烫，那脸也烧得绯红，听到陆徜叫自己，含含糊糊回道："阿兄，让我歇会儿。"

"明舒……"陆徜急了，再顾不上其他，一把将人抱起。

外头，曾氏还在招呼刚踏进家门的开封府衙役。

"几位稍等，我去叫叫他们。"曾氏温声道，又走到厨房前，开口叫道，"陆徜，明舒，开封府的应捕快说有些关于卫家的事，还要问问你们……"话没说完，就见陆徜抱着明舒冲出厨房，她顿时改口，"发生了什么事？明舒怎么了？"

应寻就站在门口，一眼看到陆徜怀里的明舒，不由得蹙起了眉。

陆徜对厅堂中进来的人视若无睹，只快步抱着明舒走到厅中，小心翼翼地把她放在圈椅上，自己蹲在椅侧，又拿手摸她的额头。

明舒昏昏沉沉的，只感觉陆徜凉凉的手贴上了自己的额头。

“阿兄，我没事。”她一开口，还是浓重的鼻音。

“她在发热，额头很烫。”陆徜向曾氏解释了一句，又问明舒，“还有哪儿不舒服？”

明舒摇摇头，撑了大半天，她现在就觉得全身无力，头晕眼花。

“好烫。”曾氏也摸了摸她的额头，惊道，“这得看大夫去。”

“我带她去医馆。阿娘，劳烦您取下她的披风。”陆徜当机立断，手又抚上明舒的头，语气比以往任何时候都温柔，“明舒，我背你去医馆吧。”

“不用，我自己能走。”明舒失去了平时精力充沛的劲头，扶着椅背试图站起来。

那围观在旁的小衙役见他们要走，急忙开了口：“等等，我们……”

“陈忠。”在陆徜眼刀飞来的同时，应寻沉声打断衙役的话，又朝陆徜道，“陆公子，陆娘子这状况最好不要再外出吹风，我让陈忠把大夫请过来看诊吧。”

他虽然着急公务，但也不会在这种时候强人所难。

难得应寻能说出这番话，陆徜神色稍缓，略做思忖后便道：“有劳应捕快。”

应寻微一颔首，朝身边的小衙役道：“快去！”

小衙役匆匆跑出陆家。

陆徜眼里只有明舒，顾不上招呼应寻，应寻也不客气，自己在靠近门口处的椅子上坐下，看着门外街景不言不语。

“去屋里躺会儿？”陆徜问明舒。

“屋里闷。”明舒摇摇头。她喝了两口水，身上盖着曾氏拿来的披风，眼睛闭了闭，又睁开，望向应寻：“应捕快来我家，是为了卫献的事？”

应寻这才转过头来，瞧着她恹恹的神色，便道：“是为卫家的事。不过不着急，你先看了大夫再说。”

“不着急你能坐在这儿干等？”明舒一眼看透，虚弱地笑笑，语气是一贯的诙谐，“有什么想问的就问吧，别耽误你们查案。夜光粉的事，有眉目了？”

应寻点头：“今日上午又打捞了一遍莲池，果然如推测的一般，池中捞出了原本装有夜光粉的香囊，香囊已被钩破。我问过卫夫人，那确是卫献装夜光粉的随身香囊。只是可惜，昨晚我已经让人趁夜翻查了卫府所有人的鞋子，尤其是那几个重要嫌疑人，均无所获。”

虽然夜光粉的线索非常关键，但并没能通过它找出凶手，案子仍旧停滞不前。眼下除了能确定卫朝进过东园之外，没有任何证据证明他杀人。卫朝又一口咬定自己只是向卫献借钱，和卫献在东园园口吵了几句，卫献不肯替他还赌债，他就离开了，离开的时候，卫献还清醒着。

这些说辞，宋清沼和陆徜去见卫朝时，卫朝已经详细说过，与应寻手上的口供笔录吻合。

解释完前因，应寻又问：“此番前来是想问问你，待在卫府三日，可还发现其他什么古怪之处？你再想想，有没有什么是之前忽略了的？”

听闻夜光粉没能揪出凶手，明舒有些失落，道：“我知道的事，都已经毫无保留地告诉应捕快了，就连从卫二夫人嘴里套出的那点儿秘密都没落下，哪还有什么被我忽略的东西？”

她揉了揉额头，脑袋发胀，什么都想不起来。只是提到卫家的秘密，她不免又问：“卫家那两个姬妾的事，可有什么发现？”

“已经派人去查了。”应寻言简意赅，并没透漏太多信息给明舒。

明舒“哦”了声，把头往旁边一歪，正歪靠在陆徜手臂上。陆徜知道她精力已大不济，打断他们的对话：“到此为止吧，别再问了。”

应寻见明舒疲倦的模样，也不准备再问，倒是明舒闭着眼，思绪杂乱无章地从头脑中飞过，嘴里嘟囔着：“卫府中，和卫献有大的矛盾冲突的就那几个人，卫朝……烟芍……至于丁宣，严格来说他和卫献并没什么冲突。再有就是杜文卉，不过杜文卉不具备杀卫献的能力……况且身边还跟着吕嬷嬷，吕嬷嬷可是卫献自己挑进宅子的人，你们没见她监视杜文卉时嘴脸有多可恶……无时无刻不在监视杜文卉，每天都要向卫献禀报……”

“等等，你说吕嬷嬷每天都向卫献禀报？”应寻忽道。

“是啊，整个卫府的人都知道。她是卫献放在内宅和妻子身边的眼线，比丁宣还可怕。每天的事务，无论大小，她都要向卫献禀报。”明舒闭着眼随口道。

“我知道了，多谢。”应寻起身抱拳。

正巧衙役已经将大夫请来，正请大夫进门，应寻来不及叫上小衙役，只朝他道：“陈忠，你在这里帮衬一把，我先走一步。”语毕，他匆匆离去，只剩小衙役莫名其妙地被留在了陆家。

明舒睁开眼：“阿兄，我说了什么他这么着急？”

“别管他，先看病。”陆徜哪有心思管卫家的事，赶紧将大夫请到明舒身边。

明舒点点头，不再多想。

大夫诊完病开好方子就离开了。

明舒得的倒不是大病，只是普通的风寒而已，就是起症太急，高热难退，待大夫离开后她就上楼歇下。为了让她休息好，陆徜让她睡在他的屋里，曾氏不断用湿帕给她敷头，陆徜自己则又是抓药煎药又是做晚饭，一刻没停过。

晚饭是熬得稀烂的粥，按医嘱先进食再进药，只可惜明舒吃了半碗粥再喝药时，竟然哇的一声，把吃进去的食物连同汤药都吐了出来，整个人越发没有气力，眼睛也吐得通红，像哭过一样。

陆徜无法再冷静，二十年的生命里，他头一次体会到手足无措的滋味。

收拾完地上的狼藉，他又冲出门跑了趟医馆，把明舒的症状同大夫一说，大夫说是脾胃失调，给换了新的方子，他再抓药回来重新煎过。

如此折腾到一更天，明舒总算吃了点儿东西，又喝下药，安安静静地闭着双眼。

“阿娘，很晚了，你先睡吧，我看着明舒。”陆徜向曾氏低声道。

“好，要是有事，你叫我。”曾氏帮明舒掖好被子，转身出屋。

陆徜坐在床头盯着她看，指尖轻轻扫过她的脸颊，拨开几缕沾在她脸颊上的发丝。

晕黄的烛火下，明舒全无平日生龙活虎的模样，孱弱得像波涛中的小舟，轻飘飘的没有一点儿重量，但落在他心头，那分量却沉得连他自己都诧异。

明舒虽然浑浑噩噩的，但意识一直没消失，知道自己吃药吐了，把房间弄得一片狼藉，也知道身边一直都有人守着，替她换额上的湿帕，给她喂水，按时给她喂药。

退热的汤药，每隔一个时辰喂一次，没有一次不准时。

夜里她喊冷，也有人用厚实的被子裹紧她的身体，再拥她进怀里给她温暖，像童年她生病时母亲无微不至地照顾她一般，直到天明。

她不知道自己几时沉沉睡去的，直到街上的吆喝声、打闹声与匆促的脚步声传到楼上，她的意识才逐渐清明，缓缓睁开眼，发现屋外天色大亮，也不知是什么时辰。她又一转头，目光便撞上一张近在咫尺的脸。

陆徜坐在地上，正枕着手趴在她床头小睡，半披散的头发散落在枕侧，被他压在手臂下。

即使是睡梦中，他的眉心也微微蹙着，似乎随时都会惊醒。

一瞬间，她的胸口暖得发烫。

是阿兄衣不解带地照顾了她整夜。

陆徜并没睡实，察觉床上些微动静，他就立刻睁眼。

他眼里有些红丝，看到明舒望来的目光时，有瞬间的迷茫，很快便回过神："醒了？"他边说边坐直，伸手探她额头。

她额头已经不像昨天那么热了，他这才稍稍放心。

"阿兄，我没事了。什么时辰了？我睡了多久？"明舒缓缓起身问道。

身体仍有些酸痛，但比昨天的滋味已经好了许多。

"刚刚过午。阿娘给你熬了粥，你再吃点儿吧？"陆徜道。

这一觉睡得可够久的。

明舒点点头，又拉住他道："我自己可以，阿兄去洗漱整理吧。"她说着摸着自己的下巴示意他，"胡子……"

陆徜也摸摸自己的下巴，摸到了刚冒头的零星胡楂。

“明天举行传胪大典，是你的大日子，三元及第的新科状元郎，你是要进宫面圣的，可不能像这般胡子拉碴地见人。”明舒笑道。

陆徜扶她坐好，刚要说话，两人却同时听到楼下传来一阵扔砸东西的动静。

“发生什么事了？”明舒疑惑道。

楼下只有曾氏一个人，陆徜也不知出了何事，便道：“我下去看看，你歇着。”说罢就下了楼。明舒独自在屋里坐了一会儿，也没再听到有人上来，不免有些担心，便穿好衣裳下了楼。

才走到楼底下，她就瞧见陆徜把在大门处，冲门外的人冷冷道：“带着你们的东西滚。”

门外是几个衣着体面的人，面对陆徜毫不客气的驱赶，他们仍旧毕恭毕敬不敢造次，只是拾起散落满地的箱盒，又捧到陆徜面前，道：“大公子息怒，其他的不收便罢了，这是老爷闻及明舒娘子患病，特地送来的补品，您就收下吧，好让小人回去有个交代。”

大公子？

明舒吸吸鼻子——这是陆家人找上门了？

第三十一章 恍如隔世来

砰——

门被陆徜重重关上，他没给陆家下人再多说话的机会。门外的陆家人险些被门砸到鼻头，只得悻悻离开。

明舒一边唤了声：“阿娘。”一边走到厅堂内。曾氏正站在陆徜边上，刚要劝陆徜莫动气，听到明舒的声音，转头道：“你怎么下来了？下面有风，你还没好利索呢。”

“不碍事。”明舒嗓子发干，声音沙沙的，不似平时清脆，“这怎么了？”

“还不就是陆家人找上门来。其实这段时日已经来过好几次，我只是没跟你们说罢了。”曾氏坐到堂上，叹口气道，“陆文瀚三番四次遣人过来送东西，除开那些礼品外，还有金银财物，今日更是送了地契房契过来，说要咱们搬家。”

陆徜倒来两杯温茶给曾氏与明舒，脸上寒霜稍退，冷冷道：“下次再来，打出去就是。”

“倒也不必。毕竟是你生父，我也无意阻挠你们相认，他送的东西，若是给你们的，你们想收便收。只是金银财物和地契房契这些，我是不能要的。”曾氏饮了两口茶，慢条斯理道，“今日我生气，是因他家下人非要将那地契房契留在这里，又明里暗里希望我们搬去他赠予的大宅院。当初坚持与他和离，为的就是不想叫人当成外室，如今若收下这些，再搬去他的宅院，那我成什么了？”

真的收下钱物，住进他送的宅邸，那她这十多年的坚持岂不成了一场笑话？

就算只是弥补，她也绝不愿意收下。

“阿娘，我们懂您。”明舒没有多劝什么。曾氏虽然看上去弱不禁风，实际上却是个性情坚毅的女人，同时她也豁达。她不会阻止陆文瀚弥补自己的儿女，更不会阻止他们收下陆文瀚的馈赠，因为这十多年间本身就是陆文瀚亏欠了儿女。只不过若他们收了宅邸，曾氏断然不会同他们一起搬去享受，全因曾氏那与生俱来的、叫人敬佩的骨气。

曾氏唇角绽开温柔笑意：“我晓得你懂我。”她说话间拍拍明舒的手背，又道，“我只是担心你哥哥，有空你劝劝他，让他莫替我不平，也不必对那边耿耿于怀，心存怨恨。说到底当初是我一意孤行，才令他父子二人分开十几年，各有难处错处，也不全赖陆文瀚一个人。我和陆文瀚是桥归桥路归路，已恩怨两消，但你们不同，不必顾忌我，我看得开的。”

这话明面上是说给明舒听的，但陆徜也在旁边，一字不落全都听进了耳中。

“阿娘，阿兄心里这些年也憋着气呢，不让他发作一下，他怎么甘心？不过你也别担心，阿兄心里有分寸，他知道该怎么做的，这个爹认与不认都不重要，重要的是我们会一直陪着阿娘。”明舒笑道，又挑眼看陆徜，“你说是不是，阿兄？”

陆徜道：“话都叫你一个人说尽了，两头讨好的墙头草。”

“我就只有你和阿娘两个亲人，我不讨好你们，我讨好谁去？”明舒翘起下巴，面带笑意道。

见她大病一场，此时虽然脸色仍旧苍白，但眉间已恢复往日神采，也会说笑了，陆徜多少放下心来，把陆家之事抛到脑后。

就如明舒所言，他也只有母亲和明舒，除了她们，这世上众生皆是浮云，不足以主宰他的喜怒哀乐。

这一日，陆徜依旧让明舒睡他房间，他则去楼下打了简铺凑合一夜。明舒看着蜷在小藤榻上的陆徜，心想着这宅子确实该换了。

翌日，便是金殿传胪大典。

明舒的病来得虽急，去得也快，喝了两天药已恢复一大半，就只剩下些咳嗽。这天她醒得特别早。

“阿兄，你好好洗洗！洗干净些！”

陆徜一大早就被明舒拽起，又被她推进浴间，里头香汤已备好，水上还漂着花瓣，旁边放着桂花味香胰，甚至还有女人的头油、面脂等物，陆徜无奈地笑笑，褪衣沐浴、净面剃须，待到穿好衣裳出来，明舒已经坐在厅堂里等着他了。

此时天色也才刚亮，明舒手边还点着烛灯，听到动静，明舒转身站起，冲他招手：“阿兄快来。”

陆徜走了两步，见她手里捣鼓着瓶瓶罐罐，不由得蹙眉：“你要做什么？”

“我替你敷粉簪花！”明舒摇摇手里的瓶子。

敷粉簪花是历朝流传下来的传统，在大安朝颇为盛行。敷粉簪花不分男女，大安朝许多俊秀儿郎也喜敷粉施朱、熏衣剃面，将自己打扮得干净漂亮。今天传胪大典结束后，一甲前三名还要骑马游街，陆徜要受全汴京上至达官贵人下至平民百姓的品评，可不得把自己打扮得齐整些？

明舒不能让阿兄落于他人之后。读书做学问她帮不上他，但这敷粉簪花，她在行啊。

“都是娘子们用的东西，我不……”陆徜话没说完，就让明舒给拽着坐到了椅子上，眼瞅着明舒挑了一大坨香膏抹在掌心搓开，就要往他脸上擦。

“你别挣扎！放轻松些，只是润肤的香膏而已！”明舒一边用手肘压下陆徜的手，一边往他脸上抹。

陆徜虽然抗拒，但也不能真的使力抵抗明舒，只能由着她在自己脸上擦抹一通。香膏滑腻，三两下就被明舒抹匀，淡淡的玉兰香气蔓延开来，和明舒身上的味道一模一样，如今他身上也有了这味道。

“好了。”明舒替他擦好香膏，又拿起一个鸭蛋形的扁瓷盒。

盒子一打开，里头全是匀白用的香粉。

陆徜忍不下去了，把脸转开：“别给我用这个！”他无法容忍自己的脸被涂得雪白。

明舒见他实在抗拒，端详了半天，道：“也罢，我阿兄生得好，这脸蛋儿光滑细致，比大姑娘还俊，用不用香粉都差不了什么。”

陆徜额头的筋狠狠一跳——这些都是些什么不着调的话?

“不抹香粉，我给你擦点儿唇脂，你可别动。”明舒没有坚持，换了个小圆瓷瓶，打开后，里头是朱红唇脂，她用指腹沾了些许搓开，先在鼻下闭眸一嗅，“好香……”

“……”陆徜盯着她的手，喉头滚了滚，有点儿想骂人，但见明舒比他本人还激动兴奋，好似游街的人是她一般，他便将话吞入腹中。

“阿兄，你可别再动了，唇脂要是抹花，这脸可就毁了！”明舒睁眼，指腹迅速点在陆徜唇上。

那动作可谓快、准、狠!

以陆徜的身手，竟没来得及避开。

温热柔软的指腹触及他唇瓣的那一瞬间，陆徜如遭雷殛，整个人化作木石，一动也不能动，只怔怔地由着明舒替自己抹唇脂。她的动作很轻很慢，先点而后抹开，仿如羽毛般摩挲过他的唇。她半矮着身子倾向他，身上的气息香香甜甜，化成一张铺天盖地的网。

陆徜觉得口干，嘴唇发痒，他想舔舔唇，但明舒的指尖就在他唇上，他只能生生忍着。

这对他来说，是场酷刑。

明舒替他抹好了唇，又欣赏珍宝般看着陆徜的脸，最后双掌一张，捧住他的脸。

她给他抹的口脂不像女子那般浓丽，推开后浅浅一层覆在唇上极衬肤色，一眼扫过，好一位唇红齿白、精神抖擞的英俊少年郎。

陆徜被她拍醒。

“我觉得再修个眉，拿黛粉画一画，就完美了……”

明舒还琢磨着怎么打扮陆徜，陆徜似乎被吓着般从椅子上站起，声音都哑了几分：“够了，可以了！就这样吧。”

见陆徜实在不愿，明舒也不再坚持，道：“那我替你绾髻总成吧？”

陆徜看了她两眼，确定她真的不会再对他的脸做什么后，才又坐下。

明舒站在他身后，解散他松松绾着的发髻，拈了木梳，沾一点点头油，轻轻替他梳起头来。

男人的长发，也很柔软顺滑，掬在手中像一捧流水。

明舒梳得很仔细，一头长发被整整齐齐地收拢在发顶，绾成发髻，再将鬓角理顺，最后取来金花乌纱状元帽，替他戴上。

帽子上簪着一簇生花——牡丹为主蔷薇为辅，鲜艳娇嫩。

陆徜看不到自己的模样，他只看到明舒绕到自己身前，让他垂头给他整冠，又叫他起身替他整衣……

温柔细致，无一不妥。

恍如夫妻。

送陆徜出门后，明舒也没闲着，喝过药也急匆匆地出了门。

她与殷淑君、闻安约好，要去东永街的观元楼，这街连接着皇城大门，金殿传胪后骑马游街，就从这条街上过。观元楼是间三层酒楼，开在东永街最正中，其名既为观元，自然是整条街上看状元游街最佳的位置。

这一日，整个汴京城的娘子们十有八九都要挤到这里看游街，观元楼更是一早就被定满了，所幸闻安早早预定好极佳的位置，明舒托了她的福，也能在观元楼上看到自己阿兄人生中最风光的时刻。

传胪大典还没开始，整条街上已经站满了人，街两边的酒肆茶馆也都爆满，观元楼的位子已是千金难求，早就坐满了汴京城达官贵人的家眷。满楼的贵妇人、小娘子，都在一边饮茶一边闲谈，一边等着看游街。

明舒与闻安、殷淑君她们一桌，郡王妃今日也出来凑热闹，与相熟的贵妇人坐在另一桌有说有笑。茶过两盏，明舒才和闻安、殷淑君两人闲聊了几句，旁边就有人过来。

“这位想必就是陆娘子吧？”来的是个与她们一般大小的娘子，盛装打扮，生得颇美。

明舒忙站起：“我是陆明舒，你……”

殷淑君笑了：“这位是工部尚书家的千金，卢三娘子。”

明舒便朝她行礼，她也忙还了一个礼，又亲切地拉着明舒寒暄说笑了半天后，才让丫鬟奉上一方帕子赠予明舒。

“今日能与陆娘子结识是缘分，你我也谈得来，若是陆娘子不弃，咱们日后也时常走动走动，一块儿玩耍。这丝帕乃我一点儿小心意，权当你我今日初逢的赠礼，还请收下。”卢三娘子温温柔柔地请她收礼。

丝帕不是什么贵重之物，明舒道谢之后也就大大方方收下，与她约定日后一起玩耍，卢三娘子也就高高兴兴地走了。

闻安见人离开，冷笑一声：“醉翁之意不在酒啊。”说着话她又靠近明舒，道，“新科状元郎的好妹妹，我可告诉你，我与殷娘子才是你正经的手帕交，你倘若被这些动机不纯的莺莺燕燕迷惑了眼睛慢待我们，我可是要生气的。”

殷淑君也点头：“就是，我们定不饶你。”

“闺密群”拒绝目的不纯的人加入。

“哪有你们说得这么夸张！”明舒喝了口茶道。

闻安又冷笑：“那你等着瞧吧，今日可有你受的。”

明舒尚未领会，旁边又传来一声：“可是陆家娘子在这里？”

“……”明舒沉默。

访客络绎不绝，明舒烦不胜烦，但面上也只得客客气气相待。

骑马游街还没开始，新科状元郎连面还没露，她这个状元的妹妹已经收到了一大桌子礼。

看着堆满整张桌子的手帕、串珠、香囊等小娘子们送的礼物，明舒已经觉察到她阿兄招蜂引蝶的本事了。

汴京这么多的小娘子，都走迂回路线，都来讨好她，想做她的嫂子？

进京的时候她在陆徜面前说的玩笑话，突然间就成真了。

搞定了小姑子，才有机会接近兄长不是？

就算此前陆徜公开在榜下提过自己已经定亲，也不能阻止众人对他的兴趣。他就像是罩上了一个状元金身，闪闪发光地吸引着众人，再加上出众的容貌，一跃成为汴京新贵，宛如刚出鞘的刀剑，锋芒毕露。

——当然，也像一块香味扑鼻的肉，勾得周围的人都虎视眈眈，蠢蠢欲动。

一番应酬下来，明舒连和闻安、殷淑君闲话的机会都没有，幸亏楼外传来的仪仗声响终结了这一切。

闻安、殷淑君拉着明舒跑到观元楼二楼朝街的扶栏处，与一众年轻小娘子一起向远处望。

楼下长街已被衙役们清场，百姓们退到了街道两侧，空出正中街道。街道两侧人头攒动，全是来看热闹的百姓，其中亦不乏年轻的小娘子们，打扮得鲜妍动人，手里拎个小藤篮，里头装满鲜花，一准是打算待会儿扔给这头三名中最英俊的那一位。

仪仗队的身影先出现，除了喧腾的锣鼓声外，前方的百姓也已经发出阵阵欢呼，呼声如浪，又勾得众人越发好奇激动，踮脚的踮脚，伸颈的伸颈，恨不得自己能有飞天遁地的本事，好能第一个把前头景象瞧个清楚。

观元楼上的娘子们自然不必像街上的百姓那样人挤着人，大家闺秀都还保持着最基本的教养，只是微微向外张望的动作，多少还是泄露了少女的心思。

“听说这三元及第的新科状元俊得很。”

“再俊能有国公府的宋小郎俊？那可是咱汴京城出了名的美男。”

“你们可别这么说，按着历朝的风俗，这探花郎才是最俊美的……”

旁边站着的几个小娘子都在议论这届科举前三的容貌，平时循规蹈矩的娘子们，这时也难掩少女心思，露出几分俏皮模样。明舒在一旁听得勾起唇来窃笑不止。

众人正抱着各自的心思和期待遥遥相望，那一头的欢呼声浪掀至高潮，锣鼓声也朝这边逼近，三匹骏马被前呼后拥着缓慢行来，最前头那一匹马上坐着的，正是年仅二十岁的新科状元陆徜。

瞧那陆徜双眸如星聚，昂首伸眉，神采奕奕，面上挂一缕浅笑，唇红齿白，正朝四周百姓挥手示意，举止似闲庭信步，无半分怯人之意，当真是鲜衣怒马，少年正好。

围观人群中接连发出女子的惊呼，无数鲜花、手帕、香囊……劈头盖脸朝陆徜扔去。

你道这就是最精彩的了？那陆徜身后，可还跟着个宋清沼。

作为汴京城有名的美男子，宋清沼与陆徜不单是学识在伯仲之间，就连这容貌，也难分上下，恰似春花秋月，各有各的好。

小娘子们手里的东西扔完一拨，又见着紧随陆徜的宋清沼，惊呼声再度掀起。

这届的进士，未免过于优秀，要学识有学识，要容貌有容貌，个个不俗。

明舒站在楼上等着队伍走过来，只听欢呼声此起彼伏，由远及近，身边这些小娘子也越发兴奋起来。

终于，骏马行至观元楼前，明舒很清晰地听见身边几个小娘子发出了倒抽气的声音，楼底下也同时响起尖叫声，陆徜在无数热情的“礼物”间含笑而至。

明舒扑在栏杆上，本来正使劲地冲陆徜招手，忽见一个香囊不偏不倚地砸在他额角上，她没忍住，顿时捂住嘴趴在栏杆上，险些狂笑出声——她觉得她阿兄脸上的笑容，快要绷不住了。

陆徜内心，定是在骂人的。

似乎心有灵犀般，陆徜忽然抬头向明舒这里望来，一眼就看见了站在人群中间的明舒。

目光隔着这热闹的人群遥遥相遇，陆徜那抹笑，由浅及深，眉眼俱弯。

明舒旁边的小娘子捂着心口道：“他是在看我、在向我笑吗？”

“哪里是看你，他分明是在冲我笑！”她的同伴不甘示弱。

明舒听她们争了半晌，含笑举起手中早就准备好的一朵怒放的芍药，朝陆徜抛了个眼神，扬手而出，将花掷向陆徜。

芍药并没能正好扔在陆徜附近，眼见与陆徜错过，陆徜却忽然勒马侧身，脚踏金蹬向旁跃起，探手轻巧地接下芍药后又落回马背上。

明舒的芍药花，被他牢牢握在手中。

他又转而望她，摇摇手中的芍药，无声地对她道——谢谢。

扶栏后的少女，笑容似此刻骄阳，明媚且灿烂。

目送陆徜身影远去，可欢呼声并没停歇，明舒又看见了宋清沼。名次虽然逊陆徜一头，但宋清沼的受欢迎程度，并不比陆徜低。

少年眉清目朗，身姿清贵，似古卷里策马翩翩而来的贵公子。

旁边的闻安撞撞明舒的手肘："你看我表兄如何？"

明舒回她："自然很好。"

楼下的宋清沼也正抬眼望来，看到明舒有些惊喜，明舒笑开，冲他挥起手，又竖起拇指。

宋清沼松开缰绳，朝她拱手致谢。

声浪随着游街的仪仗又渐渐远去，有百姓不愿就此散去，都簇拥在仪仗队的后面，跟着走远了，其余人各自离开，街道慢慢空了。明舒趴在扶栏上又看了片刻，才跟着闻安和殷淑君进了楼内。

闻安用纨扇掩着唇向明舒道："我劝你赶紧回去吧，别在这里待了。"

"为什么？"明舒口有点儿干，正给自己倒茶。

"你再不回去，我怕你一会儿脱身不得。"闻安预言道。

殷淑君看了眼雅间屏风外的人影，道："来不及了。"

话音刚落，屏风外就卷进一股香风，无数袅娜身影涌进小小的雅间，少女们娇滴滴的声音响起："陆娘子，我们来寻你玩了。"

明舒还没回过神，就已被好几个小娘子围在了中间。

又来?!

闻安和殷淑君都识趣地飞快地闪到旁边，一个朝明舒耸肩，一个朝她摊手——爱莫能助。

她阿兄真容未现之时，这些小娘子还能保持理智，现下她阿兄现了真容，要才学有才学，要人品有人品，要模样有模样，要前途有前途……这样的青年才俊，哪家不争着抢回去当女婿?

别说陆徜，恐怕连明舒这个状元妹妹，也难逃被汴京贵族觊觎的下场。

最终，明舒还是在闻安和殷淑君的掩护下，从观元楼后门悄悄溜出。

"怎样？状元的妹妹，被'狂蜂浪蝶'围扑的滋味如何？"闻安逗明舒道。

明舒抱着一大包袱“礼物”，抽抽嘴角，笑不出来。

“你别逗她了。”殷淑君替明舒解围道，又问，“我们现下去哪儿?好不容易才见上面呢！”

“今天是阿兄的好日子，阿娘还在家里等着呢，我得回去了。”明舒原本也只打算看完游街就回去。

“你走回去吗？”殷淑君盯着她那一大包沉甸甸的东西问道。

明舒是走着来的，自然只能走着回去。

“罢了，送佛送到西，你叫我一声‘闻安好姐姐’，我送你回家。”闻安娇滴滴道。

明舒挨向她：“好姐姐，拜托你送我回去?”

“走吧，我家马车在那边，咱们车上再聊。”闻安坦然受之，又指了某个方向，带着两人往那里去了。

今日东永街所有马车不允许进入，郡王家的马车停得有点儿远，要拐过两个小巷子。闻安带着她俩走了一小会儿，才从观元楼后门走到西边的街上。

这条街颇窄，不像东永街那般繁华，只零星开着些小铺面，简陋的茶寮酒肆，食客并不多。郡王府的三辆马车正停在某家小酒肆的对面，几乎占去半条道。明舒同闻安、淑君两人说说笑笑地走到马车旁边，正要上马车，忽然间酒肆处传来一个低沉的声音。

“闻安……”

闻安提裙正要踩上小杌子，听到声音便收回脚，与明舒、淑君一起回身。

酒肆的草帘下面站着个男人，正望着闻安。

明舒与淑君对望一眼，都担心地看向闻安，闻安已然转身，笑虽未收，但眼中神色已从愉悦转为冷冽。

那人不是别人，正是为了一个“唐离”不惜自毁前途的前永庆侯世子谢熙。

谢熙仿佛变了个人般，由以前的风流倜傥变成现下憔悴颓废的模样，明舒打量了几眼才认出他来。他穿着件素色衣衫，发髻绾得并不整齐，原本光洁的下巴上生着凌乱的胡茬，脸色灰颓，手里还拎着一小坛酒，带着两分醉意看着闻安。

听说因为松灵书院的事，谢家全族险些被连累，故皆不待见这个被革除世子位的嫡子。谢熙前途尽毁，没有颜面留在家中，也已从永庆侯府搬出，在外面的小宅邸独住。今日正逢金殿传胪和状元游街的盛事，他到这里饮酒，隔着长街听东永街的热闹喧哗，而那荣耀本也应该有他的一份，如今却只能自饮苦酒，盼着醉死方好。

不想酒饮到一半，人未醉，他却遇到了故人。

闻安娉婷而过，和从前一样光彩照人，甚至变得更美了。

做梦般的重逢。

但闻安已经不会像从前那样，欢欢喜喜地过来，笑着道一声："谢哥哥。"

她隔着并不长的街道冷冷地看他，笑容里全是陌生与嘲讽，谢熙觉得下一刻她就会讽刺嘲笑自己，或者痛骂出声。他等着她开口。

让她骂上几句，他心里也许会舒坦些。

但闻安并没有。她再度转身，踏上马车，连眼神都吝啬给他。

谢熙追出门口，只看到绝尘而去的马车。

"活该！"淑君趴在窗口看着谢熙骂道。

"闻安，谢熙怎么变成这副模样？"明舒有些不解，见闻安神情自若，方开口问道。

照理来说，谢熙虽然失去所有，但身边还有个唐离，虽然无法再过从前的生活，但永庆侯夫人多少也会接济一下，生活应当不难，两人也算得偿所愿，双宿双栖。

听到这话，闻安嘲笑出声："你还不知道吗？那个苏棠璃早就离开谢熙了，而且踩着谢熙爬到了豫王身边，确实如你所言，手段非同寻常。他谢熙就是个眼瞎心盲的蠢人。"

明舒讶然。

松灵书院的事才过去多久，苏棠璃就已攀上豫王？

豫王和永庆侯府，那可是天差地别的存在。

骑马游街过后，夜里还有官宴，陆徜先回家一趟更衣。

天色未晚，家门半掩，明舒的声音从门里传出来。

“阿娘，你是不知道我哥的威力，他一露脸，整条街都要被掀翻！我身边的小娘子们险些被他俊得晕过去。我，作为状元的妹妹，差点儿被这些激动的小娘子给淹没。”

明舒绘声绘色地向曾氏说起早晨的盛况，曾氏听得连手里的茶都顾不上饮，被她逗得一味地笑个不停。

“你看，这满桌子的礼物，都是那些小娘子送我这状元妹妹的见面礼。”

陆徜推门进来时，看到明舒的手挥过堆满五颜六色的小玩意儿的桌面，他脸色有些不好了，从墙角抄起簸箕慢慢走过来。

明舒没看到曾氏提醒的眼神，仍夸大道：“醉翁之意不在酒啊，她们可都是冲着阿兄来的。阿娘，你是没见着那阵势，若是阿兄在场，怕是要给撕成片分了。阿娘，我觉得我嫂子有着落了，可惜我没把我的手札带去，要不挨个儿让她们登记了姓名，回来咱娘儿俩好好研究下，给阿兄娶个可心的……”

“媳妇”两字还没说出口，就听哗啦一声，转眼一看，陆徜正把满桌子的东西都往簸箕里扫。

“阿兄你做什么？”明舒大急，忙要拦他，“这是人家送我的心意。”

“心意？什么心意？你不是说醉翁之意不在酒吗？那就不是心意。”陆徜觉得这满桌子零零碎碎的东西着实碍眼——卖“兄”求“荣”得来的心意吗？

“别，别呀！”明舒挤到他和桌子中间，用身子拦着他，待看清他的模样，一下子又笑了，“你且别说我，先瞧瞧你自己吧。”

那边曾氏也没忍住，“扑哧”一声笑出声来。

明舒伸手从他头上摘下个钩在帽子上的香囊，在他眼前晃了晃：“哪家娘子给你的心意？好阿兄，你给我们说说呗。”

陆徜夺过香囊，扔到簸箕里。

明舒想起早上满汴京的小娘子们向他扔鲜花时他那强撑出来的笑脸，差点儿笑岔了气，道：“阿兄，你别恼呀。”

陆徜脸通红，大半是被她气的，把簸箕往地上重重一放，冷冷道：“这两天把行李收拾了，结清屋子赁金。”

“啊？”明舒和曾氏都收住笑纳闷儿地看着他。

“圣人赠三进状元宅邸一处，准备搬家。”陆徜道，又指着桌上东西，“这些东西不准带。”

第三十二章 愿得意中人

翌日，曾氏和明舒就去看了这处宅子。

圣人赐的三进宅邸对比汴京其他权贵人家，并不算大，但对比陆家三口现在的住处，不啻云泥之别。再者历朝历代，学子刚登科，哪怕是一甲前三，立刻就得赐宅邸的情况也十分罕见，据说是圣人听闻陆家情况，知道他家境贫寒，现在还带着寡母与妹妹住在仅有两室的小楼内，连个像样的书房都没有，可在这样的条件下，他仍能三元及第，殿试之时面对自己及众多考官应答如流，无半丝怯弱卑微，便起惜才爱才之心，赐下这宅邸。

这处三进宅邸格局方正，墙面屋瓦都是刚翻新过的，里边家什齐全，不需要陆徜他们再准备什么，只要打包好行李，即刻就能入住。陆徜刚中状元，金殿之上即授从六品翰林院修撰之职，眼见就要忙碌起来，宅中诸务，只能交托曾氏与明舒。

“阿娘，这宅子真不错。正房给您，东厢房留给阿兄和我未来嫂嫂，再好好收拾间僻静的屋子出来给阿兄做书房，我呢……就住西厢，后罩房留给下人。我已经物色了一些人，到时候让他们来见您，您挑合眼缘的留下用。”明舒与曾氏一起在宅里慢慢逛着。

她在筹备满堂辉挑选伙计的时候，也已经着手物色宅子里的丫鬟、婆子和小厮了。

“你做主就好了。”曾氏过惯了自给自足的贫苦日子，对这些毫无概念。

“那可不成，咱家阿娘最大，得让阿娘舒心才成。”明舒笑道，又说自己的想法。陆家人口少，只有她、陆徜与曾氏三个人，陆徜那人素来不喜身边有女人跟着，所以给他找个牵马提箱的小厮就好，曾氏需要人手帮衬家务，挑个有些年纪、见识的嬷嬷最好，另外服侍曾氏的丫鬟和门房管事再各找一个，四个人足矣。

“就按你说的。”有明舒在，曾氏能少操许多心，她乐得甩手交由明舒打点。

“咱们再采买些花木果树，养两缸莲花，凿个小池子养几条鱼，把这空荡荡的院子填起来，就好看了。”明舒又指着各处道。

说起装扮宅邸，曾氏倒来了兴趣，两人亲亲热热地挽着手，各处参观，哪里要摆花，哪里要添树，有商有量地讨论着，说说笑笑直到近午。

从宅子里出来，明舒让雇的马车先送曾氏回去，她自己则去了卫家。

荷包里还装着当初卫家二夫人刘氏给的那锭金元宝。卫家闹鬼之事，明舒自认没有替刘氏办妥，这钱她理应退回去。那日夜里走得急，她没顾上还，是以还得再跑一趟。

卫府已经挂起白幡，不过大门依旧紧闭，还未设灵出殡，卫献的案子没破，尸体还在殿前司没领回来。

明舒上前拍门，出来开门的人认得明舒，立即前去通报，没多久，刘氏亲自从府里迎了出来。

“二夫人……”

明舒的礼行到一半，刘氏就急匆匆过来握住她的手，道了声：“陆娘子。”眼看又要哭起来。明舒忙扶住她。刘氏身上已经换成丧服，身上一股子药油味道，头上戴着抹额，憔悴得仿佛病了许久。

“我家那口子现下被收押在开封府牢中，不知要遭什么罪，我在这里什么都做不了，愁得六神无主，你说可怎么办啊？”刘氏如今是逮到谁都要哭一番。

明舒只好搀着她往府里走，边走边安慰她：“二夫人，开封府的人只是例行公事收押二爷，这案子还在查，您也别太担心。”

查了这么久，还是卫朝的嫌疑最大，因而他已被收押在牢。

前些天应寻到她这里打听了半天便匆匆离开，也不知道是发现了什么，怎么过了三天还没进展？

刘氏哪里听得进去明舒这轻飘飘的劝慰，道：“你别诓我，进了那大牢，还能有活路？指不定早就屈打成招了。要是他出不来，我也活不下去了……”

她说着拉着明舒嘤嘤地哭了起来，明舒无奈，只好扶着她在院里随便找了处石凳坐下，以温言软语安慰她，安慰了半晌，她才平静了些，回过神来问明舒：“你来找我作甚？”

明舒这才有机会摸出那锭金元宝道：“二夫人，当初你托我帮你查明贵府闹鬼之事，这事我并没给你交代，所以这金子，我不能收。”

她当日放弃查明闹鬼之事，后续都交给应寻，故而不能算她查明的。

刘氏看到那锭金子，忽然用力给她推了回去，道：“不，不要还我，你收着，替我查我家那口子的事吧，帮我还他个清白！”

“二夫人，此事已由开封府全权接手，我帮不上什么忙的。”明舒为难道，又把钱推回去。

“我不管，你收了我的钱，便要替我办事。”刘氏有些不讲理起来，死活不肯收回钱，嗓门儿也大了起来，“我知道你，你不仅是新科状元的妹妹，还是尚书令的女儿，就算不能干涉案子，你也可以……也可以帮我奔走疏通。我知道这一锭金子太少，没关系，你只管办，要多少钱你跟我开口，我砸锅卖铁也凑给你！”

“这和我是谁的妹妹、谁的女儿没有关系！这桩事，我真的无能为力！”明舒头疼万分，只觉得手中小小金元宝竟像个烫手山芋。

“陆娘子，我求求你，我一个内宅妇人，娘家又不中用，如今也不知道能求谁。大伯死了，如果卫朝也不在了，这一家孤儿寡母，要怎么活下去？你可怜可怜我吧……”刘氏说话间起身竟要跪下。

明舒忙惊得站起来阻止她，在这你来我往的推让之中，那锭金元宝脱手而落，滚到远处，停在一个人的脚边。

那人拾起元宝，惊喜道：“明舒?!”

“宋公子。”明舒抬头，有些意外竟在卫家见到宋清沼。

“我陪我母亲来看望卫夫人的。”宋清沼解释了自己的来意，又往远处一看。

许氏果然正陪杜文卉在树下说话，约是听到了刘氏的声音，她们二人也已起身朝这里走来。

刘氏还要求明舒，铁了心要跪，明舒顾不上和宋清沼多说话，只用力拽着她："二夫人，您先起来说话。"

然而刘氏很沉，她要拽不住了，眼见这人就要跪到地上，忽然间觉得手中力道一轻。

"二夫人，您别为难明舒，这事她真帮不上忙。"

宋清沼已经扶住刘氏另一边手，将人稳稳托起。

有了宋清沼的帮忙，刘氏根本跪不下去，只能哭天喊地。那边杜文卉和许氏都已过来，看见刘氏这撒泼的模样，杜文卉下意识地求救般望向身后。

她身后站着吕嬷嬷，看到杜文卉的眼神，吕嬷嬷开了口："还不把二夫人扶回屋里，在这里闹成这样像什么话？"

总算有两个丫鬟前来搀住刘氏，半哄半强迫地把人拉开。明舒终于松了口气，向杜文卉和许氏打招呼。杜文卉仍旧是一脸病容，看起来柔柔弱弱的，毫无主见，许氏倒还是一副高高在上的样子，看到明舒行礼，只颔首以回。

明舒没有理会这些，只看着杜文卉和吕嬷嬷，心里直犯嘀咕。

总觉得哪儿不对劲，但她又说不上来。

"见你无恙我便放心了，时辰不早了，我也出来大半天了，该回去了。"那边许氏朝杜文卉告辞，忽又想起什么般，向明舒道，"陆娘子，你要回去了吗？"

明舒回过神来："要走了。"

许氏便朝她伸出手："一起吧。"

明舒很快反应过来，上前托起许氏的手，道："好嘞。"

二人便携手往外行去，宋清沼却是一怔，然后搓着手中的小元宝跟了上去。

许氏拿着国公府的架子，让明舒扶着自己。不想走了两步，明舒却改扶为挽，把她的手臂挽在怀中，亲热地靠过来。许氏不自在地挣了挣，没能挣开，只听明舒在自己耳边小声道：“许姨，那吕嬷嬷怎么还跟在卫夫人身边？”

许氏没好气地看她一眼——我跟你很熟吗？跟长辈手挽手成何体统？

然而想归想，许氏还是没推开她，道：“卫献一死，卫府没了主心骨，丁宣又有嫌疑，文卉不中用，无人能管事。那吕嬷嬷虽然是卫献找回来的，但在府内也威风了多年，余威犹存，上下都听她的，所以暂时还由她照管全府的事。”

“大夫人还信她？”

“不信又能怎样？文卉这么多年都被她监视拘束着，一时半会儿哪能调整得过来？不过我听文卉说，吕嬷嬷也已经请辞了。卫献死了，她没有再留下去的理由，打算回老家养老，过两三天就动身。”

“原来如此。”明舒点点头，忽地想起应寻那天急匆匆离开前，自己似乎正好提到吕嬷嬷，于是又问，“许姨，那你可知道卫献出事那天夜里吕嬷嬷的行踪？”

“你这丫头，管的闲事还挺多，难不成真打算替卫朝查案？”许氏奇怪地看了她一眼，不过抱怨归抱怨，她依旧回答了明舒，“那天夜里，吕氏那老货一直都在文卉屋里看顾文卉，大约亥时前后曾经离开过内宅，我有听到她出门时外头丫鬟的行礼声。不过这事没什么疑点，院里的人都知道她曾去过前院，她回来的时候卫献还活着，院里的人也都能做证，这些事早都与应寻他们说了。”

“那许姨可知吕嬷嬷去前院所为何事？”

“大概是去找卫献吧。只要卫献在家，她每晚都要向卫献禀告文卉的大小事宜，不过那天卫献宴客未散，所以她只能又回来了。”

“回来以后呢？她还出去过吗？”

“那我可不清楚。”许氏摇头道。

明舒便在心里琢磨起来，许氏等了一会儿，不见她言语，便道：“陆娘子……”

“许姨，您叫我明舒吧。”明舒回道。

“明舒，过几日我家办牡丹宴，想邀你母亲与你同来。”许氏道，也不等她答话，便自顾自道，“我那天见过你母亲了，是位很温柔的夫人，教出了状元郎这样的好孩子，我着实想向她取个经。牡丹宴上还有许多与你年龄相仿的小娘子，你们也正好可以做伴玩耍。”

明舒一听到“年龄相仿的小娘子”这几个字，脑袋就像套上了孙悟空的金箍，想起那天观元楼的情景，她还心有余悸。

两人说话间已走到门口，国公府的马车已经等在门口。

“就这么说定了，到时候我让人给你家送邀帖。”

许氏压根儿没给她拒绝的机会，就拿定了主意，又一步踏上小杌子，打算进马车时忽又转头问明舒：“你自己来的？”

见明舒点点头，她便又道：“清沼，你送送她。”语毕，她提裙进了马车，再无余话。

宋清沼见她们两人亲热地说话，也没他插嘴的余地，便只好在后面跟了一路，此刻才上前来，朝明舒道：“我母亲很少与后辈如此亲近，你们很有缘分。”

明舒笑了笑——要是宋清沼知道这缘分是怎么来的，恐怕就不会这么说了。

“宋公子，我自己回去就好，不用送了。”明舒道。

“明舒，你不必总如此生疏，我们认识也有段时间了，你叫我清沼便好。”宋清沼与她相向而立，温声道。

面前的姑娘似乎一直都和他保持着某种距离，坦荡磊落却很难靠近。他想多了解她一些，可他们相处的机会太少了。

明舒轻抚鬓角，偏头看了看地面，有些不自在。那日许氏对她说过的话再次回响在耳边，再看今天许氏的邀约、宋清沼的态度，她自然意识到了什么。

“怎么不说话？”宋清沼见她沉默，留意到她脸颊有点泛红，是不多见的羞涩模样，不由得笑了，也不逼她，只将手里的东西递过去，“这个还你。”

一看到金元宝，明舒的尴尬通通消失，只剩头疼。

“谢谢。”接下金元宝，明舒叹道。

“别沮丧，总有办法解决的。”宋清沼安慰她，又道，“走吧，送你回去。第一次见面的时候，我不也送过你？这次怎么反倒客气起来了？”

话说到这份上，明舒若再推拒，就真的显得矫情了。她刚要点头，却听旁边有人叫自己：“明舒。”

明舒转头，竟见陆徜站在几步开外处。她大喜：“阿兄，你怎么来了？”

“来接你的。”陆徜手里牵着马，言简意赅道。

他办完事回家，从曾氏那里知道她来了卫府，就骑马过来接她了。

“谢谢阿兄。”明舒心里一松，扬起笑脸又向宋清沼道别，“我阿兄来接我了，就不劳烦你了，多谢你的好意，我先回了。”

语毕，她三步并作两步跑到陆徜身边，伸手摸了摸马背，高兴道：“阿兄，我要骑马。”

陆徜摊开手掌，明舒把手往他掌中一放，脚踩马蹬，借着陆徜的力，一跃上了马背，又向宋清沼挥了挥手。宋清沼只能向她点点头，目光又一扫，只与陆徜冷冽的眼神交错而过。

明舒高高兴兴地骑在马上，陆徜牵着马走出两步，回头看时，见宋清沼仍站在原地，他蹙蹙眉，忽然翻身上马，坐到了明舒身后，用力握住缰绳一震，纵马疾奔。明舒没料到陆徜会上马，更没预料到他会突然催马，惊呼了一声：“阿兄?！”

“明舒，宋清沼与你说了什么？”陆徜低沉的声音响在她耳畔。

明舒细眉紧拧。

她要告诉阿兄吗？

也许告诉阿兄，他会帮自己拿个主意？

她和阿兄之间没有秘密。

如此想着，她便开了口：“阿兄，你也是男人，替我分析分析……”

“嗯？”

“宋清沼……他好像……喜欢我……”

“……”陆徜猛地攥紧缰绳。

明舒不必转头，也能感受到四周陡然变低的气压。她想起陆徜曾经让她远离宋清沼，现下她却把这件心事对他说出，这是又捅他心窝子了吧?她有些后悔。

只是说出去的话泼出去的水，覆水难收。

“阿兄……”明舒试探着叫了一句。

陆徜的声音很平静：“回家再说。”

明舒闭上嘴，心里有即将面对长辈审问的害怕，但同时她又有些期待。这是两种矛盾的情绪，她既怕陆徜责问，又……非常想知道陆徜的看法，甚至于在这期待中，还有些毫无理由且难以形容的窃喜。

她想，自己真有些奇怪。

陆徜攥紧缰绳控马，恨不能策马狂奔，让呼啸而过的风吹散心中郁气，但这一路上途经之处都是闹市，就算他尽量挑人少的街巷，也无法当街纵马。

兄妹二人就在各自诡异的情绪中回到家里。

明舒跟着陆徜进屋，自觉地将门关上。曾氏在楼下烧饭，不会有人来打扰他们，临街的房子不算安静，充斥着街上各种各样的杂音，但这些声音如今却成了天然的屏障。

陆徜房间的东西大多都已打包，只剩下铺盖等物还没收拢，几个箱笼堆叠着，陆徜一步坐在箱子上，拉出椅子，朝明舒道：“坐。”

“……”明舒觉得他这审问的架势，极有官老爷的气场。

“喝水吗？”陆徜手长，伸手到桌面上用小泥炉烧水。

明舒觉得自己那心就跟泥炉上的小铜壶一样，明明陆徜什么都没说，态度甚至称得上温和，她却浑身不得劲起来。

“阿兄，我觉得那可能是我的错觉，要不就算了，咱别聊了。”明舒觉得有些煎熬，想结束这个话题。

“哪些事情让你产生了宋清沼喜欢你的错觉？”陆徜却顺着她的话往下问，又将腿往外一伸。

长腿拦住了明舒的去路。

“就……”明舒绞尽脑汁地想该怎么告诉陆徜。

爱慕是种感觉，并不一定有具体的事例，她可以从宋清沼的眼神、神态和语气中感受到那一丝微妙的情绪，甚至有时可以感同身受，就好像她也有过同样的心情——喜爱一个人的滋味。

虽然宋清沼和陆徜都是清冷的人，但二者却有很大差别，明舒能轻而易举地分辨。宋清沼的清冷更多地源自他良好的家世和与生俱来的骄傲，他无须逢迎他人，只要站在那里，就能招来无数追随者，有着令人自惭形秽的清贵，所以宋清沼的主动，哪怕只是一个笑容，一句温柔的话语，都能很清楚地让明舒有所察觉，再加上许姨说的那番话与她前后态度的转变，明舒想装傻都不能。

但这些，若用语言描述出来，多少有些自作多情的意味。

“是种感觉。”明舒有种抓耳挠腮的滋味——她为什么要多嘴让陆徜来分析？她应该找自己的闺密征求意见的。

令人意外的是，陆徜竟没有反驳她，他点头：“嗯，我也看出来了。”

“啊？”明舒震惊非常——她自己都才刚刚觉察到，他又是怎么看出来的？

铜壶中传出咕嘟咕嘟的声音，陆徜起身提壶冲茶，边冲边道：“没什么可奇怪的。”

明舒有多大魅力，他太了解了。

他比她更早知道宋清沼爱慕她这个事实。

一个优秀的人，能吸引到同样优秀的人的爱慕，这并不奇怪。

“那你呢，你喜欢他吗？”陆徜不想追问明舒如何发现宋清沼的爱慕的，他直觉那答案听起来一定不会让他开心。

从陆徜手里接下茶，明舒道：“我不知道。”

阿兄不逼问这其中细节，她心里一松，便老老实实回答他。

陆徜却蹙了眉——不知道？这是什么答案？既不是喜欢，也不是不喜欢，而是个模棱两可的答案。

他原本想，她的答案也意味着他自己的结局：如果喜欢，那意味着他要放手；如果不喜欢，那他可以暂时松口气。

但她说不知道。

“我真不知道。”明舒颓然地把头搁在高高的椅背上，她不该是这样摇摆不定的人，喜欢就喜欢，不喜欢就不喜欢，怎么会像现在这样迷惘呢?

“我自从遇见宋清沼后，就总是重复梦到同一个人。”明舒咬咬牙道。

反正都说了，她也不藏着掖着了。

“什么人？”陆徜问道。

明舒回忆起自己的梦——那个男人身着青衫，玉树临风，袍裾上绣着几杆翠竹，颇有些飞鹤流云的意境。她直觉这是个极英俊的男人，在梦里拼命想要瞧清他的模样，可总是徒劳无功。

这梦接连做了好几次，每次都让她心跳加速，她直觉自己应该是喜欢这个面目模糊且不知姓名的男人。

想着想着，她脸有些发烫。

可他到底是谁?

将认识的人挨个儿拎出来审视一番，她得出一个大胆的结论：“我觉得我可能喜欢上宋清沼了。”

陆徜从震惊中回过神来，断然否定：“不可能！”

“可我总是梦到他。”明舒双手托腮，满目迷茫。

“你所梦之人并未露脸，不会是他。”陆徜道。他的心情已复杂至极，有惊有喜，还有无法言明心迹的挣扎——她梦到的那个人，是他。

“可我身边符合青衫翠竹又生得玉树临风的男人，只有宋清沼一个。”明舒双眼明亮，又道，“他模样生得好，性格也不错，家风又清明，若是嫁给他，我也愿意。”

单纯凭条件来选择的话，宋清沼能成为汴京城大部分小娘子的梦中情人。

国公府的家风是没话说，族中男子除非正妻年过三旬仍未留嗣不得纳妾，也从未闹出过宠妾灭妻的事来，老国公和世子更是以身作则未纳妾室。有此家训在前，宋清沼定也不是纳妾藏娇之人，而原以为许氏不是容易相处的人，但接触下来也还好。若是非要嫁人不可，宋清沼是个极好的人选。

在这一点上，明舒与大部分正值芳华的待嫁小娘子没什么区别，她也期待过成亲后与夫君琴瑟和鸣的日子，期待过自己能嫁一个如意郎君，比起父母之命媒妁之言，能给自己挑个可心的夫婿当然是最好的，她也相信母亲和兄长会给她自主决定的余地，所以谈起婚姻大事，她在陆徜面前并不扭捏。

但陆徜眼下想法却和明舒完全不同。

“不可能。”他深吸一口气，脸色微沉，一口否定了明舒，“他不适合你。”

“阿兄怎知他不适合？是觉得我们和国公府门不当户不对？”明舒觉得陆徜否定得太快了，以为他与旁人一样的想法，便接着道，“区区门第之别，有何可惧？若我中意喜欢，不论是门第比我差，还是门第比我高，那都不成问题。”

陆徜闭了闭眼，想起赴京前的往事。

门第之别困得住别人，却困不住明舒。从前他是出身贫寒的学子时，她就从没觉得他配不上她，现在也一样，就算宋家门第高出许多，她也同样不觉得那是桎梏。

世人关于婚姻的种种成见，在她眼中，全都不是问题，她这人，像春天的一滴雨，有着化腐朽为神奇的力量。

愿不愿与那个人共度余生，只取决于她自己喜欢与否。

不论是否失忆，她都一直如此，是他……他太不了解她，又囿于世俗成见，愚昧而固执地一次又一次推远她。

“阿兄，你不相信我？”明舒见他沉默，又问道。

她知道自己这番话，有点儿孩子气的不自量力。

“不，我相信你。”陆徜睁开眼，回答得毫不犹豫。

“那你还觉得我和他不合适？”明舒问他。

“那是因为，我知道……”陆徜盯着她，“你不喜欢他。”

“不喜欢我为何会天天梦到他？”明舒不解道——这就是她最疑惑的地方，如果她真的明明白白地对宋清沼心动，根本就无须找陆徜解惑。

“穿青衫的男人又不止他一个……”陆徜顿了顿，用尽毕生勇气，“我也着青衫，衣绣翠竹……”

一句话没说完，他就差点儿叫明舒嘴里喷出的茶浇了满脸。

“阿兄！你是我阿兄！就算你不中意宋清沼，也不必如此牺牲。我好端端的梦到你做什么？”明舒抹抹嘴道，又打了个寒噤，“噫，怪恶心的。”

就算陆徜和梦里的男人打扮得一模一样，也不可能出现在她的比对名单里。

陆徜手里的瓷盏，险些被他捏碎。

明明知道她心中所思所想所梦之人就是他，可他什么都做不了，什么也说不了……

他想，他还真是自掘坟墓。报应。

关于宋清沼的讨论，明舒并没从陆徜那里得到满意的答案。

感情的烦恼只困扰了明舒一个晚上，第二天起床时就已被她抛到脑后了。她还有很多事要做，想不通的就只能先甩开手。

反正——她还小。

她觉得她还小，不愁。

吃过早饭，她匆匆出门，往开封府去了。卫二夫人那锭金子还揣在怀里，她虽然不能替刘氏排忧解难，但帮她打听打听卫朝的情况，安抚一下刘氏那颗担惊受怕的心，还是能够做到的。

如此想着，明舒到了开封府。

经过松灵书院之案，她倒是认识了几个开封府的衙役，不过可惜的是，卫献的案子交由应寻全权负责，旁人完全不知进展如何。

“这桩命案牵涉朝中重臣，上头逼得紧，限期破案，好像只剩两三天时间了，应大哥这些时日都扑在案子上，今天好像是去静康坊找线索了。”一个衙役朝明舒道。

静康坊？

那是城中一处闹市。

去那儿能有什么线索？

第三十三章 自古多繁华

静康坊是汴京城最嘈杂的地方。

这里虽也商肆林立，却非繁华之地，做的都是普通人的买卖。街巷两旁的店铺卖的都是平头百姓的日常所需，什么陶罐藤篮、香烛纸马之类，天亮时分有早集市，露天的摊贩会卖些鸡羊鱼蟹等生鲜活物，剖挖的下水随意扔在藤篮里，血水流了满地，到巳时收市才有人开始打扫。

明舒到时正逢早市收摊，赶早来采买的百姓们挎着菜篮正渐渐散去，湿漉漉的地面上全是混了血的污水，腥臭味充斥着整条街。明舒提起裙子踮起脚，三两步跑到干净的地方，正好瞧见应寻站在前面一间铺子外头。

应寻的脸色不太好，上头催得紧，他为了卫献的案子，已经两天没睡好觉。

上峰给的期限就快到了，如果不能找到新的证据，为了给上峰交代，总捕头的意思是要将卫朝交上去。卫朝的确是嫌疑最大的人，有作案动机，也没有不在场证明，甚至还有目击者看到他尾随卫献进入东园……但应寻总觉得案子仍存在疑点，能够直接证明卫朝杀人的证据也没找到，他不想草率定案。

然而这案子查得十分不顺利，上天就像要刻意包庇凶手般，哪怕他们翻遍卫家，也没找到什么有用的线索，一切都像巧合似的，刚好殿帅调换了下过迷药的酒，给了凶手能够不费吹灰之力杀人的机会，刚好卫献被卫朝烦得进了东园，刚好没人瞧见还有谁进过东园，刚好现场没留下任何足够揪出凶手的证据——除了夜光粉外，他们再无所获。

即使是他心里已隐隐有了怀疑，但仍旧没有证据。

“官爷，人都死了快十年了，我可记不清楚了。再说了，她嫁进卫家就是卫家的人，死也是卫家的鬼，我哪管得着卫家的事！”

铺子的门板子才卸了一半，看着像是老板的人扶着门板打着哈欠回答应寻的问话。

这是一家香饮子铺，铺面不大，只有个柜台，上面摆着刻着香饮名的竹片，柜台旁边是个小方桌，后边应该是熬煮香饮与做饭的厨房，楼下做生意，楼上则是住人的地方，也就一个寝间的大小。

这么小的铺子赚的钱顶多够糊口，雇不起伙计，一般都是老板亲力亲为。

现在这扒着门的男人，看起来年近五旬，顶着乱糟糟的头发，一张油光发亮的脸上爬满皱纹，身上衣衫不整，像是被应寻临时叫醒的，满脸写着不耐烦，铺中的柜台也没收拾，一看就是还没开铺做生意的模样。

应寻从他嘴里没问出新消息，心里正烦，一转身忽然瞧见在自己背后探头探脑的人，当即没好气地开口：“怎么是你？你跟在我背后做什么？”

明舒正探头往铺子里看——除了凌乱的柜台外，旁边那张方桌上还摆着吃剩下的酒菜，其中一个碟子里还剩了几块捏成桃花状的精巧点心，桌上面对面搁着两只酒盅，桌子下是一个倒地的空酒坛，贴着的红纸上写着个“贡”字。

“问你话呢！”应寻真想拎开她。

明舒收回目光，道：“我来找你的。”

“找我做什么？”应寻一边往外走，一边道，“别告诉我你是来问卫献案子的，无可奉告！”

明舒想好的话还没说出口就被他堵住了，只能撇撇嘴，身后的香饮铺老板已又把门板装上，看样子今天不想开铺。这铺子门头上挂着已残破的褪色店旗——黄记香饮，看来老板姓黄。

“应捕快是在调查卫献死掉的那两个妾室的事吧？后面这铺子里的人，是黄姨娘的娘家？老板是她父亲？”明舒猜道。

“……”应寻转身盯着她，半晌道，“无可奉告！”

明舒点点头，并不为难他，她左右看了两眼，道：“应捕快，你等我一会儿可好？”

应寻蹙眉："你要我等你做什么？"

"就一会儿，你可别走！"明舒笑了笑，转身朝黄记香饮铺的对面跑去。

黄记的对面，恰好也开了家香饮子店，招牌上写得响亮——十年老店，家传秘方。

明舒一头冲进这家香饮子店，这间铺面可比黄记香饮铺要大上一倍，店里收拾得干干净净，一溜儿二十多种香饮子在柜子上整齐摆开，柜台上则是几坛贴着名字的招牌香饮，一个女人坐在柜台后，正一边磕着南瓜子一边看店，瞧见明舒进来，立刻拍干净手站起来，满脸堆笑地迎上来。

这才是做生意的样子。

明舒笑着将肘支在柜台上，先撂下几文钱，然后问她："老板娘，我想买两坛香饮，您这儿的招牌是什么，给我介绍介绍呗。"

女人就介绍起店里的香饮来，明舒听了会儿，道："我怕苦，姐姐给我来点儿甜的呗。"

老板娘已经三十好几，听到明舒对自己的称呼，笑得合不拢嘴："你这小娘子，嘴倒是甜。"

明舒还是笑："姐姐的铺子在这街上开了有十年了吧？"

"不止了。"老板娘替她挑了两款香饮，边装边回答，"我夫家祖上传下来的铺子，我嫁过来时就开着了，能有十余年，声名在外呢。"

"那可是老字号了，应该新鲜，不像对面那铺子的。"

"对面？你说黄记？那铺子怎么了？"老板娘来了兴趣。

"那铺子的老板不老实。我阿娘贪他家便宜，前些天去买了两瓮香饮，结果那老板拿放了不知道多少天前做的香饮子卖给我阿娘，我阿娘回家一开瓮，里面的汤汁都发臭了，可把她给气坏了。"明舒佯怒道，目光扫过这家店的价格牌，两家店的价格，差了近一倍呢。

"不是我说，这一分价钱一分货，买东西可不能贪便宜。"老板娘听了这话，神神秘秘道，"小娘子放心吧，咱家虽然价格略高些，但这香饮子都是祖传的秘方，真金白银的材料熬制成的，和别家不一样，那黄老四家的，就更没法儿比了。一个靠着典妻卖女才活下去的男人，能有什么能耐？开香饮铺子也不过是眼红我家生意好才开的，没那手艺也敢熬香饮，三天两头被客人上门骂，这附近的街坊都不敢买他家的香饮，也就骗骗刚搬来的。小娘子是刚到京城的？”

明舒点点头：“可不是才搬来没多久嘛。姐姐很了解他们家的事？”

“了解倒是谈不上，不过我家那口子和黄老四做了三十多年的街坊，他家里那点儿陈年往事，我倒真知道一些。”老板娘把两瓮香饮搁到柜台上，凑近明舒道。

明舒眼睛大亮，问道：“姐姐给我也说说呗。”

应寻在铺外靠墙等明舒，正等得有些不耐烦想走时，明舒的声音就传了过来。

“应捕快！”

他一转头，便见明舒从铺子里小跑出来。

“给你。”明舒跑到应寻面前，往他手里塞了一只小陶瓮。

“这是什么？”应寻捧着陶罐不解地问道。

“清肝降火二十四味饮。”明舒抱着自己那瓮酸甜可口的卤梅水笑道，“我瞧你肝火挺旺，喝这个刚好。”

“……”应寻脸色顿沉，拔腿就走。

“你别恼呀。”明舒两步跟上，边走边道，“不想听听我和铺子里的老板娘聊了什么？黄记香饮铺的老板黄老四，是卫献死掉的妾室之一黄杏枝的父亲吧？”

应寻猛地停步：“你想说什么？”

“黄老四其人是个泼皮无赖，年轻时就无所事事，靠父母养着，后来娶妻生女仍未变好，又逢父母接连过世，无人再管束于他，于是他变本加厉，酗酒、赌博，稍有不快就拿妻女出气。二十多年前他欠下赌债还不起，于是典妻还债，身边就只剩下黄杏枝这个女儿。等到黄杏枝及笄，他收了卫家一笔聘金将女儿送入卫府为妾，才开起这家黄记香饮铺谋生。”明舒一字一句道。

应寻道：“这些消息，我早就知道，不用你查。”

他来查的是卫家那两个姨娘的死因，卫家人对此事讳莫如深，他虽然不能证明十年前的事和卫献的死有关系，但眼下也只能死马当作活马医。

“我知道你来查卫家姨娘的死因。”

“那你查到了？”应寻问她。

明舒摇头：“卫家的事根本传不到坊间，何况是两个姨娘的死因？如果黄杏枝之死有可疑，就算黄老四是黄杏枝的父亲，卫献也不可能让他知道。”

从先前种种就知道卫献的手段，卫家秘密问黄老四也是白问。

应寻不想答话。这一点他何尝不知？只是过来试试罢了。

“我虽然没有问到卫家姨娘的死因，但是我问到了另一件事。”明舒道。

应寻抬眼望她。

“黄老四三十年前娶的妻子，黄杏枝的生母，姓吕。”

三十年前的人和事，已经很少有人记得了，何况是个早早被典卖到别处的女人，她留下的痕迹太少太少，险些便湮灭在街巷的记忆里。

明舒多少撞了点儿运气。

“如何？你是不是又该谢谢我？”明舒道。

有时候女人打听消息，是要比这些凶神恶煞的捕快要方便上许多。

应寻看着她沉默了很久，方开口：“谢……”

一个“谢”字未说完，便被明舒打回：“连着这瓮清肝降火的饮子，你欠我三个人情了。我不要你谢我，只要你查清楚这桩案子，让我能给卫二夫人一个交代，这样总不妨碍你吧？”

“好，我答应你。”应寻点头。

“先干为敬。”明舒用手里的卤梅汁碰碰他手中的陶瓮，痛痛快快地喝了一大口。

酸酸甜甜的，真是舒坦。

应寻无所觉地捧起陶瓮，也喝了一大口，脸上五官顿时皱在一起。

苦，巨苦！

“老板娘说了，她家的香饮，真材实料！！”明舒看着应寻那张难得出现了第二种表情的脸，笑得上气不接下气。

这二十四味饮虽然极苦，可当着明舒的面，应寻却还是皱着脸一饮而尽。喝完之后，应寻将陶瓮倒置，瓮口只滴下两滴余汤出来。

明舒笑得不行，冲他竖起拇指，夸了句：“厉害。”在应寻发作之前又将话锋一转，问起吕氏来。

“应捕快，如果黄杏枝的母亲就是吕嬷嬷，那她的作案动机也非常大。这天下哪有这么巧的事，女儿死在卫家，做母亲的偏偏也进了卫家？”

“有动机也没用，一点儿证据都找不到。”应寻已经往街外静康坊外走去，这不查倒好，一查还真查出问题来了，卫献家这潭浑水越发深了。

“你查过吕嬷嬷当时在前院的行踪了吧？”明舒跟着他，边走边问道。

那天应寻从她这里听到吕嬷嬷每天都要向卫献禀报后匆匆离开，他应该是调查过这件事了。

“嗯。她确实去前院找过卫献，不过当时宴席未散，她就在宴厅的屏风后候命，卫献没空见她，她没留多久就离开宴厅回了内宅。”应寻知道她想问什么，又摆摆手，索性道，“吕嬷嬷当时所站位置，我前去查过，确实能够窥视到堂上发生的事，如果她在暗中看到殿帅调换酒盅，发现卫献饮下药酒，并不奇怪。”

顺着这思路往下想，吕嬷嬷发现卫献饮了药酒，立刻赶回内宅，她手中有内宅通向东园的钥匙，只要神不知鬼不觉地进入东园，看到昏迷在池边不远处的卫献，就能动手将他拖到河边推进水中。

在这一点上，应寻知道，明舒与他想法一致。

“你现在心中所疑，正是我先前推测的。”应寻没给明舒说话的机会，“然而没用，一切只是推测，没有任何证据能够证明吕嬷嬷去过东园。”

吕嬷嬷有杜文卉这个重要证人，杜文卉能证明她在卫献离开宴席前回了房间，并且在案发时间内没有离开过杜文卉的屋子一步，夜光粉的比对也没有结果。没有实质性证据，一切就只能是他们的想象。

话说到这里，明舒也有些泄气，她能想到的，应寻已经在她前面都想过了，连他都找不到证据，何况是她呢？

两人走到巷口，应寻道：“我已经破例同你说了许多，怎么，你还要跟着我？”

明舒摇头，道：“你要不要去找给杜文卉诊病的大夫问问？我记得卫二夫人提过，卫献有隐疾，大夫应该知道些什么。还有当时替卫家两个妾室接生的稳婆，也……”

“陆娘子，你这是打算教我查案？”

“不敢。”明舒闭嘴。

“快点儿回家去！别跟着我！”应寻没好气道，连句道别的话都没说，就径直往岔道东面走去。

明舒没再跟上去，捧着还没喝完的卤梅汁与他分道扬镳。

时辰尚早，明舒就又跑了趟卫家。

卫家大门虚掩着，丁宣着一袭丧服站在门前向两个小厮吩咐事情。两个小厮听命自去办事，他刚转身要进门，便听旁边有人叫他：“丁管事。”

丁宣转头，完好的那半张脸对着明舒：“陆娘子？”

明舒两步跑上前，向他问了声好，丁宣还了个礼，问她：“陆娘子来找二夫人？”

“嗯。”明舒点点头。

“我带你进去吧。”丁宣便道。都是熟人，他也不打算让明舒在门外等候通传。

明舒却摆摆手：“不不，我不进去了，就想同二夫人说两句话，烦劳丁管事替我传达。”

她是来找刘氏的，但又不想见刘氏，怕刘氏一哭二闹三上吊，她可受不住。

“请说。”

“麻烦转告二夫人，我去开封府衙问过了，卫二爷现下尚好，并未受刑，应寻应捕快也正加紧侦查卫指挥的命案，定不会冤枉任何一个人，请二夫人放宽心，别想太多。”明舒道。

“陆娘子有心了，我会转告二夫人。”丁宣点头，又温声道，“在这节骨眼还肯施以援手，陆娘子是个心善的。”

“过奖了。”明舒忙道。

“陆娘子可还有其他事？”丁宣笑笑，又问道。

“没了。”明舒摇了摇头。待丁宣回身要进门时，她忽然间又想起一事，叫住了他：“等等，丁管事，我还有件事想请教您。”

“娘子请说。”

“就是……国公府世子夫人撞‘鬼’那天夜里，是您交代灵雪绊住许夫人的丫鬟，好方便你行事的吗？”闹鬼的事已经真相大白，没什么好遮掩的，明舒直接问道。

她先前只是解开了丁宣装鬼吓人之事，倒是忽略了那天夜里杜文卉的丫鬟灵雪。

丁宣闻言思忖道：“灵雪？我没交代过她做那件事，她是吕嬷嬷的人，只听吕嬷嬷吩咐行事，不归我管，我也使唤不动她。”

不是丁宣指派的？明舒双眉微拧——那是巧合吗？真有这么巧合的事？

“陆娘子？”丁宣见明舒忽然发起呆来，便叫了她一声。

明舒回过神，丁宣这时才道：“小人手上还有几件急事要处理，陆娘子要是没别的事，我就先回去了。”

“没事了，您忙，告辞。”明舒没再留他，怀揣满腹疑虑打道回府。

回到家，见曾氏正忙着收拾行李箱笼，准备先送去新宅子，忙个不停。明舒自然不能让曾氏独自辛苦，一回来就给曾氏打起下手来。

心里的疑虑并没消除，明舒边收拾边想卫家的事。

丁宣扮鬼吓许氏，挑的是许氏单独在屋里的时候，丫鬟只是出去倒水，应当很快就会回来，他本没有太长时间吓许氏。但偏就这么凑巧，丫鬟倒水迟迟不归，给了他充足的时间。

这不像是巧合，如果丁宣没有说谎，这更像是有人在暗中帮丁宣。

不对，不是在帮丁宣，是在帮杜文卉。

明舒手上的动作慢了几分，又想起那天在卫府看到杜文卉和吕嬷嬷时，她总觉得哪儿不对劲。按理说，吕嬷嬷是卫献派去监视杜文卉的，明眼人都看得出杜文卉惧怕吕嬷嬷，这样的关系，杜文卉怎会在卫献死后还让吕嬷嬷照管全府？那天杜文卉表现得似乎对吕嬷嬷十分依赖信任，这很奇怪，不是吗？

再加上丁宣扮鬼那日，灵雪突然绊住许氏的丫鬟帮了他一把，而灵雪又听命于吕嬷嬷……

会不会，吕嬷嬷明面上在帮卫献监管杜文卉，暗中却在协助杜文卉？

杜文卉的证词可信度之所以高，是因为她与吕嬷嬷之间并不是正常的主仆关系，而是监管与被监管的关系，按照常人的认知，杜文卉完全没理由替吕嬷嬷隐瞒什么。

但现在……如果杜文卉与吕嬷嬷的关系并不像人们以为的那么简单，那吕嬷嬷的不在场证明，就不成立了。

她想，也许应寻可以从杜文卉这里着手，单独再找她问问话，兴许会有所突破。

“阿娘，我要出去一趟。”明舒突然茅塞顿开，恨不得立刻就找到应寻，把这细微的发现告诉他。

“天都黑了，你要去哪里？”有人推门进来，正巧听到明舒的声音。

陆徜回来了。

明舒这才发现，屋外已不知不觉变得黑漆漆了。这时间去找应寻，确实不适合了。她只能把满腹心事咽下，唤道：“阿兄。”

陆徜今日似乎也有些心事，并没对明舒追根究底，一进门就往楼上去。明舒在后头瞧见了，两步跟上，盯着他手里的东西道：“这是什么？”

他手里抱着个上锁的木匣，匣子上贴着两道官府封条。

“大理寺？有要案？”陆徜还没回答，明舒已经眼尖地看到了封条上的落款。

大理寺，那可是专门负责审理刑狱案件的官署，地方但凡发生重大案件，都要送到大理寺复核。

“别碰！”陆徜声音很沉，他在自己房门前停步转身，将明舒推出门外，“我有机密要事，晚饭不必叫我，你们吃吧，今晚也不要来找我。”

他说话间关上了门。

明舒听到里面传来落闩的声音，陆徜竟然把自己锁在了屋中。

那匣中所放，究竟是何?

天色已沉，陆徜将屋中能点的烛火全都点起，门窗俱关牢后，才将木匣放到桌案上。

他站在桌前一动不动盯着木匣良久，才伸手挑开封条，打开铜锁。

匣中是一叠厚厚的卷宗。

卷宗封面是朱红的字——宁府江宁县简家灭门劫杀案。

明舒这一觉睡得不太踏实，好不容易睡着，却又做了些光怪陆离的梦，害得她醒来时脑袋发沉。

睁眼在床上缓了一会儿，她才起身洗漱下楼。走到楼下时，她正好瞧见陆徜出门的背影。

"阿兄？"她唤了声，陆徜竟没回身，径直消失在门口，手臂下仍夹着昨晚那个木匣。

"神神秘秘的！"她不满地走到厅中，"阿娘，阿兄这是怎么了？"

曾氏正好将早饭端出，看到陆徜已经不在厅中，也是诧异非常："这孩子怎么了？晚饭不吃，早饭也不吃？"

明舒耸耸肩，坐到桌边道："他不吃，我吃！"

她一边说，却一边望向门外，陆徜的身影早已不见。这样的陆徜很少见，也不知是不是遇上棘手事了，她心中有些担心。

吃完早饭，明舒也匆匆出门，又去开封府衙找应寻。

但她仍旧跑空了，应寻一大早就带人去了卫家。明舒也不知应寻是不是找到了什么破案关键，她不多思量，径直往卫家去了。

急匆匆地赶到卫家时，倒是凑巧，她刚好看到应寻带着几个衙役从卫家出来。

"应捕快。"明舒三步并作两步跑到他身边。

"怎么又是你？今天我可没工夫和你废话。"应寻脸色非常凝重，语气也极差。

明舒不计较他的态度，以最快的速度道：“我有些线索想告诉你，杜文卉和吕嬷嬷之间的关系可能和我们所想的不太一样，杜文卉的证词不可信。”

应寻闻言却没有任何诧异，道：“现在说这些都没用了，吕春莲跑了。”

吕春莲就是吕嬷嬷的名字。

明舒先是一惊，而后一拍脑袋，记起先前听许姨提过的，吕氏已经向杜文卉请辞，没想到这么快就走了。

“什么时候的事？”

“今天一早天没亮。”应寻回答道，又飞快地吩咐手下衙役，“你们再找些兄弟，分头跑一趟东、西城门，看看吕春莲出城没有，如果出了城，查查她往哪个方向去了，如果没有，就在城门守着，看到她就给我带回来！”

几个衙役得令分头散去，应寻这才转头看向明舒。

明舒眨眨眼，啥也不说，只用目光询问。

应寻无声地叹了口气：“跟我进来吧。”

第三十四章 难解心头恨

听到应寻的话，明舒忙不迭地跟着应寻往卫府走去。瞧应寻这副架势，必是昨日有大发现，明舒很想问他，然而刚张嘴，一个字都还没吐出，就听应寻冷冷道："让你进来，但你不许说话，不许问问题。"

"……"明舒又闭上嘴。

两人在卫府下人异样的眼光里走了一段路，应寻忽然问："你为何说杜文卉有问题？"

明舒抿唇看他，摇头——不是不许她说话吗？

"我问的时候，你可以说话。"应寻瞪她一眼。

明舒立刻把昨夜的推测与应寻说了一遍，最后见缝插针问了句："那你发现了什么？"问完在他瞪她之前飞快地闭上了嘴。

"昨天已经找给卫家诊治的大夫和当年替卫家接生的稳婆问过话了。"应寻这次倒没为难她，边走边回答了她的问题。

昨日离开静康坊后，他就去找这些年给卫家上下老小诊病的大夫问话。卫献此人用人不疑，这位大夫是宫里出来的老御医，姓李，替卫家诊病已经有十多年时间，从没被替换过。大夫虽说是个嘴紧靠得住的人，但架不住应寻逼问，卫献又已被杀，便都交代了。

"卫献有隐疾，生不出健全的孩子。"应寻全然不管明舒是个女儿家，想到什么就直说了，"杜文卉和他的头胎就是天生痴愚。当时他尚不知症结所在，为了延续香火，又纳了两房妾，其中一房就是黄杏枝，另一房姓尤。这两个妾室差不多同时有孕，都由李大夫诊平安脉。"

脉象没有问题，黄、尤二人的胎也怀得极稳，一切本来都很顺利，两人的产期在前后脚，尤氏先有了动静，李大夫就被请到卫府坐镇。

生子过程也顺利，尤氏很快就诞下一个男婴，然而这个男婴，却是个畸胎，出生没两个时辰就夭折了。卫献大怒，将尤氏锁在房中断其水粮。黄杏枝与尤氏同院而住，见状受到惊吓立时便要生产，李大夫与稳婆还没来得及离开卫府，就又被请去给黄杏枝接生。

令人震惊的是，黄杏枝生下的孩子，也是个面容怪异的畸胎。接连三个孩子都有问题，卫献再也坐不住，除了震怒之外还十分惊恐，向李大夫询问原因。李大夫连夜翻查病案，又要卫献回溯其往上三代人，后来才发现卫家祖上已有相似情况，此症根结不在女方，而在卫家，且此症遗传后代概率极高，所以卫朝躲过，然而卫献却没避开。

故而自那以后，卫献再不纳妾，亦不生子。

“那……黄氏和她的孩子呢？”明舒忍不住还是提了问题。

“大夫只管诊查卫献之症，见黄氏产子后他便离开了产房，亦未再关心过后事，但是稳婆……”应寻直至此时才想起什么似的一顿，不由得转头看了眼明舒——她神情无异，真不像个未出阁的小娘子。

“稳婆亲眼所见，卫献震怒之下，亲手摔死了黄杏枝所生之子。”

那个孩子出生后虽说面容有异，可哭声响亮，并非早夭之象，却死在了亲生父亲手上。

“……”明舒闻言脚步终于一顿。

“事后，卫献给了大夫和稳婆一大笔钱，让二人保守卫家秘密，私下又拿住稳婆家人相威胁令其闭嘴，所以这些事未在坊间传开。另外据稳婆说，去年夏天已经有卫家人上门找她问过当年之事。根据稳婆描述，那个人当是吕春莲无疑。”应寻说完，才发现明舒落后了两步，于是转头问，“你还好？”

明舒飞快地跟上，深吸两口气，答道：“没事。”她再顾不上应寻先前的警告，又道，“卫献能摔死亲生子，恐怕对黄、尤两个妾室，也不会手软。”

应寻点点头：“这就是我来卫家找杜文卉的原因。”

杜文卉是卫献正妻，两个妾室之死她肯定知道些什么，而吕嬷嬷的嫌疑也越来越大，所以应寻这趟带人前来，一则为了找杜文卉问明黄、尤二人之事，二则也打算将吕嬷嬷带回开封府衙再审，却不想吕春莲已经先一步离开。

如今在找到吕春莲前，他只能先审杜文卉。

明舒跟着应寻走到花厅外，杜文卉已经坐在花厅内等候了，身边站着两个不常露面的丫鬟。应寻站在门口打了个招呼，带着明舒进了花厅，两个丫鬟便领命退出花厅。这时便显出明舒的作用来，有明舒跟着，他一个男人独自面对杜文卉，倒没那么多顾忌了。

“卫夫人。”明舒跟着行过礼后就乖乖退到旁边，垂手静立，暗暗观察起杜文卉来。

杜文卉仍旧是孱弱苍白的模样，战战兢兢坐着，颤抖的手捧着一盏茶，茶盏发出轻微的碰撞声。见到应寻进来，她才颤巍巍地将茶盏放到桌上，勉强打起精神望向应寻。

“应捕快，不知……吕嬷嬷犯了何事？”显然，杜文卉已经听到风声。

应寻并没立刻回答，只用鹰一般凌厉的目光盯着杜文卉。杜文卉只是个内宅妇人，又受卫献多年拘禁，心志早就被磨没了，现在唯一能替她拿主意的吕嬷嬷又不在身边，她全无章法，被应寻多看几眼就已经受不住，微微发着抖垂下了头，也不等他问，就喃喃道：“我……我什么都不知道……不知道，你们别问我，别问我。”

“我找你，不是为了问吕春莲的事。”应寻终于开口，语气冷酷，并没因为杜文卉是个孱弱妇人而有半点儿怜悯，“我是来查卫献两位姨娘的死因，如果夫人知晓内情，还请如实告知。”

一听事关妾室，杜文卉的情况非但没好转，反而整个人往椅子里缩了一缩，又伸手去捧那盏茶。看得出她努力想让自己镇定下来，但颤抖得越加厉害的手却泄露了她几近失控的情绪。

“姨娘……黄氏和尤氏死了近十年，是因为……因为难产……”

“难产？不是因为产后失调吗？”应寻道。

“也是产后失调，一个难产，一个失调。”

“哪个难产？哪个失调？”

“黄氏难产，尤氏失调。”

“不对，我听说是尤氏失调，黄氏得的时疫，夫人难道记不清了？”应寻声音愈加严厉，语气愈急。

杜文卉颤得更加厉害：“是我记不清了，尤氏失调，黄氏病故。”

“那她们生的两个孩子呢？”

“出生便夭折了。”

“这么巧？两个都夭折？”应寻继续问。

“是……”杜文卉垂头不敢看他的眼睛。

应寻上前半步，影子落在她身上：“你在撒谎！我们已经查明，黄杏枝的孩子，是死于你丈夫卫献之手！”

啪——

杜文卉手里的茶盏落地，摔得粉碎。

应寻步步紧逼：“你满嘴胡言乱语，当时可也在场？你想隐瞒什么？”

杜文卉盯着地面，突然间一语不发，只用双手环抱身体。

“我们现在怀疑你家这两个妾室死于非命，你可以不说，但我会找仵作开坟验骨！这二人若是死于外因，骸骨之上定留有证据，到时就请夫人对着她二人骨骸交代清楚。”应寻并没因为杜文卉的恐惧而放过她，相反，他逼得更紧。

杜文卉尖叫了一声，双手抱住脑袋，整个人都缩上了椅子，崩溃道：“不是我，不是我……”

屋外守着的丫鬟闻声推门进来，惊道：“夫人?!”

“去给你家夫人倒杯茶来。”明舒此时才开口，吩咐丫鬟道。

趁着丫鬟倒茶的工夫，她朝应寻使了个眼色，快步走到杜文卉身边，半蹲在椅旁，伸手轻抚她后背，温声道：“夫人别怕，我知道不是您，这么多年，委屈您了，以身侍虎狼。如今豺狼已死，你不必再一个人苦守秘密，说出来会痛快些。”

杜文卉仍双手抱着头，只传出两声呜咽。

片刻后，丫鬟端茶送来，明舒拍拍杜文卉的背，又道：“夫人，喝点儿茶吧。”

杜文卉这才慢慢抬起了头，却没接茶，而是一把抱住明舒的腰，泣道：“是他做的！他不是人！不是人……他就是个畜生！”

“夫人说的是谁？”明舒忙将茶放下，抱住她轻声问道。

“卫献！卫献是个畜生，畜生！我当年就不该不听我父母之言与好友之劝，执意嫁给这个浑蛋……二十年了啊……我无一日不活在地狱里。我为什么要信他说的甜言蜜语？为什么任凭他对我冷言冷语？被他囚困于内宅，被他肆意凌虐！”杜文卉哭得上气不接下气。

她的情绪崩溃，应寻倒不再紧逼，任明舒劝慰她。

“是，卫献是个大坏蛋，这二十年，苦了您了。”明舒叹道。

即便早就知道卫献是什么样的人，但听到杜文卉的哭泣，明舒仍觉揪心。

“我十八岁嫁给他，是真的以为他是可以托付终身的良人！虽然他有很多的问题，可那时我为情所迷，信了这只豺狼之言。他说他爱我，我便欢喜；他说不喜我与外人接触，我便与外人断了往来；他说我笨、说我蠢，说这世间不会有人爱我，如果不跟着他就只有死路一条，我便不管不顾和家人闹翻也要与他在一起；他说我愚钝不堪只有他会对我上心，我也只能依附于他，这么多年，我都乖乖听他的话……然而……他欢喜时待我很好，可不高兴时，就像个可怕的魔鬼……你知道吗？其实我不怕他打我，那些伤，我早习惯了……我只想让他闭嘴，我不想听他说那些话……”

杜文卉语无伦次地说着，仿佛要借着这个机会宣泄二十年积压在内心的痛苦。

明舒再也说不出安慰的话来，只能紧紧攥着拳头。言语太过无力，根本无法慰藉杜文卉的内心。

待她稍稍平静，明舒方端起茶送入她手中：“夫人，卫献死了，没人能再欺负您了。”

杜文卉哭得双目通红，抬眼只看到一片朦胧，似乎还没相信卫献已死的事实：“死了？他就这么死了？”

“嗯，死了。”

“哦，对，他死了，终于死了，真好。”杜文卉像暖手般紧紧捧着茶盏，渐渐平静道，“他早该死了。他摔死了自己的亲生骨肉，根本就不是人，那天……我也在屋里。他不仅摔死了孩子，还掐死了黄杏枝，后来又活活饿死了尤翠心。我知道的，我都知道，但我不能说……这么多年，他费尽苦心监视、囚禁着我，除了因为他那些癖好外，也是怕我把这些消息泄露出去，可笑的是他还夜夜在我枕边说爱我……”

往事浮上心头，她脸色越发惨白，亲眼看到杀人，她因此做了数年噩梦。

明舒见她边说边狠狠掐住自己的手臂，不由得伸手轻轻覆上她的手背：“夫人……”

“他死了，我不用再怕了，对吗？”杜文卉却冲她一笑。

“是，不用再怕了。”明舒安慰道。

“吕春莲和黄杏枝的关系，你什么时候知道的？”应寻这时又开了口。

“她们有什么关系？我不知道……我只知道，吕嬷嬷是个好人，虽然她是卫献派来监视我的，但她是个好人……”杜文卉道。

“卫献死的那天夜里，吕春莲是不是离开过你的房间？”应寻问出了此案关键。

杜文卉垂下头饮了两口茶，才又抬起头，面无表情地回答：“吕嬷嬷是好人，那天夜里，她和我在一起，一直在一起！”

虽然害怕，但她说得斩钉截铁。

“夫人，做伪证是要入罪的。”明舒轻声劝道。

杜文卉还是摇头，只重复同一句话：“她是好人。”

见杜文卉咬死口供，不再像前面那般激动，应寻也无法，转身带着明舒先出了门。

“你怎么看？”他问明舒。

“如此坚持，一点儿余地都没留，更有问题。”明舒道。

应寻点了点头，但杜文卉不松口，他们也没办法，只能想办法先把吕春莲找回来再说。

“应大哥。”

时辰已近午，派出去找吕春莲的衙役回来复命。

“城门守卫没见过吕春莲出城，我们也在城门口蹲守半日，没发现吕春莲踪迹。”衙役道。

“难道还在城中？可是她在城中并没其他居所，如果杀了人，她眼下应该尽早逃离才对，怎还会留在城中？”应寻蹙眉道。

明舒也思忖起来。

吕嬷嬷会去哪里？

不期然间，昨日在静康坊中所见画面掠过脑海。

她心脏漏跳一拍，忽道：“我知道她可能去了哪里。如果她是为给女儿报仇才进的卫府，那她的仇人可不止卫献一个……”

还有一个。

“黄老四。”二人异口同声道。

“昨天在黄老四的铺门外，我就瞧见他桌上放了碟桃花酥，还有坛贡酒，那都不是坊间售卖之物。当时还有些奇怪黄老四从哪里得到的这些东西。”明舒和应寻匆匆往黄老四家赶，边走边说。

“是吕春莲送给黄老四的。”应寻很快回道。

桃花酥样式精巧，不是普通酒肆糕饼铺能做得出的，而贡酒则是朝廷分赐军中将领的上贡之物，这两者皆非坊间百姓随便可得之物，料想应该是吕春莲自卫家拿走后再送给黄老四，好让他放松对自己的警惕。

她一早就已经找上黄老四了。

时辰过午，静康坊的早市已经收市，满地狼藉俱已清扫处理，只有余味仍未散去。啪啪数声，一行人匆匆踩过地面未干的积水，往黄老四铺子处跑去，也不管泥水飞溅到衣服上。

街两侧的行人纷纷让路，沿街铺面里的人也好奇地站到门口张望，看见一群捕快飞奔而过，在心中揣测这街上发生了何事，要出动这么多的衙役。

而前方的街道上却被围得水泄不通，应寻和明舒带人赶到时，不得不在人群外停下脚步，被围之地恰是黄老四的铺子。

无数百姓围在铺外指指点点，议论纷纷。

“让一让，开封府公办，让一让。”两个衙役上前驱散民众。

百姓很快向两侧让出路来，里面正好有两个负责静康坊安全的巡视差役满脸愁色地出来，看到应寻便如获大赦般拱手道：“应大哥，幸好你来了。”

“发生何事？”应寻边问边往里走，没走几步，就看到了黄老四的铺子。

明舒跟在他身后，也很快瞧见了铺子。

不用差役再解释什么，她和应寻都看明白了。

黄老四的铺子大敞，铺面和昨天比起来没有什么两样，依然是凌乱不堪的柜台，然而昨日那个满面油光的男人，此刻却被人五花大绑拘在圈椅上，面向铺外围得水泄不通的人群。吕春莲就站在黄老四身边，她穿戴整齐，还是在卫府时的严苛模样，脸上丝毫表情都没有，只有眼眸中有着与手中匕首同样森冷的光。

匕首已经染血，黄老四的手臂、双腿都被扎伤，鲜血正汩汩涌出，染红了他的衣裤，而这些伤口又不在要害部位，并不致命。

“是我错了，我错了，你饶了我吧，饶了我！”黄老四又痛又惧，已是满脸涕泪，不住地求饶。

“和街坊们说说，你错在哪儿了？”吕春莲冷声道，瞧见应寻带人赶到，她毫无意外之色，将匕首架在黄老四颈间，“你们别过来，过来我就杀了他！”

“吕春莲，我知道你这些年受了许多苦，你冷静些，先把匕首放下，咱们有话好好说。”应寻慢慢靠近，然而他只走到铺门外就停下，因为吕春莲手中匕首已经在黄老四颈上划出血痕，黄老四吓得哇哇直叫。

明舒站在后面，瞧见应寻左手背在身后，朝同僚打手势，两个捕快便很快隐入人群，冲进与黄记香饮铺相邻的铺子内。这些沿街的铺子都是一户挨着一户，那两个捕快应该是准备从邻铺二楼外檐攀到黄老四铺子的二楼，再从二楼悄然潜入铺子后堂。

“我和你们没什么可说的，我现在只要听他说！”吕春莲压根儿不理应寻，冷冷地看着黄老四，手起刀落，匕首狠狠扎进他大腿再迅速拔出，又架到了他颈间。

鲜血顿时喷涌而出，黄老四哀号着颤抖起来，整张脸都变了色。

“说。”吕春莲只有一个字。

四周围的看客都被眼前的景象吓到了，有孩子的哭声响起，几个妇人也别过头去，血腥味传出，冲得人几欲作呕。

明舒胃中同样翻腾几下，她硬生生咽下那股翻江倒海般的滋味。

“是！是！是！是我的错，我不该嗜酒如命，对你与杏枝非打即骂，更不该滥赌成瘾，将你典卖还债，都是我的错，你……饶了我吧……都说一日夫妻百日恩，春莲，你就……”

黄老四的声音没落地，突然又是一声惨叫，吕春莲的匕首又扎在他另一边大腿上。

明舒闭了闭眼，听到应寻急怒地对她低语：“再这么下去，黄老四就要血尽而亡。你不是很聪明嘛，快想办法先劝住她。”

大腿上有动脉，被扎中后流血难止。

“吕嬷嬷根本就没打算放过黄老四。”明舒亦轻声回道，“她今日是豁出性命当着众人之面审判黄老四。一个对尘世有所留恋的人，才有办法劝阻，但是吕嬷嬷……她为复仇而来，拼尽玉碎之力，连逃都不愿逃，你觉得我们有什么可以打动她的筹码？”

吕春莲为了复仇处心积虑数年，今日这般，定非临时起意，而是在她脑海中反反复复演绎了许多次。她疯狂，但也极度冷静，从杀卫献的那天起，她就已将生死置之度外，只想让最后这一幕按着自己的计划一步步走向终结。

这样的人，又岂是三言两语能够劝住的？

明舒没办法。

应寻也明白，现在只希望自己的同僚动作够快。他当捕快这么多年，见过各种各样的罪犯，却还没遇到过像吕春莲这般找不到弱点可以攻破的。

“夫妻？你还敢同我提夫妻之情？”吕春莲嘴唇歪起，扯出抹难看的冷笑。

“不不……不提……”黄老四已经半瘫在椅子上，血流得太多，他已脸色苍白。

“说说，你还做过些什么？”吕春莲又竖起匕首，悬在黄老四心房上，“我的杏枝……”

“我……我对杏枝虽然不够好，但我也没委屈她啊……是……我是收了卫家一大笔聘金把杏枝送入卫家为妾，但是……卫家可是大户人家，杏枝嫁进卫家是去享福的……”

黄老四话没说完，脸上又挨了吕春莲一下，他立刻哀号出声。

“享福？才进卫家两年不到，人就没了！”

“那……那也怨不着我，这不是我害的，是她身子骨不好……生完孩子……啊——”

吕春莲将匕首狠狠戳进他手臂：“你放屁！我查得清清楚楚，你明知她在卫家死得不明不白，却借她的死讹了卫献一大笔钱，就这么把杏枝的死给揭了过去，这铺子就是用杏枝的性命换来的！你怎么还能活得这般心安理得?！那也是你的骨肉你的女儿！你可知卫家是什么样的地方？你可知杏枝在卫家遭遇了什么？”

“不不……不知道……”

“她临盆那日，孩子刚出生就被卫献摔死，她也被卫献那个畜生活活掐死！”她说着，两眼滚出泪水，对着站满门口的百姓道，“各位，你们可知，那卫献就是个畜生，他为了泄愤掐死我女儿杏枝，摔死刚出生的孩子，活活饿死另一个妾室，囚困、虐打发妻多年！”

她说完，明舒便听到四周响起无数惊叹与议论声。

“而你！你却用你女儿的命来换那一点儿银子！你和卫献有什么区别？”吕春莲的匕首又架到黄老四颈间，“你说，你该不该死？”

“该死！”

人群中突然有人发出一声暴喝，很快，四周响起一声接一声的附和，百姓们个个义愤填膺。

“该死！卫献该死！黄老四该死！”

声音如同浪潮，渐渐无法控制，应寻眉头大蹙，为了防止事态进一步扩大，只能让人先安抚民众。吕春莲又望向已吓得再说不出话的黄老四：“你听，连他们都说你该死！”

“吕嬷嬷！”突然间有人开口唤她，声音清脆响亮，“卫夫人她说你是个好人。”

吕春莲听到这句话，忽然抬起头来，浑浊的眼眸里缓缓流出两行泪：“我不是好人，我对不起她。我刚回汴京，发现杏枝之死有疑时，曾经以为是当家主母嫉妒她生下儿子而出手加害，所以才进了卫家内宅，助纣为虐，帮着卫献祸害了夫人多年。夫人原本有机会逃走的，是我……是我向卫献告的密，害苦了夫人。后来……后来我才知道全是卫献的错！我对不起夫人，我也有罪……”

“卫献是你杀的？这事与夫人可有关系？”明舒又问道。

“这事与夫人没有关系！杀卫献是我临时起意，卫献那人心思缜密，哪怕我蛰伏卫家多年，也找不到任何下手的机会，直到那天我无意中看到殿帅调换了杯酒，便知道机会来了。”

那时她对卫献的为人与行事手段已很了解，看了一眼就知道那酒有问题，只不过卫献没想到自己已被殿帅识破，将酒对调，下了药的酒被卫献自己饮下。她当下匆匆回到内宅，以要禀告秘事为由让灵雪在外边蹲守卫献，待得知卫献因与卫朝争吵而进了东园且许久没出来，她便猜到定是药效发作，于是悄悄潜出杜文卉的屋子，凭借对内宅的熟悉躲开众人耳目，轻而易举进了东园，动手溺死卫献，再悄悄回到杜文卉的屋里。

后来应寻拿着卫献身上掉落的香囊来询问杜文卉之时，吕嬷嬷就在旁边，一下子就猜到是夜光粉，于是趁他们还未搜检时，悄悄把鞋在屋里的绒毯上蹭得干干净净。

“那卫夫人为何要给你做证，替你隐瞒你出过门的事实？”应寻也问道。

吕春莲闻言，露出个比哭还难看的笑，眸中却染上几许温情：“夫人她……以为我是为她杀的卫献，她不知道我是在替杏枝报仇，一直以为我和丁宣一样，是在帮她，所以……夫人是个善良的人，你们别怪她。”

她顿了顿又道："从我杀死卫献起，就没想过要继续苟活偷生，待我了结了这个男人，就去陪我那苦命的女儿。陆娘子，你替我转告夫人一声，卫献已死，她往后可以好好活下去了，别学我……别学我……"

语毕，她举起匕首，猛地扎向早已因为失血过多而陷入昏厥的黄老四心脏处。

"不要！"明舒忽然不管不顾地飞身扑上前。

伴随着应寻惊怒的喝声，后堂一支羽箭破空而出，正对吕春莲后背。

大安律法有明文规定，衙差执行公务之时，若遇胁持人质的恶徒，可以直接射杀，先前潜入黄老四香饮铺后堂的人已经持弓引弦就位，应寻当机立断下令。

千钧一发的时刻，明舒脑中全空，纵身上前推开吕春莲。

当啷一声脆响，匕首落地，吕春莲被她推倒在地，那支羽箭却擦过明舒手臂射入墙中。应寻冲到铺内时，明舒正用手捂住自己的左臂，殷红鲜血从指缝间汩汩涌出。

其余衙差全都冲入铺内，逮人的逮人，救人的救人，只有应寻怒目呵斥明舒：

"陆明舒，你是不是疯了？"

"对不起。"明舒没有多说什么，只是捂着伤口站在门口。

应寻定定看她几眼，忽道："你不是为了救黄老四，你是想救吕春莲？"

明舒依旧没说话。

"杀人是重罪！不管有任何理由任何苦衷，都是国法难容之事！你对一个杀人犯心软，以身犯险，你知道这有多愚蠢吗？"应寻又问道。

"我知道。"明舒看了眼被衙差押在地上的吕春莲，"可若国法难治，又当何为？"

"陆明舒，你的想法很危险。若个个都似你这般私刑报复，人人皆判官，又有何公义可言？任何情况下，情理都不该凌驾于律法之上。"应寻冷冷道。

明舒心里一片混乱，她也不明白自己在那个瞬间为何会冲上前去，只觉脑中充斥着“报仇”“复仇”等字眼，不期然间，有个声音在她脑海中回响——

“陆娘子，你可试过家破人亡的滋味？如果你被害得家破人亡，你报不报仇呢？”

那是她离开松灵书院的前一夜，唐离问她的话。

如果她也有这样的仇恨，却遇国法难治的情况，她要不要报这个仇？或者说，她要如何去报这个仇？

这个问题，她没有答案。

她只知，那种古怪的感觉又漫上心头。

“陆明舒？”应寻发现她神情不对，又见她捂住的伤口还在往下滴血，不免在心里责怪自己没有护好人，又觉得自己话说得太重，于是转身吩咐手下，“大夫来了没有，赶紧看看她和黄老四。”

大夫早就已经到场，先去察看黄老四，翻了翻他的眼皮，又摸摸脉，摇着头过来：“那个失血过多，救不了了。”又向明舒道，“小娘子把手放下，让老夫瞧瞧你的伤。”

明舒听话地松手，坐到一旁任由大夫查看包扎伤口，那厢已被扣押的吕春莲听到黄老四救不回来时，发出一串嘶哑的笑声。

帷幔放下，铺外的民众再也看不见铺中景象，慢慢被衙差驱散，应寻指挥着手下处理一片狼藉的现场，黄老四的尸首被抬走，吕春莲也被押回，证物逐一收集完毕。待他忙完一阵回来时，只见明舒坐在墙根下，龇牙咧嘴地让大夫给自己处理伤口，嘴里不住地发出“咝咝”的声音，两条秀美的眉毛都快拧在一起。

“现在知道痛了？”应寻没好气道，又问大夫，“她的伤如何？”

“皮肉之伤，没有大碍，不过恐怕会留点儿伤痕，要小心护理。”大夫回道。

明舒已从先前的情绪中走出，现在应该是觉得疼，听到应寻的话，拿眼睛瞪他。

好容易包扎完毕，应寻又让人给明舒做口供笔录，如此折腾了半晌才算完事。明舒长吁口气，正想告辞，忽听有人进来通传：“陆徜陆大人到了。”

明舒顿时惊愕地望向应寻：“你把我阿兄叫过来做什么？”

应寻道：“你在这里受了伤，难道我不通知你家人？”

“……”明舒心里立刻警铃大作。

那边陆徜根本不等里面回应，就径直掀开帷幔，矮身入内，一眼看到明舒，以及她臂上开裂的染着血的衣袖，与包裹着重重纱布的手臂。

陆徜那双眼，一点一点覆上霜雪。

明舒咽了咽口水——这神情她再熟悉不过。

暴风雨来临前夕，也不过如此。

第三十五章 明争亦暗斗

尸首已被抬走，但流了满地的鲜血还来不及清洗，铺内气味浊腥难闻。陆徜恍若不察，慢慢踱过血迹，走到明舒面前。他从官署急赶来，身上穿的还是簇新的官服，不过原本整齐绾在乌纱帽内的发髻有些乱了，鬓边垂下几缕发丝，年轻的面庞上没有少年稚色，眉宇间全是逼人的气势。

果然，做了官就不一样了。

明舒已经站起，略侧了侧身，把受伤的手臂往里一藏，企图避过陆徜的目光。陆徜没追究，只找大夫："这伤看过大夫了？大夫呢？"

应寻代为答道："大夫已先行一步离开，走前他已经包扎好陆娘子的伤。这伤是皮肉伤，并无大碍，还请陆大人宽心。"

陆徜转头："那要多重的伤才算有大碍？"

语气很平静，可字里行间的反诘，却丝毫不客气。

应寻被他问得无言以对。明舒捂着手臂过来，道："阿兄，我真没事。"

"你的胆子是被我纵得越来越大了，什么事都要掺和一脚？"陆徜仍是平静。

这平静就像是冬日湖面的薄冰，看着无波无澜，底下却不知如何暗潮汹涌。

按照惯例，这种时候最好别和他争辩，明舒识相地闭上嘴，旁边的应寻却觉事情因案子而起，他有必要替她说几句好话，便将过错揽到自己身上："令妹受伤是我等办事不力，没能保护好她，大人要怪就怪我，与令妹无干。"

应寻的话并未抚平陆徜的怒焰，明舒明显觉察到他眼神更冷了，她连忙道："阿兄，这和应捕快没有关系，是我冲动行事受了伤。"又朝应寻急道，“你别说了。”

“我的家事，不劳应捕快操心。”陆徜头也不转地只盯着明舒，又问她，“现在，要跟我回去吗？”

“跟！”明舒点头如捣蒜。

陆徜转身便向外走去，明舒只能朝应寻挥挥手，跟上陆徜。陆徜走到帷幔前停步，将幔布掀高，让明舒不必矮头出了帷幔，才又跟出。应寻便站在原地，目送这二人离去。

因为急赶过来，陆徜策马前来，马儿拴在街边的拴马石上。明舒伤了一边手，爬不上去，正蹙着眉头站在马旁，思考该如何上马。还没等她想到解决办法，腰上忽然贴上一双温暖的手掌。

待她回过神，她已双腿凌空，整个人被陆徜掐着腰抱起，连一句惊呼都没来得及发出，就已侧坐在马背上。陆徜半字未吐，又转身去解缰绳，而后利落地翻身上马，狠狠一勒缰绳。

马被他勒得扬起前蹄嘶鸣向前，明舒顺势向后倾倒，落进陆徜怀里。这一回，陆徜没再讲究什么男女有别，左手扣住她的腰肢防止她摔下，右手控缰，策马奔出。侧坐的明舒被他牢牢扣在怀内，半点儿不敢动弹。

陆徜催马疾驰。呼呼风声自耳畔掠过，吹得明舒鬓发全乱，她靠在陆徜胸口，汲取他怀中温度，已无从去想二人这般靠近妥不妥当，满心只剩下一个念头：阿兄这来势汹汹的怒意，恐怕没有前些次那么容易安抚。

及至到家，陆徜依旧一语不发地将她从马上抱下。

天色暗去，曾氏已经烧好饭菜等二人回来，看到兄妹两人一个冷着脸、一个捂着手臂进屋，不由得问：“你们这又是怎么了？”

“阿娘……”明舒慢慢松开手臂。

“我的老天爷，你的手臂怎么了？”曾氏被她手臂上的层层包裹吓了一跳。

“没事，不小心摔的。”明舒忙道，说话间又偷偷觑了眼陆徜，见他没揭穿她的谎言，稍稍放下心。

要是让曾氏知道这是箭伤，她非担心死不可。

“我去盛饭，阿娘，您帮她把衣裳换了。”陆徜留下冷冷一语，转头进了厨房。

曾氏狐疑地陪着明舒上了楼，一边协助她换衣裳，一边问她：“你阿兄怎么了？”

“阿兄生我的气了，很严重的那种。阿娘，有什么办法能让他消气？”明舒小心翼翼地把手脱出衣袖，问道。

“多严重？”

“就……再严重点儿，他大概就要和我断绝兄妹关系了吧。”明舒夸张道。

“这么严重？”曾氏眉毛一挑，替她穿上干净的衣裳，拍拍她肩头。

陆徜从来不无缘无故发脾气，要是爆发了，那只能……

“自求多福，保重。”

明舒换完衣裳与曾氏下楼，桌上饭菜已经摆好。这段时日家中收入渐增，日子过得不那么拮据了，曾氏手上宽裕起来，家中的伙食也大有改善，几乎日日有荤腥。

今日也不例外，三个人五道菜——偏甜口的响油鳝丝、酱油烧的能拉出丝的大肘子、糟鹅掌、酒腌的小河虾与一道清淡的翡翠豆腐汤。明舒看得眼睛发亮，口水直往外冒，迫不及待地坐到桌旁。

这桌上的菜，除了那碗汤，就没有她不爱的。

她庆幸受伤的是左臂，不会影响自己吃饭的速度。

“鹅掌和醉虾是隔壁的王婶子送过来的，我们这不是要搬走了嘛，她就送了这两样拿手菜过来，你们尝尝。”曾氏边说边招呼兄妹两人吃饭。

明舒等曾氏说完才执筷开动，先朝肘子下手。

啪——

她的筷子被陆徜打回。

明舒看了眼陆徜，他不解释，她这会儿不敢与他对着来，便改筷去夹鳝丝。

啪——

她的筷子还是被打开。

明舒望向曾氏，曾氏摇摇头，破天荒地没有帮她的意思，她又夹鹅掌，再被打回，再夹河虾，仍是被打回。

这饭……吃不下去了。

“身上有伤，这些浓油赤酱的菜不利伤口愈合，容易留疤，酒就更吃不得了。”陆徜这才慢慢说道。

“阿兄……”明舒眼睁睁地看着陆徜把一筷肘子肉送入口中，蜜色的酱汁把他的唇染得莹润，她跟着舔舔唇，馋虫被勾得快要爬出天灵盖。

偏偏陆徜不肯放过她，他平时吃饭可没今日这般花样百出，好似专门演给明舒看一般，每一口都吃得极细致，偶尔发出一声轻微的喟叹，仿佛陶醉在食物的美味中，让看的人胃口大开。

明舒咬着筷子瞅陆徜——他这是在撒气，在报复!

“喝汤吧，这汤清淡，不碍事。”曾氏看出门道来，憋着笑给明舒盛了碗汤。

明舒喝了两口——更糟糕了，汤太寡淡，越发显得陆徜嘴里的食物格外美味。

就这么眼睁睁看着陆徜扫空大半菜，明舒拿着筷子数着米粒往嘴里扒，过了半晌那碗米饭都没少下去。

“看我做甚？受伤的人要忌口。”陆徜没有丝毫退让的意思，见曾氏也已经停筷，便起身收拾碗盘，连剩下的那点儿荤腥都不让明舒碰。

等陆徜进了厨房，明舒才向曾氏闹道：“阿娘，您看阿兄！我……我都没吃饱，饿着呢。”

“好了好了，你阿兄说得有道理，身上有伤确实该忌口，等会儿我给你下碗面条……”

曾氏哄明舒的话还没说完，陆徜已经掀开灶间的布帘，沉着脸端了个碗过来，搁到明舒面前。

“吃不吃？”鲜香钻入明舒鼻中，她低头望去，桌上是碗温热的馄饨，汤上漂着紫菜虾皮，虽然不像刚才的几道菜那般重口，却也极诱人，应该是陆徜趁着她回屋更衣时专门煮的。

“吃！”明舒重重点头，“谢谢阿兄，阿兄最好了。”

陆徜站在旁边，看着她一口接一口吃馄饨，待她吃得差不多才道：“从明天起，不准你再往外跑，老老实实待在阿娘身边。阿娘，替我看住她。”

明舒手里的瓷匙当的一声掉回碗里，这下什么肉摆在眼前都没味道了。

她居然被陆徜禁足了。

夜已深，明舒洗漱过后，沮丧地躺在床上。

她的心情不是很好，除了因为被禁足之外，还因为白天发生的事，她总觉得有些莫名的情绪闷在心中难以宣泄。也不知眼睛睁到什么时辰，才蒙蒙眬眬睡过去。

这觉睡得并不踏实，梦中依旧是混沌虚无的黑暗，她在不停地奔跑，巨大的恐惧如同这永无尽头的黑暗，似乎下一刻就会将她吞噬。呼啸的风声与逼近的刀剑声混在一起，响在耳畔，她只能不停地逃。

没人会来救她，她跑得筋疲力尽，在混沌之中摔倒，再起身之时，手中不知何时多了把匕首。

匕首上淌着血，而她正高举着匕首往躺在地上的人身上扎去，一下、两下、三下……

鲜血溅了满脸，她也恍若未觉，心中郁结难散的情绪，似乎随着一下下挥动匕首得到了宣泄。

可下一刻，漫天的恐惧突然袭来，将她包裹，她战战兢兢地站起来，盯着自己的手——那是一双苍老的不属于她的手。

黑暗的地面化作镜面，她看到握着匕首的自己。

她成了吕春莲。

对面有束光落下，唐离坐在光中盯着她，似笑非笑的目光似乎在说：

看吧，你终于成了我们。

梦，在此时结束。

她从噩梦中惊起，满头的汗，满心的迷惑。

为什么她会成为她们?

天光大亮，明舒缓了许久才起身下楼。

房子里的东西早已收拾妥当，箱笼都被陆徜搬到楼下。今日是他们搬家的日子，特地挑了个吉日，陆徜也休沐在家帮忙。

“明舒，陪我去瞅瞅李老太吧。”曾氏忙了半天，将厨房的锅碗瓢盆都打包好，才提着个食盒出来。

食盒里面是她大清早蒸好的，适合老人吃的软烂糕点。他们要搬走了，以后回来的机会不多了，曾氏照顾了李老太许久，早就有了感情，便想走之前再做点儿老太太喜欢的吃食送过去。

因着手伤，曾氏和陆徜都不让她干活儿，明舒正闲着，闻言立刻点头，小跑到母亲身边，跟着曾氏出了门。

到了李老太家，母女俩才发现，今天魏卓也来看望老太太。

“早上老太太同我说了好久的话，说累了才刚睡下，恐怕……”魏卓正好从老太太屋里出来，见到曾氏和明舒有些惊喜，轻轻掩上房门，小声道。

曾氏便带着明舒向他行礼：“殿帅……”

礼未行完就叫魏卓托起。

“不必如此多礼，在这里，我还是那个魏卓。”魏卓道。他今日和之前一样，穿着普通衣裳来看老太太，身上一点儿架子都没有。

“不敢，您毕竟是殿帅。”曾氏摇了摇头，又将食盒递上，说明来意。

“多谢你们的心意，这段时日，也多亏你常来陪老太太说话，魏某感激不尽。”魏卓让丫鬟接下食盒，自己则一边道谢一边陪着曾氏出了门。

“你们今日搬走?”听闻他们今天就搬家，魏卓难得露出几分憾色，欲言又止。

明舒瞧出些门道来，冲他笑道：“魏叔可是舍不得我?若是舍不得，有空就来我们新家坐坐，我让阿兄陪您说话。”

“明舒！”曾氏听了低斥一声。

魏卓倒是爽朗笑起，大大方方道：“好。你阿兄是个好儿郎，上次见面慌乱匆忙，没时间多谈，若有机会，我定要与他多聊聊。”语毕，又问她伤口，“你的事我听说了，小孩子太调皮可不好，这伤啊……就是你的教训，可要记牢了，下回别鲁莽行事。”

“我知道了，您怎么和我阿兄一样啰唆。”明舒一听就蹙眉。

“明舒，别这么没礼貌。”曾氏扯她衣袖。

魏卓却丝毫不在意，还挺高兴的：“无妨。”又朝明舒道，“承你这一声‘叔’，做叔叔的说你两句都说不得？”

“说得说得，魏叔随便说，我听着就是。”明舒叹口气，佯作无奈，“谁让我是最小的那个！”

“这孩子。”曾氏拿明舒没辙。

魏卓哈哈大笑起来，笑过后，他刚想问她们搬家可有需要帮忙的地方，眸光却忽然一沉，望向曾氏与明舒身后。

“殿帅好兴致啊，竟然纡尊降贵到这里来。”

听到身后传来声音，明舒猛地转头，然后捂住嘴望向曾氏。

她们身后五步开外的地方，站着陆文瀚。

场面一时有些尴尬。

曾氏的脸上淡淡的，并未因为陆文瀚突然出现而有所变化，倒是魏卓从刚开始的平易近人变得眉眼凌厉。他冲陆文瀚抱了抱拳，淡淡道：“魏某来看望旧时同袍的母亲，谈何尊卑？倒是陆大人今日出现在这里，令魏某有些诧异。”

“殿帅不必诧异，你有同袍长辈在此，我亦有儿女亲人在此，你能来得，我自然也能来得。”说话之间，陆文瀚已经走到他三人面前。上回他听下人回禀魏卓之名时，心中犹有怀疑，如今亲眼看到，由不得他不信。

李老太的家与曾氏租赁的房子在一条巷子里，要去曾氏住的地方，势必要路过李老太的门口。陆文瀚刚走进巷子，就看到魏卓、曾氏与明舒三人站在一户人家门外有说有笑，那画面和睦温馨，倒是像极了一家三口。

明舒闻言望向陆文瀚——幸亏他没说什么儿女妻子，若是说了，她阿娘估计得当场翻脸。

陆文瀚正巧也看过来，锐利的目光肉眼可察地变得温和起来，冲她露出堪称“慈爱”的笑来，明舒抖了抖，觉得头皮有点儿发麻，她不习惯这突如其来且明晃晃的“慈爱宠溺”。

“原来如此。”魏卓没说什么，只点了点头。

此前陆文瀚和陆徜乃为父子的传闻在城内传得沸沸扬扬，如今看来确有其事。

“那么就请殿帅成全，让陆某与……”陆文瀚想了想，道，“玉卿及小女明舒说两句家常话。”

一声“玉卿”，透着非比寻常的亲近。

魏卓未及开口，曾氏却先出了声：“殿帅不要误会，我与陆大人十九年前已经和离，这十九年间我和陆大人并无联系，与陆家也没关系。”

话得说清楚，否则陆文瀚那不明不白的话叫人听了去，还当她与他之间有什么不可告人之事，回头传出去，有损陆徜与明舒的清誉，可就糟糕了。

她神情坦荡、言语磊落，未因旧事而有任何自卑自怜之意，叫人不由得心生敬佩、欣赏之情。

世人凭借姣好的外貌最易博人好感，人间情爱多因此而生，但凭一身风骨叫人念念不忘，才是最难得的。

曾玉卿是个可爱可敬之人。

魏卓笑笑，回道：“我明白。”

“玉卿……”陆文瀚眉头紧蹙，想说什么，又因魏卓在场不便多言，只能按下情绪朝魏卓平静道，“殿帅，不论如何，我与他母子三人都有旧要叙，不便外人多听，还请成全。”

“陆大人，要说的话早前已经同你说得清清楚楚，我们之间再无话可说，我也没拦着你见儿女，你为何还要三番四次纠缠于我？”曾氏道。

“这正是我今日找你的原因，我想与你单独谈谈。”陆文瀚道。

其实此前他已来过几次，只是不论是派人前来还是他亲自前来，曾氏都不肯见，他是专门挑了这个儿女都在的时候过来的，如此，看在儿女的面上，曾氏不会再将他拒之门外，却不想半路跑出个程咬金。

这魏卓仿佛听不懂人话般，杵在他二人中间迟迟不走。

他又朝魏卓沉声道："殿帅，这是我的家事，可否行个方便？"

语气已不再如先前那般客气。

若是其他人，面对尚书令的气势，大抵已经退避三舍了，但可惜，今天在场的是魏卓。

魏卓仍是笑笑，问曾氏："曾娘子，你要给陆大人行这个方便吗？"

"不要！我与他无话可说。"曾氏拒绝得不留余地，转身似乎想离开。

"玉卿！"陆文瀚微恼，正欲跟着曾氏转身，却被魏卓一把拦住。

"对不住了，陆大人，看样子曾娘子不想与你多谈，你就不要再为难她了。"魏卓笑着，身上却有杀伐气息流露，如同剑一般横亘二人之间，又向曾氏道，"曾娘子，我送你回家。"

"多谢殿帅。"曾氏行了个礼，抬脚就往自己家走去，脚步中无一丝犹豫。

"魏卓！"陆文瀚面上的笑容俱收，也不再客气。

魏卓停步，偏过头等他说话。

"你这是要与我抢人？"陆文瀚冷冷地说道。

"有何不妥？"魏卓勾勾唇角，很快回头跟着曾氏走了。

也不知曾氏听没听见魏卓的话，她的脚步微微一顿之后，仍旧迈向家里。

陆文瀚已经许多年没受过这种气，他在官场纵横多年，早就练就一身铜皮铁骨，哪想今日在这里竟像个毛头小子般做出与人争风吃醋的事来，还落了下风，这简直……他气得脸色变了又变，不经意间一转头，正好瞧见还站在旁边的明舒。

明舒被人遗忘了，她咬着唇瞪大眼，将刚刚火药味十足的一幕尽收眼中。

魏卓与陆文瀚不愧都是朝廷中响当当的人物，三言两语的工夫，你来我往像打了一场不见血光的战争，谁都不肯相让。不过依眼前形势看来，尚书令应该是落了下风。

"明舒。"见到女儿，陆文瀚迅速调整情绪，再度换上笑脸。

“陆大人。”明舒行礼道。曾氏自己不想见陆文瀚，但没有要求儿女和她一样，所以明舒无须回避陆文瀚。

听到她的称呼，陆文瀚笑容一滞：“还叫‘大人’？”

“不叫‘大人’，要叫什么？”明舒眨眨眼问他。

“我是你父亲，你得叫我一声‘爹’。”陆文瀚温和地说道。都说女儿是贴心小棉袄，他身边没有女儿，见到明舒便觉喜欢，又想着曾氏对自己这般抗拒，陆徜也是个狠心的，只有明舒这闺女软糯乖巧，应该算是他们三人之中最容易接近的，他想打动那两人，也许能从女儿这边入手。

“哦。”明舒张张嘴，在他期待的目光下开口，“可我不想叫。”

“……”陆文瀚险些被她的话噎到，“你怪为父这十多年离弃？”

明舒摇摇头，她不像曾氏和陆徜那般对陆文瀚那么抗拒，也许是失忆的关系，她对从前的苦难没有感觉，对生命中缺失的父爱也没有期待，陆文瀚对她来说就像个无关爱恨的陌生人。

让她喊一个陌生人“爹”，这嘴她张不开。

“那你为何不肯认我？明舒，当年抛下你们母子三人是为父的错，你若怨我、怪我也是人之常情，为父明白。但如今既已重逢，你难道不希望一家人团聚吗？不想做回真正的陆家大小姐？”陆文瀚动之以情，晓之以理。

“这话我说了不算，得听阿娘的，阿娘如果要团聚就团聚，阿娘说不要就不要。您与阿娘和离之后已经另有家室了吧？您的继夫人虽已过世，但还给您留了两个儿子，我没打听错吧？要应付那么大一家子人，别说做陆家大小姐，就是做陆家姑奶奶，我都没兴趣。”明舒还是摇头，并且适时阻止了陆文瀚接下去的劝诱，“唉，陆大人，您在我身上下功夫没用的，别浪费时间了。”

就算是有破镜重圆的心思，那也不应该是找她。

她这个做女儿的，只管让母亲开心，母亲不高兴了，和她说什么都白搭。

“你……”陆文瀚没想到看起来甜软可爱的女儿，却是个软钉子，说起话来半点儿颜面不留，能把人气死。他想了想，以退为进道：“好，我不勉强你，但你可否别再称我‘大人’？”

明舒蹙眉，不叫大人叫啥？

他这年纪也一大把了，和殿帅差不多，要不……

陆文瀚见她点头，面上浮起些许喜色，正等那一声“爹”，不想她一张嘴却是——

“陆叔。”

“……”陆文瀚脸色铁青。

好好的“爹”变成“叔”，这关系都乱套了。

“明舒——”远处传来一声呼唤。

明舒转头，见到陆徜站在自家门口。曾氏已经在魏卓的护送下回到家中，想来将这边发生的事说与陆徜听了，陆徜便出来叫她。

她回应了一声，同陆文瀚道：“陆叔，我先回了。”语毕，转身小跑回家，也不等陆文瀚答话。

及至家门口，陆徜问她：“与不相干的人说什么话？”

“看看他打算做什么呀，省得他老来烦阿娘。”明舒上前挽了陆徜的手，笑道，“他说要我回去当陆家的大小姐呢。”

“那你想吗？”陆徜斜睨她。

“我本来就是阿兄的大小姐，才不稀罕当别家的。”明舒甜甜道。

这话说得陆徜面露笑意。

明舒趁热打铁：“阿兄，你的大小姐问你，什么时候撤了禁足令？”

陆徜的笑倏地一收：“大小姐，禁足令少说一个月，还得看你的表现，否则你不长记性。”

“……”明舒气得撇下他的手，进了屋子里。

陆徜在后头跟着，唇角却再度浮上笑来。

四月，阳光正好，花开正盛，陆徜一家三口，搬离胜民坊，住进了御赐的状元宅邸。

明舒终于有了属于自己的房间，西厢房三间，全部给了她，有个小花厅，有个小书房，还有个寝间，一应陈设，俱按她的喜好布置，瞧得人心花怒放。

安顿下来后，明舒挑的下人也陆续进宅，空荡荡的宅邸一下子热闹起来，有了些大户人家的气象。明舒便忙着帮曾氏照管内宅，以求尽早让内宅事务走上正轨，虽说是在禁足，但她这“足”禁得却一点儿也不闲。

转眼，五月，夏至。

国公府送来了邀帖。

第三十六章 偷得半日闲

邀帖送来那日，恰逢陆徜休沐。

新宅的下人和满堂辉的伙计一起挑定的，明舒总共挑了四个人，其中一对中年夫妻，丈夫姓曲，给府里做个门房兼管事，妻子曲嫂就负责厨房的事，一个唤作来安的小厮专门跟着陆徜，另外还有个十四岁的小丫鬟唤作轻摇的，贴身服侍曾氏。至于明舒自己，则暂时不用人跟着。

虽然厨房有曲嫂负责，但曾氏还是改不了亲力亲为的习惯，这日便亲自煮了锅豆沙。让明舒端一碗给陆徜送过去。陆徜正在书房闭门处理带回来的公务，明舒来时，来安正倚着廊下的柱子打哈欠，一看到明舒，他立刻站直身体。

“你怎么站在外面？”明舒问他。

“公子不让进，说是不需要小人服侍。”说起新主子，来安觉得甚是难以亲近。

明舒知道陆徜的脾气，见来安露出点儿委屈的神情，不由得笑道：“行了，你也辛苦了，去厨房吃碗豆沙吧。”

三个人的小宅子，明舒没定那么多的规矩讲究，多数时间还是随性而为。

“谢谢娘子。”主家给的偷懒机会，来安千恩万谢地去了。

明舒敲了敲门，听到里头传来陆徜的回应，她才推门而入。书房光线好，陆徜正坐在书案后，看到她端着豆沙进来，不由得看了眼门外，起身过去接下她手中之物。

“别看了，我让来安去厨房吃豆沙了。你啊……老晾着来安做什么？知不知道来安的月例是所有人里面最高的？你这是在浪费家里的银钱！”

明舒不悦道。

她给陆徜挑小厮的要求很高，既要识文断字，又要懂事明理，人还得机灵。人才难得，月例高也是正常，现在下人挑到了，钱也花了，陆徜却不怎么爱用。

“不习惯。”陆徜轻描淡写道。

“那就多习惯习惯，培养一个亲信不容易，主仆间的默契和感情都是培养出来的。来安虽然人聪明，但也得由你多带着见识见识世面，日后才能成为你的左膀右臂，你可别告诉我你以后打算单枪匹马闯官场。阿兄，你也是当官的人了，这是在替你自己找帮手，别老这么曲高和寡不近人情的。”明舒跟着他走到书案旁道。

说起这些，陆徜比不上明舒，只有听她说教的份。

“行了，我有分寸，以后会多带着他。”陆徜点头，没有反驳。

“阿娘亲手煮的豆沙，尝尝。”明舒便放过了他。

陆徜不大爱甜，不过明舒端来的点心，他还是拈匙喝了起来。明舒便朝他书案上探头，陆徜松开瓷匙，一掌按在书案上摆着的公文上，道：“机密公务，你不能看。”

那是封信，在她进来之前信已经被放回信封，背朝上放好。

明舒收回目光：“不看就不看。”

陆徜便打开桌屉，把案上东西一股脑儿全都放了进去。

明舒鼓鼓腮帮子，又看着陆徜吃完一整碗豆沙，把空碗放回托盘上。

“还有事？”陆徜问她。

“没事不能多待会儿？”明舒一脸“阿兄你以前不是这样”的神情盯着陆徜。

“可以。不过我看你不像是没事单纯来陪我的模样，说吧，有什么事？”陆徜一眼看穿她。

明舒刚刚端起的托盘又放下了，挨到陆徜身边道：“阿兄，我听说……吕春莲的案子开审了？”

“嗯。”陆徜点头。

“这桩案子引发民愤了？”明舒又道。

吕春莲那桩案子闹得很大，以至即使明舒禁足在家，也听到了风声。由于当日吕春莲光天化日胁持黄老四，逼他承认错误，又将卫家隐私公之于众，当场百姓便群情激奋，后来事情在京城传开，又引得议论纷纷，同情、可怜吕嬷嬷的百姓越来越多，坊间舆情激昂。虽说吕春莲杀人证据确凿，她本人也并无抵赖，按律当斩，不过面对如此强烈的民意，审案的官员也迟迟不敢决断，只恐引发百姓抗议。

这是一场律法与情理之间的较量。

“是，此案已上达天庭，惊动了圣人。”陆徜道，“如今朝中上下也都在讨论这桩案子，分成两派。”

一派自然是依律法严惩，决不姑息；另一派认为事出有因，吕春莲情有可原，可以适量减刑。

“这两派，各以豫王与三殿下为首，相执不下，圣人也正头疼。”陆徜又道。

豫王?

这是明舒近期第二次听到这个名号了。

豫王赵景阳，是今上的庶长子，其母已经亡故，她与皇后一样都是今上潜龙时期的旧人，不过位份差得远，只是个良娣。她在今上登宝继位的第二年病逝，因育有庶长子而被追封为娴妃。赵景阳在宫中长到十三岁，便被赐封豫王从宫中搬出，移居豫王府，是所有皇子中最受圣人器重的两个儿子之一。

而另一个备受圣人喜爱的儿子，自然是由皇后所出的三殿下赵景然。

那天闻安说，唐离离开松灵书院后，凭借谢熙之力攀上的，就是这位豫王殿下吧。

“阿兄，那你的想法呢？站哪边？”明舒思忖片刻问道。

陆徜并没说自己的立场，只道：“朝中这两派争斗，涉及开封府尹之位，豫王不会轻易放过，不过今上以仁治国，私心怕是更偏向三殿下一些，只是尚缺合适的契机……”

他说着从桌屉中取出一份折好的信笺，纸背可见密密麻麻的墨迹，但不知这信中写的是何内容。陆徜将这信笺往明舒那边一推，却在明舒要拿之时又重重按住。

“这个，应该可以帮到吕春莲。”陆徜道，“但是你要答应我，不能由你出面。”

面对陆徜的目光，明舒有种心事被看透的错觉。

这封信，陆徜应该早就准备好了，只等她开口。

“这是什么？”明舒问道。

陆徜这才将手拿开，明舒将薄纸展开，喃喃念出纸上的字：“万民书……”

纸上的字迹力透纸背，这是陆徜亲笔所书的一封万民请愿书，信中细诉吕氏、卫献、黄老四及杜文卉之间诸多事情的来龙去脉，可谓字字血泪，叫闻者恸情，听者伤心。

陆徜的笔力，毋庸置疑。

“三日之内拿到汴京百姓的请愿签名，送到开封府，应该能帮到吕春莲，若是苦主之一的杜文卉愿意出面，能达到最好的效果。”陆徜靠到椅背上道。

明舒已经看完全文，脸上惯有的嬉笑之色已被正色取代。

“阿兄，你做这些，是因为同情吕春莲，还是因为想辅佐三殿下？”

陆徜看了她许久，方道：“都不是。”

“那是……”

“是为了你。”陆徜道。

“……”明舒一怔，望着陆徜的眼久不能言。

“不想看你有事没事长吁短叹的模样。”陆徜随意道，又指指自己的肩膀，“写得我腰酸背疼。”

明舒立刻会意，走到他背后。

“阿兄，谢谢你。”温热的手在他肩颈揉捏起来，她用了劲力，那手虽然绵软，却充满力量，按得他脖子与肩膀很是舒适。陆徜闭了眼，没有回答明舒的谢意，只感受这一刻属于她的温柔。

“世道于女子不公，天底下像吕嬷嬷、卫夫人这样的人何其多，律法不达，又有谁能在惨剧酿成前帮到她们？”明舒有感而发，手上动作渐渐停下。

“一石能激千层浪，你可知吕春莲之案已令大理寺修书上奏修订户婚律。我朝户婚律沿用前朝旧律，疏漏甚多，已不再适用本朝。除却‘休妻’‘和离’之外，户婚律中本有‘义绝’条款，针对的就是夫妻间的殴杀之举，只是前朝行文未明，又多维护夫权，以致如今惨剧连连，不只吕春莲，这些年各地上报的类似案件不在少数。现下朝廷欲修订户婚律，若是成功，便是对她们最好的帮助。”陆徜仍闭着眼，慢条斯理地说着朝廷之事，语毕又道，“礼法制度历朝历代都在更迭完善，这是个漫长的过程，很多的东西，不过前人栽树，后人乘凉，一代一代摸索累积。明舒，你……”

陆徜还待再说什么，声音却戛然而止。

他双眸忽睁，有些疑惑地盯着前面，不敢转头。身后的人已在不知不觉间用双臂搂住了他的脖颈，半身微倾靠在他背上。

这是近乎拥抱的动作。

“你真好。”明舒喃喃道。

她是个不爱听人讲道理的人，可陆徜讲道理却是个例外。他的声音温柔，像他用草笛吹出的乐曲，带着抚慰人心的力量，慢慢地让她忘乎所以。

她有瞬间忘记他是谁。

陆徜亦不敢作声，怕吓到她，他一动不动，身体有些发僵。

就这般静止了片刻，明舒忽然间回过神来，雷殛般缩回手，不敢相信自己做了什么。

她居然亵渎陆徜?!

“阿……阿阿阿兄，对不起……”明舒噔噔噔退后三步，满脸通红，飞身跑向门口，不敢回头看陆徜的脸色。

“明舒！”陆徜无奈地唤道，“信！”

明舒转头闭眼，摸摸索索地回到书案边，飞快地拿走那封请愿书，一转身箭似的冲出陆徜的书房。

刚出书房，大口喘气的明舒就撞上出来寻她的曾氏。

曾氏手里拿着封带着淡淡幽香的邀帖匆匆走来：“明舒，你来瞧瞧，国公府给咱们下了端午宴邀帖。”

请的是曾氏和明舒。

五月，入夏之初，端午将至。

明舒的禁足令在她的软磨硬泡和陆徜的默许下总算取消，状元府的新生活也渐上正轨，明舒的精力又转移到了铺子上，新铺已经择定开业吉日，就在下月初十，一应事宜都得紧锣密鼓张罗起来。

这期间她跑了趟卫府，将重新誊抄过的万民书送到杜文卉面前，无须明舒多作解释，杜文卉自愿收下万民书替吕春莲奔波。杜文卉又寻许氏与郡王妃帮忙，万民书转眼就在汴京城传开，百姓反应激烈，群情愤慨，波及显贵。那万民书在短短三天时间内便凑集了百页名姓，被送到了开封府衙。案子最终落下帷幕，受到多方影响，吕春莲最终留得性命，被判流放三千里。

许氏与郡王妃二人亦因着这封万民书，成了汴京城内百姓交口称赞的有德之妇，风头一时无两，此倒是后话。

天气正佳，明舒起了个大早，正在屋里亲自替曾氏梳妆打扮。

今日是她们赴国公府之宴的日子。

曾氏面上有些为难，盯着镜子里的人道：“明舒，这打扮得是不是太过了些？”

镜中妇人，云鬓高挽，发髻间簪着几只新买的珠簪，簪子虽不算贵重，胜在样式精巧且又正衬曾氏，越发显得曾氏肤白貌美，又雍容雅致，与一般的贵妇人相比，自有别样韵味，半点儿不输那些世家夫人。

衣裳发饰均是明舒挑定的——颜色比曾氏从前常用的要鲜亮不少，她既然不是寡妇，也没必要总是一身素淡地见人，女人嘛，谁不爱漂亮，明舒就想将阿娘打扮得漂漂亮亮。

“哪里过了，我还觉得这些发饰不够隆重呢。”明舒再次感叹，兜里银钱仍是不够，不能随心所欲地买、买、买。

曾氏不自在极了，扶着鬓角左看右看都觉得不自在。到底出身平平，并没见识过大场面，她心里总有些抗拒。

“明舒，我从没与这些贵夫人打过交道，恐怕……”

“阿娘若觉得不自在，不想同她们往来，那咱们就不去了呗，又不是什么非去不可的宴请。”明舒倒不在意去不去赴国公府的宴请，在她心里，曾氏苦尽甘来就该好好享福，不需要难为自己去应酬这些，“不过我给您打扮得这么美，咱娘俩儿出门去河边走走，瞧瞧龙舟也是不错的。”

曾氏闻言心头一暖，忙道：“扮都扮了，为着你们，我也不能怯场。”

她的确钟爱自由自在的日子，但人生在世，种种世情应酬，总不能时时刻刻自在，为着陆徜和明舒这两个孩子，她也不能总蜗居内宅，该出去走动走动。

陆徜和明舒眼见年岁渐大，都到了议亲年纪，做母亲的自然要多看看，尤其明舒双亲俱亡，已无长辈替其操心，简家的事她帮不上忙，但替明舒挑个可心的人家，她总还是能尽份心力。至于陆徜的亲事，她私心虽最中意明舒，然而眼下这情况也不是一朝一夕可以改变的，她只能且先相看着，至于最后如何，就看各人造化，但求别误了韶华才好。

如此想着，曾氏便打定主意要去国公府赴宴。

虽说要去国公府赴宴，但自己家里也得过节，粽子是昨日就包好的，厨房的曲嫂一早就上屉蒸熟，清甜的香味飘出。艾草蒲叶等各色节物都准备妥当，只等着主人祭拜。曾氏穿戴妥当后，先带着明舒往家中的门上一束束挂艾草，等陆徜出来后才行祭拜礼。

端午这日需采艾叶等草药烧水沐浴，以避疫气，一家三人都是晨起轮流沐浴，陆徜最后一个出来，瞧见母亲和明舒便上前。淡淡的草药香气萦绕四周，叫人神清气爽。明舒今日打扮得格外讨喜，头上戴着钗头符，腰间坠着装有雄黄粉的红布香囊，精神爽利的样子看着就叫人高兴。

陆徜到时，她正同曾氏说话，也不知说到什么，曾氏被逗得掩唇直乐，她自个儿也咯咯笑出声来，露出一小排纤巧皓齿。陆徜刚想搭话，明舒瞧见了他，却忽然间笑容一收，飞快地缩到曾氏身边，垂下头一声不吭，也不和他说话。

陆徜蹙了蹙眉头。

应该是从书房那日开始，明舒在家中要么避开他，要么见了他也不说话，没了从前的黏人劲。

明舒这几天不敢正眼看陆徜，就因那天她心中感动一时忘情，举止有失妥当。

她无从分辨那一刻的忘情到底是何种感觉，事后回想，她只觉得罪过。陆徜于她而言，是如天边星辰、高岭之花，可远观而不可亵玩地存在，她身为他的妹妹，却做出那样的举动，实在是无颜面对他，恐怕她阿兄也不想见她……

真是太罪过了。

就这般各自怀揣心事，陆徜和明舒跟在曾氏身后祭过神明，各饮了一小杯菖蒲酒，结束仪式。

“一会儿我带明舒去国公府赴宴，待晚上回来咱们三人再行家宴。”曾氏一边说着一边又找曲嫂交代厨房的事。

“明舒。”陆徜叫住跟在曾氏身后缩得像鹌鹑一样的人。

明舒停下，垂头小声道：“阿兄。”

“我是老虎吗？能吃了你？”陆徜气道，“你是打算一辈子不看我？抬起头来说话。”

明舒委委屈屈抬头，露出个比哭还难看的笑，瞧得陆徜火气更旺。

“阿兄，你别生我的气，我再也不敢了……”

“不敢什么？”

不敢随便乱抱。

这话明舒没敢说，只道：“没什么。我要陪阿娘去宋家赴宴，阿兄若没别的事，我就先行一步……”

“手伸出来。”陆徜打断她的话。

明舒伸出左手，手腕上是她随身的金镯。

“换一边。”

明舒又换右手。

一条五彩线编成的长命缕搭到她腕上，陆徜一边认认真真替她绑长命缕，一边道：“‘清晓会披香，朱丝续命长。’明舒，愿你长命百岁。”

明舒怔怔地看着，心头顿暖。面对这么疼她的阿兄，她到底在纠结什么？

“谢谢阿兄。”她笑了。

陆徜却也伸出左手，摊开掌，掌心另有一条一模一样的长命缕。

“帮我戴上。”他道。

明舒心道：阿兄几时喜欢这些玩意儿了？

想归想，她还是老实地替他绑好长命缕，也道：“阿兄，也愿你长命百岁。”

陆徜满意地收手，衣袖垂落，遮住了那条长命缕。

“戴着不许摘下来。”他又道。

“嗯。”明舒点头。

“要去宋家？要见宋清沼？”他仍未放过她。

“怎么了？”她和阿娘是赴许姨的约，能不能见着宋清沼那可说不准。

“记清楚，你梦里出现的人，不是宋清沼。”陆徜大掌落在她头上，逼她看着自己。

明舒一把扫掉他的手，冲他做了个鬼脸，跑开了。

梦是她的，梦里的男人……她说了算。

老国公夫人爱花，年轻时老国公就在自家府邸里花重金给她建了个大园子，专门种植搜罗到的各色花木，每年到了四五月份花期最盛时，那园子里百花盛开，甚是美丽，其中尤以牡丹风姿最是动人。

如今国公夫人虽故去多年，但那园子仍还留着，老国公年年都让人往里添新鲜花木，现下这园子便成了汴京有名的百花园。

国公府的端午宴就安排在百花园中，园里搭了戏台子，众人既可赏花又能吃酒听戏，好不惬意。

时辰不早，许氏作为国公府主持中馈的主母，现下正在园中临时搭的幔亭中坐着，听大儿媳妇回禀宴饮的准备情况。

“阿娘瞧瞧，这是给来府里的各位娘子郎君准备的精巧玩意儿。阿娘先拣一支戴上？”大儿媳妇笑着让下人们捧上几个托盘。

许氏伸颈看了几眼，都是端午节物，编得精巧的五彩长命缕，戴在头上的五毒符钗，还有给小孩子的艾虎、百索，以及装着艾叶雄黄的香囊等，无不样子精巧，颜色鲜亮。许氏笑着摆手：“小孩子家家的东西，我可不戴。”

大儿媳妇笑了笑，刚要回话，那边有人唤了声：“阿娘，大嫂。”

宋清沼来了。

“小叔来了，替阿娘挑一支符钗吧。”大儿媳妇便让宋清沼替许氏挑。

宋清沼扫了几眼，给许氏挑了枚符钗戴上后，又拣起盘里一条五色长命缕置于掌中反复看。

“小叔也喜欢这个？”大儿媳妇好奇道。

“哪里是他喜欢，怕是给人挑的。”许氏一眼就看出宋清沼的心事。

宋清沼问道：“大嫂，这个能给我吗？”

“有什么不可以的，只管拿去。清沼这是……要送哪家小娘子？”大儿媳妇大为好奇。

宋清沼不肯明说，但也未否认：“若有缘分，大嫂迟早会知道的。”

语毕，他道声谢，又匆匆离园而去。

“母亲，我可从没见过他对谁这般上心过。”大儿媳妇感慨道。

许氏心中洞明，只是摇头：“可不是嘛，以前见他石头人一般，哪知也是个有了媳妇忘了娘的，唉……”

大儿媳妇便掩唇笑了。

自巳时中始，国公府门外马车络绎不绝，各府赴宴的人陆续抵达。

曾氏与明舒带着新的丫鬟轻摇下了马车，拿着邀帖往门房手中一递，很快就被迎入府里。

另一边，皇子车辇也往国公府驶去，马车上坐着的，除了三殿下赵景然外，还有陆徜。

国公府的端午花宴，也邀了赵景然，赵景然便带上了来找自己禀报事情的陆徜。

“吕春莲的那封万民请愿书，是出自子翱之手吧？”赵景然指尖叩着窗棂问道。

子翱，便是陆徜的字。

“逃不过三殿下的眼。”陆徜并无隐瞒。

赵景然看着窗外，沉默片刻道：“子翱，若是吾出任开封府尹之职，你可愿调任开封府辅佐吾？”

国公府很大，若是无人带领，外人进来是会迷路的，管事嬷嬷早早站在门口等着为宾客领路。明舒扶着曾氏跟着接引的管事嬷嬷一路走到二门。那嬷嬷满脸堆笑，很是热情，一边恭维曾氏和明舒，一边给她们介绍着国公府前院中的风景。曾氏没见过这样富丽堂皇的世家府邸，便只听不说，一路上都是明舒在回应管事嬷嬷的热情。

“曾夫人，明舒。”二门里头站着个人，着一袭青衫，朝着曾氏与明舒拱手行礼。

“二公子。”管事嬷嬷认出人来。

“我带她们进去，你去忙你的吧。”宋清沼朝管事嬷嬷点点头。

管事嬷嬷便笑着告退了，宋清沼便朝曾氏与明舒二人做了个“请”的手势，道：“这边走，母亲已经在园子里面等二位了。”

“多谢。”曾氏道声谢，跟着宋清沼继续往里走。

明舒初见宋清沼时尚有两分不自在，不过瞧着宋清沼神情淡淡，举止客气有礼，与往日并无不同，一派君子坦荡作风，她便也抛下小小的困惑，跟他进了二门，径直往百花园走。不想才到园外的翠湖畔，便听到一串清脆的笑声传来。

“瞧瞧，果然是去接陆家夫人与陆小娘子了。我说我去迎接吧，他还不愿，偏要亲自去接。”

接着便听见两声带着笑的附和。只见园子的花门中走出几个人来，穿红着绿，都是通身的富贵气派，模样也皆生得标致，尤以当中那位最是秀逸。

只听宋清沼道了声：“大嫂。”四平八稳的腔调中起了半分急意，似乎有些恼那人的取笑。

“好了好了，我不说了。”那人便收起调侃的意思，与旁边的两个姑娘一道上前迎接曾氏与明舒，宋清沼这才两边介绍起来。明舒方知，说笑的那位妇人是宋清沼的大嫂，他大嫂娘家姓孟，这场端午宴就是孟氏帮着许氏操持的。

花园里头已经来了许多人，孟氏与曾氏二人见完礼，又催宋清沼：“行了，人你已带到，我自会替你照顾好的，你就别担心了。我瞧三殿下也快到了，祖父与公公他们都在书房里候着，你也赶紧过去吧，别误了正事。”

宋清沼便没多说什么，告辞离去。孟氏又笑了笑，上来亲亲热热地扶挽曾氏。明舒在旁边瞅着，许氏的这个大儿媳妇，倒是个爽朗干练的性子，和许氏大不一样。

就这般一边说笑一边互相打量着，一群人进了园子。百花园果然园如其名，园内遍植花木，眼下春深夏初，正是百花齐放的时刻，牡丹、芍药等不说，还有开成墙的各种蔷薇花，花香袭人，又兼园中女眷已多，皆着各色薄衫，满头珠玉，如同在浓绿间撒落轻红俏黄各种颜色，紫粉黄蓝分散在百花丛间，莺声燕语笑不绝，一眼望去如同鲜活画卷，花艳人娇夺人眼眸。

许氏坐在花墙下的幔亭中，四周围坐了几位笑意盈盈的贵妇人，正看丫鬟们剪来的几盘生花，各自挑拣喜欢的簪在头上。

“挑些开得好的剪几盘送到前头给宋清沼他们，招待男客。”许氏边挑边吩咐道。一抬眼看到孟氏几人，忙招手道：“快到这里来。”也不等她们见礼，便道，“你们娘儿俩来得刚好，刚剪的花，快拣两朵戴起来。”

一时间，四周的目光便都聚集到曾氏与明舒身上。明舒察觉曾氏开始紧张，便暗暗捏捏曾氏的手，小声道了句：“阿娘，有我在呢，莫忧。”语毕，笑吟吟地扶着曾氏上前，目光从那几盘生花上一扫而过，落落大方行礼。曾氏定了定神，也跟着上前来，与众人见礼，孟氏便在一旁引见。今日赴宴的，除了宋家的亲眷外，也有不少达官显宦的女眷，在孟氏的引见下，都各自在心底打量起这对母女来。

好容易打完一圈招呼，诸人都相互见过了礼，这才各自落座。许氏仍让她们拣花，明舒这时方挑了朵牡丹花簪到曾氏脑后，自己则挑了两朵半开芍药戴上，高高兴兴坐到曾氏身边。

“明舒，那边都是与你年纪相仿的小娘子，正在园子里玩呢，你也别拘着，让雯娘带你过去一起。”许氏今日心情很好，笑得格外慈爱。

雯娘即是她大儿媳妇孟氏。

“不了，我想在这里陪各位夫人说话。”明舒拒绝了许氏的好意。曾氏还是紧张，她若是离席，只怕曾氏更不自在，再加上周围这些人出身颇好，多少有些眼高于顶，她可不想万一曾氏被人慢待轻视时无人在旁。

所以，她哪儿也不去，就守着阿娘。

谁都不能欺负她的家人。

“这孩子……陪我们说话也不嫌闷？”许氏笑道。

明舒挨着曾氏笑着回答许氏：“不闷，我喜欢。”

几位夫人便都笑了，既笑她天真可爱，也笑她这般年纪还要黏在母亲身边。毕竟是小门小户出身，在这种场合容易怯场，不敢单独与人交际，也是正常，只是未免让人觉得上不得台面，小家子气了些。

那厢，三殿下的车驾还在驶往国公府的路途上。

车轱辘的声音与马车的铃声，彻底掩盖了赵景然与陆徜的对话。

“江宁简家的案子，查得如何了？”谈完开封府之事，赵景然又问起简家案子来。

江宁府的这桩劫掠案性质极其恶劣，当时不仅在江宁，也在朝野内掀起了巨浪。

“江宁乃富庶之地，如今又是太平盛世，纵有匪患，也绝无可能闯城劫掠。这案子往小了说是山匪劫掠，往大了说，匪患入城，恐藏兵祸。”陆徜道。

也正因此，朝廷对这桩案子极为关注，十分重视。什么样的盗匪能够强大到闯进一座富庶且有驻兵的城中为所欲为，纵火劫杀富商一家三十七口人？这在已享多年太平盛世的大安朝，听起来就像天方夜谭。

“但这案子如今已结，大理寺复核基本完毕，并无疑点。当日潜入江宁劫掠简家的那批山匪已被江宁军击溃，匪首钟铭已在围擒之时被杀，另外与这批山匪勾结的官员也已查明，乃是江宁县主簿王恒，另包括受其指使与山匪里应外合的江宁县守城卫三人，江宁县胥吏两人，衙役三人，所有涉案人员已全部捉拿归案，王恒自戕而亡，余者皆认罪伏法，江宁知府、江宁县知县等数名官员亦因监管不力而被朝廷裁撤更换。

“江宁主簿九品官员，且年事已高，马上可告老还乡的人，何必冒这么大风险贪此不义之财，又如何能使唤守城卫？城守隶属江宁厢军，厢军治下出现这般严重的问题，却只拿三个城守问罪？一个钟铭、一个王恒，就是这桩案子的罪魁祸首？”

陆徜已看过完整卷宗，蹙眉分析，又道：“还有一点，就是简家家产。虽然如今简家家产悉数暂由江宁县衙接手封管，可这一部分全是铺面田庄等死物，山匪从简家抢走的另一部分财物，至今下落未明。简家经营黄金玉石生意，家中挖有财库专存金银玉璧等贵重之物，官差赶到之时，财库已经全空。若我没有估算错，这笔财产，才是简家家产中的最大头。”

赵景然闻言，眉头亦深蹙，陆徜的话却还没说完。

“卷宗显示，从劫案发生到官差赶到，这期间大约三个时辰，山匪要在这么短的时间内套问出财库位置，搬空钱物，再杀人焚宅，逃出城去……这点儿时间恐怕不够，除非简家有人与他们里应外合，一早就泄露了简家财库的存在与位置。这个人会是谁？除了明舒以外，简家死了三十七口人，几近灭门，可还有两个人与这笔财物一样，至今下落未明。”陆徜又道。

“姨娘周秀清与她两岁的儿子，这两人皆按失踪呈报。我是在云华山下救的明舒，她应该是在盘山路上逃亡时坠落的，云华山上只有云华寺和一间水仙庵。云华寺是江宁府有名的古寺，料来没有大问题，但是水仙庵就不同了。”陆徜说话间顿了顿，将关于水仙庵的种种淫秽勾当都说给赵景然听。

赵景然很快会意：“你疑心简娘子是发现了什么，所以才跟踪到水仙庵，进而听到了不该听的，惹来杀人灭口之祸，这才被人一路追杀，导致失足坠崖的？”

陆徜点头："我上月已捎了书信给江宁县的老友，拜托他暗中往云华寺与水仙庵跑了一趟。他已经给我回信，水仙庵已经被官府查封，那天夜里的事被人抹去不留痕迹，他没能查到水仙庵发生的事，倒是在云华寺打听出些许眉目。云华寺有僧人能证明那天明舒确实带着几个人出现在寺中。这就更奇怪了，简家的死者名单里，有一个叫小蜻蜓的丫鬟，她是明舒的贴身丫鬟，从不离明舒左右。论理明舒既然人在云华寺，她必定也跟在明舒身边，怎会出现在简家的死者名单中？而与这桩案子相关的凶徒虽都已落网，却没有一个人交代水仙庵的事。"

这桩案子，明面上像是已经梳理清楚，涉案者落网的落网，该罚的也都罚了，但暗里却有可疑之处说不通。

"可惜，简娘子失忆了，否则就能知道当天夜里发生过什么事了。"

"明舒的病不知何时可愈，等她恢复记忆找出凶手恐怕来不及，本案中还有一个关键人，就是简家这位失踪的周姨娘，我倒觉得可以从她身上着手。"陆徜说着朝赵景然拱手，"殿下，子翱想向殿下借调人手派往江宁暗查周氏下落。"

"没问题，人手方面吾给你安排，你务必查清此事。"赵景然点头应允。

"多谢殿下。"陆徜抱拳作揖。

马车悠悠而止，正好抵达国公府门外。

百花园里的夫人们已经谈论说笑了一轮，众人渐渐收起先前小瞧明舒的心思，对她另眼相看。

原本以为明舒黏在母亲身边，是因她怯场怕生，不敢与这些世家小姐应酬结交，如今看来却是这些夫人看走眼了。她留下不走，恰恰与众人所思相反，不是因为依赖母亲，而是因为要给母亲做依靠。

说来也奇怪，明明是个十八岁的小娘子，又出身普通人家，可在待人接物、谈吐礼仪上，竟老练非常，在这些心思各异的贵夫人之间游刃有余，不论她们谈论什么，金玉头饰、衣裳面料还是奇珍异宝，她都接得上话，接得上话也就罢了，她还说得头头是道，既要奉承各位夫人，又要照顾曾氏，不让人冷落曾氏，当真是处处周全，做得滴水不漏。

就连许氏对她也是刮目相看——她原以为陆明舒不过是个热情爽朗的小娘子，虽然讨喜，但到底没见过大世面，在这种场合中必定是要怯场的，她还存了些替明舒撑场面的心思，却不想全无她施展之处。

明舒没那么多想法，在她眼中，这些贵夫人可全是未来满堂辉的客人。开铺经商自然要面对各形各色的客人，上门的客人哪能个个可心，自然是千人千面，明舒拿她们当未来主顾对待，自然是使出浑身解数，喜欢的不喜欢的，都要哄得欢欢喜喜，妥妥当当。

“陆家这小娘子，倒是我小瞧了她。看这做派，我是喜欢的，你可知道她许了人没有？”坐在离许氏最近的那位夫人越瞧明舒越喜欢，便向许氏问道。

许氏一听这话，露出个高深莫测的笑容来：“倒是没有，不过……你家怕是不成。”

那夫人好奇道：“我家怎就不成了？她家也就是一个兄长夺了状元，又不是什么皇亲国戚……”话没说完，看着许氏似笑非笑的脸，一转话头，“莫不是你也……”

“说起来，她那兄长似乎也没说定亲事，汴京新贵状元郎，可也是许多人家想抢回去做女婿的，你家三娘子不是与他年龄相当？”许氏打断了她的话。

那夫人掩唇笑了，点了点头，并未明言。

今日这端午宴，许氏可不光是为了明舒才将曾氏邀来的，还有陆徜的原因。汴京这地方，权贵遍地，盘根错节，能多结门亲，日后就多一门倚靠。

“坐久了筋骨都发僵，雯娘，把小娘子们叫回来，我们一道在园里走走吧。”许氏起身唤道。

孟氏会意，自去叫各家娘子。一时间，年轻的小娘子们仿如乳燕归巢般飞了回来，叽叽喳喳地围在长辈们身边，孟氏又趁机把曾氏与明舒介绍给各府小娘子。

一听是状元郎的母亲和妹妹，曾氏作为长辈倒还好些，明舒却又被围在了中间。

明舒头疼。

“陆娘子，还记得我吗？”莺莺燕燕中，一个温柔声音响起。

明舒转头看到张熟悉的脸，她记性好，一下子就认出来：“卢三娘子。”

正是传胪大典那日在观元楼内第一个来与她结交的娘子，工部尚书家的千金。

因着是旧识，卢三娘很快便与明舒亲近起来，她说话温和，举止大方，在一众年轻小娘子中尤显沉稳，明舒对她印象颇好，便扶着曾氏与她并肩往园里说说笑笑地逛去。

逛了一小会儿，众人行至百花园的西花门旁，正好遇见三皇子一行人。

三皇子赵景然身边跟着的除了宋家人外，还有许多年轻才俊，俱是汴京新贵，而许氏这边，又恰好也带着一众年轻的小娘子，这两相撞上，各自驻足彼此见礼，均拿眼悄悄打量对面人群，偶有遥遥对上目光的，或绯颜垂首或含笑点头，少男少女的心思，似隔着雾的缥缈江月，朦胧动人。

在这众多少年之中，吸引了最多目光的，就是赵景然身边的两个人，而这两人，今日偏都着青衫，同样的出类拔萃，一个自然是宋家的嫡次孙宋清沼，另一个，正是陆徜。

明舒眼尖，一眼就看到了兄长，她诧异至极，还没开口，耳畔就响起卢三娘的低喃：“陆状元也来了……”

她一转头，瞧见卢三娘含羞带怯的面容——卢三娘和这四周好些小娘子一样，眼里只剩下陆徜一个。

得，又来了，她这招蜂引蝶的兄长！

对面的陆徜也已望过来，一眼就发现了人群中的明舒，刚要冲她点头，忽地好像想起什么，转头看了眼，偏巧看到宋清沼望着明舒的目光。

宋清沼那双眼，难得地染上了笑意，微微弯起，遥遥与明舒对视，唇角亦浅浅扬起，换来明舒一个明朗的笑容。

陆徜的笑，便一下凝固住。

明舒瞧陆徜和宋清沼站在一起，正挥手向他二人打招呼，哪想陆徜突然转身，并不理她，又一步站到宋清沼身边，阻止了她与宋清沼的对视。

待众人向赵景然行过礼，许氏便请赵景然先行，两队并成一队，赵景然带着众少年在前，许氏领着女眷们随后，一起逛起花园来。

明舒看到陆徜路过自己身边，也看到身边无数带着娇羞目光黏在他身上，暗暗摇着头。

就这般跟着队伍在园子里走了许久，明舒忽听身后有人叫自己，一转头见孟氏站在棵桃树下冲她招手，似乎有话要同她说。明舒看了眼曾氏，曾氏拍拍她的手："你过去吧，我随着她们一起走走，不会有事的。"

明舒见曾氏也已适应得差不多，便交代轻摇好生跟紧曾氏，旁边卢三娘也道："我陪曾夫人走走，你且去吧。"明舒这才离了曾氏，往孟氏那里跑去。

桃花已经谢了大半，满地皆是落红，如同铺了层薄花毯。孟氏见到明舒过来，便笑了笑走开，明舒微微一愣，瞧见桃树后边的宋清沼。

逛园子的队伍渐渐走远，笑声也跟着飘远，宋清沼踏着满地花瓣出来，脸上清冷的神情一扫而空，温柔地朝她道："明舒，我陪你走走吧。"

明舒左右看了看，附近还有些跟随的丫鬟婆子，两人也谈不上是独处，便点了点头，与他远远地跟在队伍后面朝前走去。

两人忽然间都不知该说什么，便在这满园春色间慢慢走着，走出十数步后，宋清沼才终于先开了口。

"明舒，今日是端午，长命缕应景，我瞧这条花样颜色不错，给你留着。"

他说着从袖中取出条五色长命缕，双手奉于她面前，又道："祝你长命百岁，安康喜乐。"

早上因有曾氏在旁边，他不便赠礼，下午又要陪客宴饮，思来想去，只有这时间能觑个空闲脱身出来见她。

又一条长命缕?

明舒摸摸手腕，道声谢，刚要接，他却收回。

“我帮你戴上，可好？”宋清沼温声道。

“对不起，我……”明舒为难道，将两边手往上一举，衣袖滑落，一边手腕上戴着只金镯，一边手腕上已系着条五彩长命缕，她没有多余的手来戴了。

宋清沼见状失笑，却并无怪责失落之意，只将长命缕再递给她，道：“也罢，那你收着吧。”

“多谢。”明舒这才接下，将长命缕拈在指间摩挲。

宋清沼又道：“明舒，我有些话想同你说……”

前头的队伍走到一大片花丛时停下，各人散开赏花，陆徜在人群里扫了几眼，并没发现明舒的身影，他再一看，连宋清沼也不见了，不免蹙了眉头，正想唤人来问宋清沼的下落，旁边小石子路上却匆匆跑出个陌生的小丫鬟来。

这小丫鬟穿的并非宋家的衣裳，应该是今日上门的女客所带的贴身丫鬟。

“陆……陆状元……”她过来便喊陆徜。

陆徜不置一语，只以凌厉的目光疑惑地望向她。

她喘着气指向石子路另一头，道：“奴婢是工部尚书家卢三娘子身边的丫鬟，适才我家三娘子陪着曾夫人逛花园，不想曾夫人不慎绊到石头，扭伤了脚。”

“她人在何处？”陆徜立刻道。

小丫鬟忙道：“不远，陆状元请随奴婢来。”

“带路。”陆徜道。

第三十七章 莫忘回头路

五月的风拂过，几瓣残红飘摇而落。

满园浓郁的花香中，宋清沼闻到一丝从明舒身上传来的艾草香味，甚是清爽，她半垂着头走在他身边，目光落在指间刚刚接下的长命缕上，侧颜秀美，眉骨鼻梁嘴唇下巴的轮廓皆清晰可见，是会让酷爱丹青的画手悄悄在心里一遍遍描摹的线条，宋清沼亦不例外。

他不记得自己从什么时候开始总是频频地想起她来，想起她的一颦一笑、一举一动。他觉得她是个格外有趣的姑娘，而他们的每一次相逢都像一场奇遇，让平静乏味的日子变得生动且让人期待。

在遇到她之前，他并没尝过这样的滋味，就如身处这百花齐绽的花园里，满目繁花，却没有哪朵可以让他驻足。他以为自己会与兄长一样，到了年纪，由父母长辈安排一门合适的亲事，娶一位优秀的世家娘子做枕边人，相敬如宾过一辈子，也算圆满。

少年不识情，及至遇上始知欢喜，原来他并非全无期待，只是一直不曾遇到过。

虽然相识时日尚短，却已足够让他明白自己的心意。

她是他于万千灯火下，于茫茫人海中，不期而遇的那个人。

见一次，心头欢喜便多上一分。

宋清沼知道母亲已经在替自己挑选合适的亲事，也知道母亲相中了明舒。只要过了母亲那关，他就算什么也不做，国公府自然也会替他完成接下去的事。但他还是想知道她的想法。

他不希望这只是他一个人的期待。

“正好，我也有些事想问你。”听到宋清沼的话，明舒也道。

“哦？这么巧？”宋清沼眼眸与她清亮的目光一撞，唇边扬起浅笑，像是回应因与她的默契而欣喜，“你先说。”

明舒深吸口气，咬唇犹豫了片刻，方道：“你是不是常穿青衫？”

这是个很奇怪的问题，宋清沼没有料到，疑惑地看向她，道：“算经常穿吧，怎么了？”

“我们以前真的没有见过面？”明舒又问。

这是她第二次问他这个问题了吧？宋清沼记得在相识最初，她也问过同样的问题。他倒是希望自己很早就已认识她，但是遍寻记忆，他也找不到一星半点儿与她有重叠的过去。更何况如果他们曾经遇见，他一定不会忘了她。

“没有。去年在松灵书院的偶遇，是你我的初逢。”宋清沼笃定地回答。

明舒便又半垂下头，心里有些失落，但又觉得解脱。

失落是因为，她仍然不能确定梦里的男人到底是谁，可解脱……这感觉就说不上来了，仿佛知道宋清沼不是自己心里那个人，她心情竟然松快了。

“你为何总问我这个问题？”宋清沼反问道。

明舒摩挲着手中的长命缕，想了想，老实道：“因为自从遇到你之后，我……常常做同一个梦，梦到同一个人。那个人，总穿着青衣，但我瞧不清他的模样。”

宋清沼万没想到明舒会说出这番话来，他先是一怔，而后却觉心花怒放，语气都跟着起了波澜：“明舒，你……”

明舒忽然间意识到，自己说了番极易叫人误会的话，忙转过头来摇头急道：“你莫误会，我不是那个意思。”

丢脸丢大了。宋清沼必定误以为她总梦到他。

“不是你想的那样。”明舒着急解释清楚，不敢再隐瞒，“我……我赴京途中磕伤头失忆了，想不起从前的事了。我不知道梦里的人是谁，只是觉得你和他很像，我就想弄清楚那个人是谁。”

她的梦已经越做越离奇，除了那个青衫男人外，还出现了光怪陆离的画面。她有预感，如果能知道梦里的男人是谁，也许她的记忆就能够复苏。

除了那份让她莫名的悸动外，这个人的存在还关系到她的记忆。

“失忆？”宋清沼眉心顿蹙。

明舒点点头：“我总觉得梦里的人很熟悉，但是我……不论用什么办法，都想不起这个人来，只知道他常着青衫，与你……有几分相似，所以刚认识的时候才……冒犯了你。”

她很不好意思地道歉。

宋清沼的眉心却毫无松开的迹象，反而越蹙越紧——她失了记忆却还反复梦到同一个男人，这意味着什么？

意味着这个男人在她心中占据着非常重要的位置，即使她忘记了过去，也仍旧没忘记这个人。当然，前提是真有这么一号人存在。

也许，这个梦与过去无关，她梦到的并非是回忆里的人，只是她误解了而已。

几个念头自脑中飞速而过，宋清沼失了神，直到听到明舒的声音：“你不是也有话要同我说？”

宋清沼回神，看着她清澈的眼，先前准备的话忽然吐不出口，正不知该说不该说时，前头的路上忽然跑回个丫鬟，急匆匆地喊明舒：“娘子……娘子……”

“轻摇？发生了何事？不是让你跟着我阿娘的？”明舒眉心一拧。

跑过来的是新收的丫鬟轻摇。

“我是跟着夫人，不过适才大伙都凑在前头赏一株名贵的牡丹花，我被人挤开，等到人群散开，夫人却不见了踪影。我在附近找了半天，也没找到她。”轻摇急得快哭了。

她年纪小，没经过事，更没出入过这种大宅子，发现主子不见了之后就慌了手脚，在人群里找不到曾氏，只能来寻明舒拿主意。

明舒沉下脸：“带我过去。”

“明舒，你别着急，府中很安全，你母亲兴许只是走岔了道，我陪你去找。”宋清沼安慰道。

“多谢。”明舒倒是还好，诚如宋清沼所言，国公府很安全，曾氏不会有危险，但这丫鬟办事未免太不牢靠，一个大活人都能跟丢，由不得她不气。

一行三人匆匆赶到失散的地方，果然没在附近瞧见曾氏身影，明舒想起卢三娘子也陪着母亲，便找附近的人问了问两人的行踪，没费什么工夫便问出曾氏与卢三娘子往花园旁的小树林去了。

“遇事不要如此慌张，这里人这么多，你寻人问问便好。”明舒一边往树林里的卵石道上走，一边教轻摇。

轻摇委屈：“娘子，我也找人问了的，可那人给我指了相反的方向，我沿着那人指的方向找了好久都没找到，路上的人又越来越少，这才急的。”

明舒刚想说话，忽闻树林里有隐约的说话声传来，应该就是曾氏等人，她不再细究，快步赶了过去。

树林静谧，只有一条卵石小道，两侧摆着些石桌凳，路上开着一簇簇的零星野花，倒也清幽雅致。曾氏坐在石凳上，正不好意思地朝着蹲在地上要替自己查看脚踝的卢三娘道：“不用了，三娘子。就只绊了一下而已，可能有些扭到，不碍事。”

卢三娘却温声道：“扭伤可大可小，就怕伤到骨头，还是让我瞧瞧吧。”说着仍坚持要查看曾氏脚踝。

曾氏缩缩脚：“真的不用……”

话音未落，树林里就急步走出两人。

“夫人，娘子，陆状元来了。”卢三娘的丫鬟带着陆徜过来。

曾氏与卢三娘同时转过头来，曾氏见到陆徜自是欣喜，那卢三娘也从地上站起，看着陆徜箭步走到曾氏面前蹲下身道：“阿娘，发生了何事？你伤到脚了？”

曾氏点点头，刚想回答，卢三娘却先开了口：“陆公子，都是我不好，不该把夫人带到林中来。这里路不好走，夫人一时不察绊到地上的石块，险些摔倒，恐怕是扭到脚踝了。”

女子的声音轻柔悦耳，很是动听。

“你是……”陆徜转头望她。

“这是卢家三娘子。”曾氏代为答道，又说，“这和三娘子没关系，是外头人多，我又不擅应酬，就想找个地方避避，三娘子好心扶我进来走走的，没想到我不留神绊到了。其实也无大碍，是三娘子太担忧，才让丫鬟去外头叫人。”

陆徜低低应了声，向卢三娘道了谢，又问：“明舒呢？”

“刚才国公府的孟娘子找她，她便去了。”卢三娘子回道。

陆徜便不再多言，只道：“阿娘，我背你出去吧。”

“不用不用。都说了这伤不碍事，我自己能走。”曾氏忙摆手，又怕他们担心，说话间就站了起来。

陆徜忙起身扶住曾氏的左手，那边卢三娘子也忙伸手扶她，曾氏顺势把右手往卢三娘手背上一搭，却闻她一声痛呼。

“怎么了？”曾氏忙收回手，问道。

卢三娘柳眉微蹙，有些不知所措地低下头，将靠近曾氏一侧的衣袖拉起。

女子白皙无瑕的手背上是几道刮痕。

“怎么受伤了？定是刚才扶我的时候被旁边树枝刮到的，都怨我……”曾氏一见便发出惊呼，心疼地拉着卢三娘的手怪起自己来。

陆徜垂眸，目光也落在她手背上，她双颊绯红，别过头去，道：“不碍事，皮肉之伤而已，夫人切勿怪责自己。”

“先出去吧，回头找大夫瞧瞧……”少女娇羞之态楚楚动人，陆徜却没看到，目光只从她手背的伤口上扫过，语无波澜。

话音未落，便听到小路那头传来熟悉的声音：“阿娘！”

明舒从林中跑出，在离他们十步开外处停下脚步。

前方，陆徜与卢三娘在曾氏左右站着，卢三娘白皙柔润的手正伸在半空，满脸娇羞神色。

这是……什么情况？

“明舒，你慢点儿。”宋清沼跟着明舒出来，停在了明舒身边。

陆徜转头望去，天光透叶而落，有几束偏巧落在明舒与宋清沼身上。

她与他之间，突然间仿佛隔了很遥远的距离。

没等明舒问出口，那边陆徜已经与卢三娘一左一右扶着曾氏慢慢踱了过来。

“阿娘在树林中扭到了脚。”陆徜道出明舒心中所惑，又道，“卢娘子的丫鬟出去找人帮忙，把我叫了过来，我就比你早到一步而已。”

依旧是平静无波的语气，言简意赅地解释着发生的一切。

“阿娘受伤了？伤得重不重？”明舒一听，忙凑到曾氏身边，然而陆徜与卢三娘一左一右夹着人，她压根儿插不上手，只能干着急，像个多余的人。

她盯着曾氏的脚直看，心中很是愧疚，如果一直陪在阿娘身边，就不会出现这种情况了。

曾氏就怕他们对她的脚伤大惊小怪，恨不得跳两下证明自己真的没有大碍，当下便道：“我是真没事……”

话没说完就被卢三娘打断：“都怨我，你把夫人交给我，我却没照顾好她，明舒，对不起。”

她说着眼帘微垂，又是歉疚又是难过的模样，倒似她才是曾氏的女儿般。

这话说得高明，简简单单一句自责，却暗指明舒扔下母亲跑去玩耍，将责任推给了她。两相对比，一个贪玩不负责任，一个却知书识礼陪伴长辈左右，这样的大家闺秀，如何不让人心生好感？

若有外人在场，怕都要暗暗赞上卢三娘几句。

“是我不对，不该扔下阿娘，怎么能怪你？”就连明舒自己也自责不已，像犯错的孩子般。

“与明舒无关，是我把明舒叫开的。”宋清沼忙解释道。

陆徜沉沉吸了口气，压下胸腔里的烦躁，道：“这是做什么？没人责怪你们！”又朝明舒道，“卢三娘子的手扶母亲的时候受伤了，你快扶着母亲，别再让她费心。”

明舒点头要从卢三娘手中接过曾氏：“卢娘子，我来吧。”

岂料卢三娘半点儿没有松开的意思，反而扶得更紧了：“不碍事，还是我来吧。”

几人已经走到小路入口处，前头隐约可见外面的人影，依旧是陆徜和卢三娘扶着曾氏，画面看起来不免惹人揣摩。

见卢三娘不肯松手，陆徜便松了手，道：“明舒，过来扶着阿娘。”

明舒见势方跑到陆徜那头，接替陆徜扶住曾氏，如此一来，便成了明舒与卢三娘扶着曾氏，陆徜跟在明舒身边，宋清沼在前方引路，带他们去国公府附近的花厅小坐。

曾氏前脚刚踏进花厅的门，大夫后脚也就到了。

“我没事，真没事！你们一个个的不必如此大惊小怪，先去替卢娘子看诊吧。”

尽管曾氏一再向众人强调自己真的无碍，但大夫还是坚持替她查看脚伤，不多时，许氏与卢三娘的母亲冯氏也都赶了过来，小小的花厅里顿时挤满了人。曾氏不得不打起精神应酬一众贵夫人的嘘寒问暖，头疼至极。

好容易大夫看诊完毕，总算确定曾氏的脚踝无恙，众人才算放过她，又去关心卢三娘。

曾氏身边暂时只剩下明舒、陆徜与轻摇三人，她抹了抹额上的细汗，看着隔着一个屏风的人影，终于有机会小声道：“我没那么身娇肉贵，从前逃难百里千里的路都咬牙走下来，扭脚算什么？她们怎么个个这么紧张？”

她不能理解富贵人家的做派，芝麻绿豆大的事，还得兴师动众地请大夫？

“阿娘，扭伤了脚可大可小，查清楚些好，否则万一伤到骨头就麻烦了。”明舒安慰她道。

曾氏便又道：“伤没伤到骨头我能没感觉？刚才我就同卢三娘子说我没事，她非让丫鬟出去叫人，还把陆徜给找了来……对了，陆徜，没耽误你正事吧？”

“没耽误，我已经向三殿下说明过了。”陆徜道。

“那就好。”曾氏安下心，“今日这事，你们可得替我谢谢卢三娘子。”

“那是自然。”陆徜满口应下，却又推给明舒，“她是你的朋友，你记得谢谢她。”

明舒歪头斜睨他：“阿兄，她与我结交可不是为着我，醉翁之意啊。”

“所以呢？”陆徜反问。

“其实卢三娘子挺好的，温柔大方又善解人意，家世不错，人生得也标致……”她话没说完，就被陆徜一掌按在脑袋上。

“闭嘴。”陆徜听不下去，眼神不善地盯着她，大有她再多说一句他就要吃人的架势。

明舒假笑一下。

聪慧如她，如何看不出今日这场宴饮的目的，无非是各府夫人凑在一起，替自家儿女相看合适的结亲人选。陆徜这样前途光明又样貌英俊的男子，自是这宴饮之上最肥的那块肉，他的魅力早在游街那日她就已经见识过了。

刚才她陪着曾氏同各位夫人聊天时，就已发现许氏一直在拉近卢三娘的母亲冯氏与曾氏间的关系，话里话外又总提及卢三娘，显而易见是要保媒。她那时尚无多少感觉，可到树林中看到陆徜与卢三娘齐齐扶着曾氏，心中却有些不是滋味了，仿佛他们才是一家人，而她只是个无关紧要的旁观者。

明舒也说不出那是何种滋味，但总归不是开心的感觉，仿佛自己宝贝了许久的东西被人突然抢走般，又酸又涩。然而她也明白，陆徜迟早要娶妻，而她也会嫁人，他们就如同这世间所有的兄弟姐妹般，会各自独立，有自己的家庭，再也不可能像少时那样亲密。

她总要学着习惯。

屏风后又传来说话声与脚步声，大夫替卢三娘看完手，那边的夫人们又要过来。陆徜蹙了蹙眉，道：“你陪着阿娘吧，我要回三殿下身边了。”

语毕，他就在众人驾到前火速出了花厅，半刻也不肯多留。那边卢三娘又与几位夫人一起过来，见陆徜已不在厅内，眼中不由得露出几分失落，然而很快又恢复了笑容，上前和曾氏亲亲热热地打起招呼，又改了口，只唤曾氏“曾姨”，叫明舒作“舒妹妹”，与她们好得像一家人般。

冯氏待曾氏与明舒也越发温和亲近起来，再加上许氏又在旁边将好话说尽，在场的人哪有不懂的，当下便都打趣附和起来。

明舒觑个空隙，悄悄向轻摇招手，二人避人出了花厅。

“说说我离开夫人之后发生的事，”明舒道，“说清楚点儿。”

轻摇疑惑地挠了挠头，回忆道：“你被孟娘子找去之后，卢三娘子就一直陪着夫人，当时四周找夫人说话的人很多，正好又走到一株名贵的牡丹前，各府夫人娘子凑在一起赏花。我原本跟在夫人身后，可不知被谁推了一下，就被挤到了人群外。我心道那就在外头等一等，待人散之后再跟上夫人，却不想人群散开后，夫人与卢三娘子都不见了踪影。我在附近找了一圈也没瞧见人，就找了个宋家的丫鬟问，那丫鬟同我说，好像看到夫人与卢三娘子往鹤飞石去了，我才往鹤飞石那头去找，谁知道竟然是相反的方向。”

她说话间露出委屈的表情，作为贴身丫鬟，连主子都能跟丢，这太失职了。

明舒又问她：“你记得宋府那个丫鬟的模样吗？”

轻摇点头：“记得，穿着打扮和宋府普通丫鬟一样，圆脸蛋儿，模样普通，个头和我差不多，左边脸颊上有两颗细细的痣，耳朵上戴着银葫芦耳珰。若是我见了定要问问她，为何给我指了条错路。”

“行了，我知道了。你进去陪着夫人吧，不要再离开她。”明舒道。

那边正巧宋清沼送完大夫回来，明舒站在廊下冲他招手：“宋公子。”

“明舒？”宋清沼几步走到她面前，疑惑道，“你怎么站在外头？”

明舒摇摇头，不解释，只道：“宋公子，我有件事想请教你。”

“不是让你别再喊我宋公子？”宋清沼不满她的生疏，又问，“何事？你只管说。”

“贵府可有一位丫鬟，大约这么高……”她比了个高度，“圆脸，左脸上有两颗细小的痣，今日耳上戴着银葫芦耳珰。”

这可把宋清沼给难住了：“我家里的丫鬟……有些多，我平日没有留意过她们，你说的这个人，我……”

他想不出来。

“不碍事，我自己找吧。”明舒不为难他。

“你等会儿，我把负责丫鬟的管事给你找来，你问问她也许会知道。”宋清沼很快道。

不到一盏茶时间，宋府的管事嬷嬷就按明舒的描述把那个丫鬟给找了出来。

那是国公府的三等丫鬟，名唤杏香，今日被安排在百花园中当值，负责给过往宾客引路等粗浅事宜。明舒找到她的时候，她正在百花园内低头摆弄手上的一枚戒指。

“有劳嬷嬷了，您先忙吧。”找到了人，明舒就不再麻烦管事嬷嬷了。

宋清沼朝管事嬷嬷点点头，她便应声退下。宋清沼陪着明舒站在一旁，不解道：“你找她做什么？她可是做错了事？”

明舒不答，只古怪地看了宋清沼一眼，道：“肉太香，惦记的人多，保不齐里头有一两个生了坏心思。”

觊觎她阿兄可以，若真心喜欢，便正大光明来求，成与不成全凭缘分，她自然是祝福的，不过若是动了歪念头，把内宅那些肮脏手段使到她家来，还要利用她母亲……

她要保护陆徜。

第三十八章 满堂可生辉

曾氏被人设计扭伤脚这一环，并不难猜。

明舒初时只顾着急母亲，并没多想，事后冷静回忆，便品出几分不对劲来。首先卢三娘的丫鬟出树林找人求助时直接找上陆徜就很古怪，宋家在百花园可以说隔个四五步就安排了一个下人，她要找人帮忙，应该就近找宋家的下人才对，再通传主家好做应对，何必舍近求远绕了一大圈去找当时根本不在树林外的陆徜？

这分明就是卢三娘想接近陆徜，利用他的孝顺给他下的套。

若只是如此，倒也罢了，小娘子想接近心上人也无可厚非。然而轻摇却说她被人从曾氏身边挤开，找曾氏的时候又被人指错了路。如果这些也是被人设计好的，那足以证明从一开始，卢三娘就处心积虑要利用曾氏来达到自己的目的，先将曾氏带入小树林，又支开轻摇，再找机会引陆徜前来，制造这一段相遇，既可博得曾氏的好感，又能取得陆徜的感激，最关键的是，她比别家小娘子都快一步接近了陆徜。

如果一切都是预先设计好的圈套，那么曾氏的受伤就必不是意外，而是人为预谋，因为只有曾氏受了伤，才能有后续的发展。

小娘子为自己的婚事筹谋，耍些无伤大雅的心机在明舒这里并没什么，但若是利用她母亲，甚至不惜让曾氏受伤，就为了制造那一点儿博取好感的机会，明舒是万万不能认同。很多时候事情由小至大，今天她可以为了见陆徜利用曾氏设下圈套，那改天当她有更大的欲望时，为了一己之私便会做出更可怕的事。

曾氏虽然是个通透豁达的人，但这辈子没经历过内宅争斗，根本不是卢三娘子的对手。如果阿兄真的娶了个心机深沉不择手段的女子，而她又不在家中了，这平静和睦的家宅不知会变成什么模样。

“看不出来，你年纪小小，竟反过来操心你兄长的婚事。”宋清沼听完明舒的解释，失笑道。

故意指错路的小丫鬟既然已经找出来，明舒也没费多少工夫，就从杏香嘴里问出了当时的情况，毕竟买通她的戒指正在她手里攥着，又有宋清沼在旁帮忙，做贼心虚的杏香哪招架得住，转瞬间就全都交代了，确实是卢三娘的小丫鬟悄悄给她塞了戒指，让她伺机引开轻摇。

这事若搁别人家，即便有些怀疑，但到底是在他人府上做客，一般也不会细究，也就明舒因着曾氏的伤较起真来，又涉及兄长亲事，不得不认真以对。

“他的心思，从前放在读书上，现在放在公务上，根本就没想过婚事，阿娘又管不住他，我这个做妹妹的，更干涉不了他，能做的也就是替他多长个心眼儿。他要真看中了那卢三娘子，我也反对不了，无非是把我看到的都告诉他，让他自己决定罢了。”听完宋清沼的话，明舒摸着那枚戒指回道，语毕又有些不好意思，觉得自家家事麻烦到了他，又道，“今日这事要是没你帮忙，我还真查不清楚，多谢你了。”

“曾夫人在我府中做客，却因为我家下人而受伤，这件事我们家也难辞其咎，帮你也是帮我母亲肃清内宅。只不知这事你打算如何处理？要找她对质吗？”宋清沼问道。

明舒继续摩挲手中戒指道：“不用，聪明人不必明言，若撕破了脸面反而难看，还要你母亲为难，毕竟……你母亲是想保媒的吧？”

“多谢你体谅我母亲，她也是一片好心，可惜识人不清。这件事我会另找机会告诉她，免得她继续被蒙蔽。”宋清沼道。

明舒点点头：“那也对，是要同许姨说清，以免日后再被利用，多生事端。”

卢三娘之事暂告一段落，两人正慢慢往回走。宋清沼与她聊了这许多，不免感慨：“你们兄妹二人，倒是时时刻刻都替对方着想，你帮你阿兄掌眼，你阿兄也……”

“我阿兄怎么了？”明舒回望他。

宋清沼长长地吐出口气，止住了话头。

“没什么。”他收回话题，又道，“明舒，你对过去真的毫无印象，一点儿都记不起？”

“记不起，我刚醒的时候，连母亲和阿兄都认不出。”明舒惆怅道。

“陆徜和曾夫人，你也不记得？”

“嗯。什么都想不起来。”明舒点头。过去像一纸空卷，不见半点儿痕迹。

宋清沼看出她的失落，斟酌片刻，忽道：“明舒，其实你有没有察觉……你和你的兄长、母亲，不太一样。”

他很难去描绘那种感觉，明舒和陆徜、曾氏的感情虽然十分融洽，可许多的细枝末节却又让他觉得，明舒与他们有很大区别。诚然，曾氏很好，陆徜也很优秀，但环境对人的影响是不可忽视的，一个普通家庭，很难培养出一个像明舒这样的孩子。

“你想说什么？”明舒猛地收起笑容，宛如刺猬。

宋清沼察觉到她的抗拒，便道：“没什么。”

明舒亦不再接这个话题，只是情不自禁地摸着腕间金镯——刚醒的时候，她也和宋清沼有着同样的疑问，但是那么好的母亲，那么好的兄长，她不愿多想。

午宴过半，卢家三娘子借口更衣离席，带着丫鬟往偏厅去了，可走到分岔路时，却又换了方向。

“消息可准？”卢三娘边走边问丫鬟。

丫鬟道：“千真万确，都按娘子的吩咐，让人在前院盯着，消息是从陆状元身边的来安那儿打听来的，再准确不过。陆状元因为陪三殿下多饮了两杯，正在寻风轩小憩，落了单，娘子现下赶过去，应该能与陆状元遇上。”

卢三娘满意地点点头：“做得好。”

丫鬟谦虚了一句，又不解道：“可是娘子，陆徜虽是状元郎，可家世平平，您何必费这么大力气接近他？”

“你懂什么？按着父亲的意思，儿女婚姻不过牟利之器，多半是挑家不挑人，就算嫁进高门大户也不见得可心，还不如这状元郎。他家世既普通，成亲必定敬我一头，家中母亲又好拿捏，一个妹妹虽然有些小聪明，却不足为患，将来内宅还不是我一人独大？陆徜又有真才实干，不愁他没个好前程，到时候就是我的出头之日。”

“就算如此，夫人已经替您谋划，老爷对陆状元也颇满意，这婚事只要他们点头自会为您出面，您为何还要……”

为何还要这般主动？

“还不是因为陆徜这人性情孤高冷淡？我听人说他的婚事，谁都拿不了主意，除非他点头。先前在金榜前还假借已有婚约回绝过众人捉婿，是以就算有父母替我筹谋，可若陆徜不愿意，我家还能强迫他？少不得我花点儿心思，叫那陆徜对我死心塌地。”卢三娘一边说一边扬起得意的笑容。

小丫鬟恍然大悟，指着前头四面无遮拦的小轩馆道：“娘子，那儿就是寻风轩了。”

轩馆四面种着芭蕉，蕉叶掩映之下，馆内情景隐约可见，果然有人坐在湘帘内休憩，帘外站着个人，正是陆徜的小厮来安。

主仆二人绕过芭蕉，小丫鬟扶着卢三娘假意道：“娘子，您留神脚下，这儿有个小轩馆，咱们走了半天，不如进去歇歇？”

卢三娘细细应了声，与丫鬟迈进轩馆，先瞧见来安，很是诧异，刚要道声巧，目光一转，却见那湘帘内坐着的并非陆徜。

明舒拿手支着头，笑吟吟地看着她：“卢三娘子，好巧啊。”

卢三娘脸色微变，倒还沉住了气，可她身边的丫鬟却没忍住：“怎么是你？不是陆……”

“小玉！”卢三娘重喝一声，阻止了丫鬟的话。

“你以为是谁？”明舒挑挑眉，又朝来安道，“去吧，我阿兄身边还要你照应。”

来安应了声，飞快地走了。

卢三娘猛然醒悟，自己中计了，脸上顿时一阵红一阵白，她太小瞧这个陆明舒了。

明舒笑意不减：“我瞧卢三娘子脸色不大好，不如坐下歇歇？”

“不了，既然陆娘子在这里小憩，我们还是不打扰你了。”卢三娘勉勉强强道，她虽有些城府，但到底面嫩，被人识破心机，正满心羞愤，恨不得马上离开。

“这么着急？不是走了半天，要进来歇脚？我不怕吵，在这儿干坐着也无趣，正好与你说说话。”明舒道。

卢三娘瞧她懒洋洋坐着，双眸清透如视人心，越发衬得自己像个跳梁小丑，心中羞恼至极，道：“不了，我只是出来更衣迷了路而已，这么久不回去恐我阿娘担心，先走一步。”

“真可惜，还以为能与卢三娘子多聊几句呢。”明舒不再多留，只是在卢三娘转身之时又叫住了她，“卢三娘子稍等，你我相识一场，我有样东西想送你。你可接好了。”

卢三娘转身，只见明舒信手掷来一物，扔进她怀中。

她定定神，拿起那物一看，脸色顿如打翻酱料铺子般精彩。

不是别的，恰是她拿去买通宋府小丫鬟杏香的那枚戒指。

是夜，席散，国公府恢复平静。

宋清沼趁着陪许氏用晚饭之机，把白日里发生的事一说，许氏果然拍案大怒。

“岂有此理，卢家那丫头竟然在我府中行此下作手段！枉我以为她是个心思纯良的孩子，没想到素日里都是装出来的，真是可恨！”许氏生平最恨这等玩弄手段的人，当下气得不行，“赶明儿我就找她母亲说去！”

“母亲，这事明舒既然已经不追究了，就别辜负她一番心意，闹开了对三家都没好处，反生嫌隙，日后多注意些就是。”宋清沼劝道。

许氏还不解气，令人将吃里爬外的杏香拿住发落，才算稍稍消了气，又道：“明舒那孩子倒是个识大体的，虽说家世平平，但人品着实不错，难得你也喜欢，这门亲我与你父亲商量过，可以结。你看呢？若是可以，这几天为娘就打发媒人上门。”

令人意外的是，宋清沼摇了摇头。

“母亲，不急。”他有预感，现在去提亲，十有八九不会成。

“不急？你可知现在陆明舒在京城有多抢手？状元郎的亲妹妹，还是尚书令的亲闺女，想娶她的人，多如过江之鲫，再晚就被别人娶走了！”许氏被他气笑。

说喜欢陆明舒的是他，现在父母松口了，他倒不急了。

“不妨事，再等等。”宋清沼坚持道。

许氏气得头疼：“你这孩子，我是管不了你了！管不了了……”

宋清沼告罪离开许氏屋子，叫来自己的亲信。

“你亲自跑一趟江宁县，替我查查陆徜的底。”

夜色撩人，粽香四溢。

陆家的端午宴并没因为去了趟国公府而被取消，这小家宴被安排在了庭院里，曾氏、陆徜与明舒三人正围着一桌子菜小酌。

桌上除了各色菜肴外，还有曾氏亲手用各种不同的馅料包成的角粽、锥粽等，每颗粽子都不大，剥开后米粒莹润，清香诱人。一颗粽子切作三份，三人分食，每种口味都能尝到，却又不至撑到。

曾氏白天在国公府应酬累了，坐了一小会儿，就让轻摇扶着回屋去歇下。倒是明舒白天在国公府吃得不多，回到家中敞开肚子吃了个尽兴。

“还是在家里吃饭舒坦！”她感慨道。

陆徜拈着青瓷酒盅，自斟自饮陪着明舒，看她吃了个七八成饱，才开口：“今天在国公府玩得开心吗？”

“一点儿都不！”她耗心耗神还耗力，哪里开心了？

“是吗？我瞧你连来安都叫走了，以为你玩得特别开心。”陆徜道。

明舒正戳了第四个粽子要吃，闻言放下已经送到嘴边的粽子，道：“怎么什么也瞒不了你！”

衣袖滑下手腕，露出右腕上的五彩长命缕，陆徜微醺，盯着那条长命缕看。

“你想瞒我什么？”

明舒坐到他身边，道：“阿兄，你该不会怪我搅黄了你的亲事，赶跑了你的美娇娘吧？”

“我要是怪了呢？”陆徜半眯眼眸。

卢三娘的心思，他怎么看不明白？只是当时不便计较，才远远避开罢了，没想到明舒倒替他出了手。

“你怪我我也要赶！”明舒将筷子重重一撂，凶道，“我不喜欢那个卢三娘！你不许同她来往！”

不知为何，陆徜觉得有些开心：“你为何不喜欢？”

“因为她人品不端、心术不正，不宜为妻。总之我不同意，也不会认这个嫂子，你要是看上了她非她不可，我就……”

“你就怎样？”陆徜反问。

“我就和你断绝兄妹关系！”明舒抛出最重的话。

不想陆徜却道：“好啊。”

求之不得。

“……”明舒足足愣了五口粽子那么长的时间，才反应过来，“阿兄……你……你好狠的心！”

陆徜低声笑了。

明舒久未见他露出这样的笑容，便直盯着他看。

陆徜笑够之后方道：“你不喜欢的人，我就不理会了，可好？”

明舒终于高兴：“这还差不多。”

她又挨近陆徜一些，道：“阿兄，你别愁，你的亲事有我替你把关，肯定替你找个更好的。我今天都打听了，贾家的娘子温柔，刘家的娘子飒爽……”

“够了！”陆徜的好心情被她坏了一半，“你就这么迫不及待想让我娶妻？”

“金榜题名时，洞房花烛夜，最是人间得意事。阿兄已经完成了一半，难道不想完成另一半？”

“想。”陆徜盯着她。

明舒的心脏漏跳一拍。

“但我的妻子是谁，得我说了算，你挑的这些，都不算，别白费工夫。”

“你还惦记着那个江宁县的小娘子？人家指不定已经嫁人了！”

“没有，她没嫁人。”陆徜饮尽杯中酒。

“你若确定，那就回去找她！”

“好。”

“啊？那你几时回去？”

“快了，就快了。”

五月转眼已尽，六月入伏。

新铺落成，满堂生辉。

不知为何，明舒很喜欢“满堂辉”这个名字。

一听到这个名字，她脑中就会出现金光璀璨满堂生辉的画面，仿佛堆满黄金。她对黄金有着近乎固执的偏爱，所以当她想在满堂辉的柜台摆上金器时，遭到了闻安和殷淑君的一致反对。

作为世家千金，闻安和淑君看过的珍宝不知凡几，看的不是翡翠玉石就是古董玩件，哪能看得上金器？

庸俗，肤浅！

然而这两人的反对并没起到作用，明舒力排众议拿定主意，通过陶以谦的关系，借他的金铺匠人定了一批金饰。金饰的图样，明舒从决定开铺之日起就已经开始琢磨。这段时日通过闻安、殷淑君乃至许姨，她已经见了不下百位汴京贵夫人，大致摸清了京城盛行的饰品风格与众娘子们的喜好，这才下笔画图。

第一批金饰以簪钗珰镯为主，并没成套的大件头面，但件件精巧，以工艺取胜，再辅以珍珠、宝石、翡翠等作点睛之笔，与市面上常见的黄澄澄、沉甸甸的金饰大相径庭。

每一件，都是明舒的心血。

这批金饰除了每一件都由她亲自设计图样外，后续制作也皆由她亲自督造，因为成本关系不能大批量打造，故每一款金饰数量不超三件，物件上又刻了编号，多一件都没有。除了女子饰品外，明舒还另打了一批累丝火镰套、蹀躞带扣与赤金首饰盒。看到这批金器，就连最挑剔的闻安也说不出话来，饰品尚好，但那火镰套却着实让她爱不释手。

隔天，闻安就挑了几件精巧的金饰送给母亲和常与郡王府来往的几位夫人，那边殷淑君也挑了几件送进宫去给淑妃娘娘，许氏那头也收到了明舒送去的礼物。这些饰物经由诸位贵人一戴，便入了世人之眼，很快就有人打听饰品来历，满堂辉尚未开张，其名已悄然传开。

及至满堂辉开张，虽谈不上客似云来，却也迎来诸多汴京贵人，那可都是手上有钱也会花钱的大主顾。不过铺里的金饰数量不多，每款三件售空后就没了，若想再要，只能预订。当初只是碍于成本不做量产，没想到竟误打误撞形成物以稀为贵之态。

此外，也有不少男子看中了火镰套与蹀躞带。然而明舒出了损招，这火镰套与蹀躞带不能直接买，需得在铺中买满一定件数或一定金额的物品后，才可购入。如此一来，男人为了这两样小玩意儿，不得不给家中妻女采买大量金器。

开铺三日，满堂辉的订单工期，已经排满三个月。

明舒摸着算盘，点着订单，笑得见牙不见眼。

金器虽俗，可千百年来却长盛不衰，自有它的道理。所谓大俗既大雅，一件物品，能做到雅俗共赏，才是上乘。

这间铺面在汴京最繁华的街道上，铺内隔成内外两间，另外还有个存货的小仓库。外间用来陈列物品，后面则是明舒平时在铺子里休憩并接待贵客的雅间，毕竟若是有贵人前来，自要将人迎进雅室好生招待。

这日时间渐晚，天色微暗，街巷上过往行人慢慢少了。明舒清点完订单，排好货期，做完当日账册，正等着陆徜退衙顺路来接自己回家。门口的铃铛发出两声清音，有客上门。

明舒并未外出，店铺守在外面的伙计已殷勤地上前招呼客人。

“公子好，公子里边请。”

上门的客人竟是个男人？

明舒站在珠帘后，朝外头张望两眼，瞧见一个人影驻足在门口的绣屏前，又听他夸绣屏绣工精湛。那是曾氏所赠的绣件，被制成了四扇绣屏摆在店中作为门面，自然是难得的佳品。

明舒暗道这人识货，未免多看他了几眼——这男人个头儿不算高，身形清瘦，声音也温温和和，倒像个秀气的富家小公子。

正这么想着，绣屏前的人拐过绣屏走到店内，伙计手脚麻利地倒来茶水招呼他。店内招呼客人这种活儿，是不需要明舒亲自出面的，她便打算走回案前继续忙自己的事。

岂料那人却开口问：“你们掌柜可在？”

伙计回他：“真不凑巧，掌柜的正在忙。公子有事可以先吩咐小人。”

男人也没纠缠，仍好声好气道：“那便将贵店的金饰都取出来让我瞧一瞧吧。”

伙计顿了顿，刚要回话，却听他又道：“最近贵店的金饰很是紧俏，许多人想买都买不到，主子命我前来替他定一批金器送给夫人们。”

这一听就是来了大买卖，伙计大喜，忙问道：“不知府上是……”

“鄙姓唐，是替豫王办差的。”

只闻珠帘脆响几声，明舒掀帘而出。

“你下去吧，这里我来招呼。”

伙计应声退下，唐公子转身，朝明舒微微一笑，抱拳行礼。

不是别人，正是女扮男装的苏棠璃。

“苏娘子，里边请。”明舒请她入内。

“你还是叫我‘唐离’吧，我不习惯‘苏棠璃’这个名字。”唐离道。

“唐公子如今跟着豫王办事？”明舒并没在称呼上坚持，只将人引入后堂，边烧水煮茶边不动声色地观察她。

她仍旧着男子装扮，并未换回女装。比起在松灵书院时，她脸上唯唯诺诺的神色已经消失，取而代之的是浅淡的笑意，目有精光，如同从冬眠中醒来的蛇。

唐离颔首，道谢后接下明舒递来的茶，道：“托福，现下确是跟着豫王殿下办事，今日前来是代殿下为府中的宠姬挑些金器。”

明舒点点头，让伙计把金器送进后堂。

伙计将铺中金器现货以红绒盘托入后堂，放到唐离手边，任其挑选。唐离却只一眼扫过，便摇了头：“这些太普通，我瞧着其他府上的娘子戴过几件时新的首饰倒很不错，还有些爷们儿喜欢的小玩意儿，怎都不在其中？”

明舒使个眼色，伙计便抱来一本册子递给唐离。

“我铺子里的金器现货存量已经不多，你看中的那些，怕是已经售罄。这里是敝店的图册，你瞧瞧看中的是否在图册中。图中的都可以订货，只不过工期要排到三个月以后，不知贵府可等得？”

唐离翻了两页，就已露出笑容：“等得起。”

语毕，她将挑中的款式逐一指给明舒，明舒便取出纸笔，替她写好订货字据，算清定银。

可别说，这真是笔大买卖，唐离一下子挑中了七件金器，光三成定银就付了五百两银子。她给得干脆，二人在后堂结过银两，交付字据，半点儿不谈其他事，倒似真的只是买卖双方。

直到办妥一切，唐离起身告辞时，方道：“听说贵店的金器都是陆娘子亲自画图造样，连匠人们需采用何种制金工艺，都与陆娘子商讨决定，陆娘子好生了得。”

“过奖了。”明舒淡道，起身送她出去。

除了买卖上必要的应酬，她并不多愿同唐离打交道。

唐离却边走边说，貌似闲谈：“也不知陆娘子是从何处学得这一身本事？我真是好奇得很。”

这个问题将明舒问住。

很多认知在她脑海中似乎并没来源，她也不知道自己为何会了解这些。有些事，遇到了她才突然意识到自己竟然知晓，比如制金，比如开铺，比如与各色贵人应酬周旋……她习惯乃至熟悉的这些事，在曾氏和陆徜身上，通通找不到来源。

门外又传来声铃音，明舒才回过神来。

“陆大人。”伙计招呼道。

“明舒呢？”陆徜的声音与脚步一同响起。

还没等伙计回答，陆徜就已经绕过屏风，看到明舒与唐离站在铺内。他目光扫过唐离，唐离含笑行了礼："陆大人。"

陆徜没有回礼，只冷冷地"嗯"了声，然后走到明舒身边道："能回了吗？"

那边唐离也开口告辞："事情办妥，在下先告辞了，陆娘子止步，不必多送。"

语毕，她就离铺而去，明舒方回答陆徜："再等我一会儿，我收拾收拾就能回。"

"她来这里作甚？"陆徜却盯着唐离的背影问道。

"来替豫王采买几件金器送给他的姬妾。这唐离也是了得，借着谢熙攀上豫王，我本以为她会成为豫王姬妾，但今日看来，却是不像。"明舒拉着他进入后堂，边走边道。

当初听闻安说起唐离之事，她们皆以为唐离靠着美色蛊惑人心进了豫王后府，但如今看来，她们都小看唐离了。

"她是豫王幕僚，也算姬妾，只是没有名分。"陆徜冷冷道，"豫王和三殿下不对付，眼下储君未立，料想朝中会有一番争斗，你不要接近她。"

"生意上门，我这当掌柜的岂能将人拒之门外？再说了，朝堂之争与我有什么干系？我是个正儿八经的商贾，还能管得着那上头的事？"明舒不以为然道，转身又从多宝格上取下一件长匣。

"朝堂之争与你没关系，但与我有关，与陆文瀚有关。"陆徜沉声道。

虽然没有认回陆家，但这层关系已经人尽皆知，在外人眼中，他就是陆文瀚的长子，并且是唯一一个入了朝堂的儿子。一环牵一环，复杂朝局之下，想独善其身是件艰难的事。

"我晓得，不会给你们添乱。"明舒叹道。

"我不是担心你给我们添乱，我只是怕……"陆徜欲言又止。

他怕的是，牵连到明舒。

两派相争，三皇子这边的动静很难瞒豫王太久，他暗查江宁府简家之案，恐怕豫王已得到风声。这桩案子涉及江宁多名官吏，已属近年来的大案要案，圣人对此案极为关注，若真被查出这案子仍有蹊跷，届时怕是要交由大理寺、刑部与开封府共审，而三皇子作为新任开封府尹，此案对他关系重大。

“怕什么怕，兵来将挡，水来土掩，阿兄别杞人忧天。”明舒打开匣子，从里头捧出一条崭新的蹀躞带，又道，“快来看，我给你的礼物！明日你就调到开封府供职，我祝阿兄前程似锦，官运亨通！”

圣人已经下旨，三皇子赵景然接任开封府尹，赵景然向圣人请旨，将陆徜调往开封府出任少尹，为三皇子协理府务，今日是他在翰林院当值的最后一天，而开封府少尹之位，是陆徜的第一份实职。

陆徜回神，望向她手中之物。

那是条牛皮做的蹀躞带，带钩为玉，带身镶有雕花赤金片，其下坠着几样事物，其中就有明舒亲自督造的火镰套，极为精致。

“带上试试？”明舒道。

陆徜看了看，并没接下，只是展开双臂，道：“你帮我。”

“你倒在我面前拿起官威来了？”明舒虽然口中抱怨，还是认命地站到他身前，将蹀躞带伸过他后腰再绕到身前。

“这个松紧度可妥？”她边收带边问他。

“可以了。”陆徜的声音从她垂着的头上传来。

明舒帮他扣上带扣，将两侧所坠之物一一理好，无比满意地盯着陆徜。

如今陆徜周身上下所有的饰物，均是她一手打点的，可再不是刚进京时那清寒的模样了。

她的阿兄，必要风风光光，不许输给旁人。

“好看！”她高高兴兴地抬起头，岂料陆徜亦正垂头看她。

目光交汇，陆徜眼中情意，如海浪翻涌而来，顷刻淹没明舒。

明舒从未见过这样的陆徜，似乎被吓着般倒退半步，撞上桌案，陆徜伸手扶住她的腰肢，沉声道：“当心。”

这动作本也没什么，但今日，明舒却无端地觉得心惊肉跳。

阿兄似乎有些不同了……好像就从端午那夜起……

他变了。

翌日，一道身影快马加鞭掠过官道，驰入汴京城。

宋清沼派往江宁的人回来了。

第三十九章 月下人不语

六月的正午，阳光炽烈如火，街上行人稀少，屋外树上蝉鸣不歇。明舒摇着扇坐在满堂辉的后堂午歇，手边是盏冰过的卤梅汁，还有盘瓜果点心。铺里没有客人，伙计也在外头悄悄打盹。

开张初期的忙碌已经结束，满堂辉的生意渐入正轨，走的是精金良玉的路线，上门的多是富贵之家，平日里客人不会太多，明舒已经整理出一批首饰样品，留待日后定期送到各府上供人挑选。

毕竟这些贵夫人与小娘子不常出门，那就要他们这些买卖人勤快些，多走动走动了。

做生意，明舒从来拉得下脸面。

门口铃铛被人撞响，明舒眼皮动了动，没睁，听到外头伙计招呼客人。

来的是位娘子，声音细细柔柔的，仿佛不好意思开口般，细声道："我……不是来买东西的。听人说，贵铺的掌柜，还接一些内宅女子的私案，我……我是有求而来。"

后堂的明舒猛地睁开眼。

"请她进来吧。"珠帘后传出没睡醒般的懒散声音。

伙计便将那娘子带到珠帘前，替她掀起帘子，道了声："请。"

那娘子狐疑着踱步迈入后堂，左右张望一番，忽见高案后斜倚圈椅而坐的年轻女子，她穿着杏色宋抹，外罩水绿褙子，摇着柄蒲葵扇，正笑吟吟地推了杯新倒的卤梅汁过来。

"快坐下，外头天热，喝杯香饮解解暑。"明舒道。

冰过的卤梅汁给瓷杯挂上了水珠，看着就清凉解暑，那娘子咽咽口水，小心翼翼地坐到明舒对面，道过谢后端起瓷杯一饮而尽，露出个畅快的表情。

“我就是满堂辉的掌柜，姓陆。不知小娘子如何称呼，找我所为何事？”明舒又给她倒了一杯。

“我姓柳，柳婉儿，家住马行街北。”

“柳娘子家里行医？”明舒问道。马行街北，乃是医铺药铺汇聚之地。

“算是吧，不过已经是几年前的事了。我父亲是小儿产科郎中，我母亲是稳婆，但他们一年前相继过世，我没本事，学不到父母皮毛，医铺无人承继，已经关门。”柳婉儿看起来有些紧张，一直紧紧地捧着瓷杯。

明舒又问：“原来如此，那柳娘子找我是为了……”

“我想……想找我的亲生父母。”

明舒扬眉，静待后文。

柳婉儿取出一方旧丝帕，珍惜地抚了抚，小心地摊平在桌上，又自颈间褪下一件长命锁，压在了丝帕上。

“我是柳家养女，十七年前尚在襁褓之时，被人遗弃在柳家医铺前，当时身上就戴着这件长命锁，襁褓内塞着这方丝帕。”柳婉儿目光落在旧物之上，面现忧伤，“养父母待我极好，他们在世之时，我并不愿寻找亲生父母以寒二老之心，如今二老故去，我又着实想求个答案，不为别的，就想知道自己根在何处。不知陆掌柜可愿帮这个忙？我懂规矩，这是酬金。”

她说话间从腰间摸出一张银票展开，双手恭恭敬敬奉到桌上。

明舒低头望去，这是张二百两的银票，可能是这个医户女儿的全部积蓄，也许是她养父母留给她的嫁妆银子，她伸出手，拿起的却是那件长命锁。

这是小儿常佩的赤金长命锁，虽然不过婴儿拳头大小，却是实心的，锁下坠着五只小铃铛，锁身纹样很精美，一面雕铸着栩栩如生的仙童奉桃图，另一面刻着云纹环绕的“长命百岁”四个字。

明舒再看那方旧丝帕。丝帕乃是素绡所制，已经泛黄，上面沾着些陈旧污迹，帕角绣着簇绿兰并一个“蕙”字，针法平平，可见绣工普通，然而布料名贵，像是富贵人家的女子自己手绣的私物。再加上那件长命锁，两件物品似乎都大有来历，不像寻常人家的所有物。

“只凭这两件东西，线索太少了，这事又发生在十七年前，更不易查。”明舒道，“除了这两件东西外，当初的襁褓与随身衣物呢？”

“早几年家里失过一次火，这长命锁因为一直戴在我身上，帕子则是我养母抢出的，所以幸得留存，襁褓与随身衣服却都来不及……”柳婉儿叹道，眉间锁愁，“我也知道我有些强人所难，但我实在是太想寻找答案了，陆掌柜人脉广、见识多，也许能打听到什么消息，您能帮帮我吗？”

明舒看着长命锁不语。

满堂辉开铺已经大半个月，情况与她当初的设想别无二致，上门的主顾除了买金饰外，也有一小部分是来找她排忧解难的，只不过这些找过来的内宅女眷多数要她帮的是跟踪丈夫寻找外室，或者查丈夫是在哪个青楼小馆有相好的姑娘……明舒对这些着实提不起兴趣，便暂时以新铺开张太忙碌一一婉拒了，只待往后有时间了，培养两个得力的助手来解决这类琐碎案子。

柳婉儿这件事，说新奇也不新奇，但就是线索太少了，叫人有种无力着手的感觉。

“柳娘子，我便直说了，这件事不好查，事隔十七年，收留你的养父母又都已过世，人海茫茫，单凭这两样东西，能查到的可能性很低。”明舒才说完前半段，就看到柳婉儿露出失望神色，于是又道，“这样吧，银票你先收回去，长命锁与丝帕你放在我这儿，我替你去打听打听，如果有消息，我通知你。酬金方面，等有了确切消息再说吧。”

长命锁和丝帕应该都出自富贵之家，她能做的，也就是将这两样东西送到要好的几个大户人家去问问，看能否问出来历。

一听明舒没有完全拒绝，柳婉儿立刻松了口气，露出腼腆的笑容来，起身道谢，又非要留下那张银票。明舒执意不收，二人推让了一小会儿，柳婉儿才收回银票，千恩万谢地离开满堂辉。

待她走后，明舒提笔写了封信，又取来木匣，将长命锁与丝帕一起装入匣中，连信一块儿交给铺内跑腿的小伙计，让他先送去郡王府给闻安。

做完这一切，她伸了个懒腰，又倚在圈椅上，小口啜起卤梅汁。

这天，可真是越来越热了。

日落时分，晚霞铺满天际。

陆徜忙完一日公务，正打算要退衙，外头匆匆进来一人，朝他拱手行礼，又递上一封书信。

“大人，江宁回来的加急密信。”应寻面无表情道。

陆徜调到开封府后，原来的少尹就被调任他处，应寻成了陆徜的下属。

“拿过来。”陆徜从桌案后抬起头，接过应寻递来的信，以刀裁开，抽出信纸逐字细看。

一边看，他的唇角一边缓缓勾起。

简家失踪的周姨娘已经有下落了，派去江宁的人来信询问下一步计划。

他看完信，又坐回桌案后，重新研墨提笔。

既然人已经找到，就想个办法提来汴京。

待他斟酌细思写完信后，天色已经彻底暗下，他将信装好，以蜡封口后交给应寻，让应寻速将信寄出，直至应寻领命而去，他才收拾书案，匆匆出了官署。

外头已是星斗满天。

他约了明舒要带她去逛州桥夜市，如今已然过了约定的时辰。

明舒第三次站到满堂辉的店门外，左顾右盼。

这都什么时候了？她已在这儿等了一个多时辰，阿兄还没来。

伙计瞧她脸色不妙，站在铺里不敢吱声。

只闻铃铛重重一响，明舒摔铃回铺，一边气他迟到，一边又想是不是官衙那边发生了急事把他牵绊住了。

正胡思乱想间，铺门口的铃铛又响，伙计脸上一喜，唤了声：“陆大人。”明舒转头，果然看到陆徜急步进铺，额上见汗。

“对不起，衙里临时来了公务，所以耽搁了。”陆徜看到她就先道歉。

明舒的火气向来来得急，也散得快，瞧他这火急火燎的模样，哪里还埋怨他，一边倒了杯茶水给他，一边把自己的帕子塞进他手中。

“擦擦汗吧。”她道，“公务缠身，你让来安过来说一声，咱们他日再约就是，何必急匆匆赶过来？州桥又不会消失。”

“答应你的事，不能爽约。”陆徜饮尽茶，拭干汗，将脏帕塞进自己袖中，又道，“州桥夜市至三更方歇，越晚越热闹。走吧，带你打牙祭去。”

明舒眉开眼笑地跟着陆徜出了铺子。

从朱雀门到龙津桥，再偏东而行便到州桥，州桥南面一带是各色吃食摊贩，越晚越热闹，尤其在这闷热的夏日，白天百姓不愿出门，入夜才趁着暑热散去之际出门游逛。明舒来汴京大半年，还没见识过这州桥夜市的热闹，神往已久，难得陆徜开口要带她来，她怎不开心？

二人到了一看，这夜市果然人声鼎沸，灯火通明，烟火气息缭绕。明舒深吸口气，竟从这烟火味中品出酸甜苦辣咸等种种滋味，魂儿都要跟着飘走。

“好饿，我好饿。”明舒拉着陆徜的衣袖可怜巴巴地道。

“你看中什么，咱们就吃什么。”陆徜道。

明舒大喜，阿兄不管东管西，她最开心，可以敞开肚皮吃。

不过这州桥夜市是个食饮聚集地，林林总总上百道的美食仿佛待选的妃子，都等明舒临幸。明舒在饮食上虽然挑剔，但到了这样烟火四溢之地，她早把架子放下了，什么都想尝，什么都想试。

“老板，给我一份就够了。”明舒也乖觉，每样饮食，只问老板买一份。

“一份？你吃独食吗？”陆徜也和她一样腹中空空。

“阿兄，街上这么多吃的，咱俩分食一份，能尝得更多。”明舒接过老板递来的芝麻糊解释道。

麻腐鸡皮、现煎的羊白肠、砂糖冰雪冷元子、香糖果子……甭管是冷的热的，甜的咸的辣的酸的，但凡是看中的，她必要尝上一尝，但一份太多，吃不了几样她就该饱了，所以最好的办法是和陆徜分食。

“莫非阿兄嫌弃我？”明舒喝了口芝麻糊，把碗推给他。

陆徜盯着她唇瓣上沾的芝麻糊看了一会儿，声音微沉：“不嫌弃。”

明舒这才笑开，见他指着唇瓣示意自己，便吐舌舔舔唇，问他：“干净了吗？”

陆徜没回，伸手越过桌面，指腹飞快地抹过她的唇瓣，在她反应过来前已经收回手，低头道：“还和小时候一样。”

明舒咬着唇——阿兄很奇怪，太奇怪了。

哪里奇怪，她说不上来。

两人分食一份，确实能尝得更多，明舒样样都稀罕，这可苦了陆徜。她虽然爱吃，但胃口并不大，大部分食物都只是尝一下，遇上喜欢的还会多吃两口，不爱吃的就只碰上一碰，然后整份都推给陆徜。

“够了，明舒……我……吃不动了。”陆徜叹着气道。

明舒意犹未尽地放过陆徜，道：“那给阿娘买瓶荔枝膏，咱就回去吧。”

陆徜点头。

和她疯了大半天，却败在了“吃”这上头，只恨自己没像牛那般生四个胃，可以陪她一夜尝尽汴京味。

夜色已浓，状元府的大门忽然敞开，小厮提灯，曾氏亲自送客人出门。

“夫人留步，今日已叨扰了一夜，劳夫人费心招待，切莫再送。”宋清沼在廊下向曾氏告辞。

他是来找陆徜的，然而等了许久，也未见陆徜与明舒归来。

国公府的嫡次孙，怠慢不得。陆徜不在家，曾氏亲自招待宋清沼。只是让她颇感意外的是，虽然知道了陆徜与明舒外出并不在家中，但宋清沼还是留下等他。

因是饭点，曾氏便留他用饭。宋清沼竟欣然点头，在陆家用了顿便饭，陪着曾氏闲谈许久。他虽看着清贵，待长辈却十分有礼，也极健谈，并没让曾氏觉得唐突，反而勾起了曾氏的谈兴，聊起江宁县的趣闻来。不过宋清沼问得最多的，还是明舒的过去。

曾氏看宋清沼的目光，就有几分看自家晚辈的和蔼了。不论是宋家还是许氏和宋清沼，意思都已表现得足够明显，曾氏心中有数。这门亲事，不论门第还是宋清沼的人品，自然都是好的，只是隐患也很多，但无论如何，宋清沼的心意足够诚恳。

做长辈的，都喜欢这样懂礼识趣的晚辈。

二人聊了大半天，陆徜他们还是没回来，宋清沼也不便再留，起身告辞，曾氏打算亲自送他出门，提灯将人送到廊下，宋清沼正劝曾氏回去时，曾氏眼眸忽然一亮。

“瞧，他们回来了。”

宋清沼转头一看，长廊下走来两个人。

陆徜手中提着两瓶荔枝膏，和明舒并肩而行，正侧头看她。外人面前那般冷静严肃的状元郎，此时却噙着不散的浅笑，满目温柔尽付。明舒手里提着盏小马驹状的纸灯笼，正半垂着头看灯，一边笑一边和陆徜说个没完。

这哪里是兄长看妹妹的神色……他从前不懂，只觉得陆徜过分疼宠妹妹，他想博取佳人芳心，自然要取得人家兄长认可，如今回过味来，便觉可笑。

他拿陆徜当兄长，可陆徜却……

那两人只顾着各自眼里的事物，并没发现前边的人，直到曾氏唤了二人一声，陆徜和明舒方齐齐抬头望来。

“宋……公子？”明舒犹豫了一下该如何称呼宋清沼，还是决定用原来的叫法。

陆徜唇边的浅笑倏然落下，向宋清沼拱手：“宋大人深夜造访，不知所为何事？”

“什么深夜造访，人家早就来了，在这里等了你半天，还陪我这老婆子说了一晚上话。”曾氏代为答道。

“找我？”陆徜想不出能让宋清沼在自己家等一晚上的理由，

除非……

他看了眼明舒，冷冷道："我与宋大人并无公务往来，私交也平平，想来并没有什么需要秉烛夜谈的要事。如若宋大人是为他人而来，我现在就能回答，国公府的门第，我们高攀不上。"

这拒绝当着明舒的面，已经说得再明确不过，明舒握着灯的手紧了紧，大惑不解地看着陆徜——人家什么都没说，阿兄这是疯了吗？

她扯扯陆徜的衣袖，希望他别再往下说。

宋清沼竟没否认，也再不像先前那般有礼，而是显出几分咄咄逼人之势，道："陆大人，你是以什么身份同我说这番话？又有什么资格做这个主？"

陆徜神色微变，却听宋清沼又道："陆大人，还想同我在这里谈？"

明舒发暂，她还是第一次看到陆徜因为对方一句话而落入下风。宋清沼这句话，看来大有深意，否则她阿兄不会露出这样如同被人拿住命门般的神情。

陆徜开口，仍旧是四平八稳的声音，却向明舒道："天晚了，你先扶阿娘回屋歇息吧。"说着他又把荔枝膏递给轻摇，而后又取了盏灯，亲自引路，向宋清沼道，"宋大人，这边请。"

二人便往陆徜书房去了。

明舒诧异于陆徜的妥协退步，出于女人的直觉，她觉得二人间没头没尾的试探与她有关，可是很明显，他们并不想让她知道。

她蹙了蹙眉，转身扶着曾氏，道："阿娘，我扶你回去。"

夜已深，状元府的书房并未点灯。陆徜提灯带着宋清沼迈入书房后，一盏接一盏地点亮书房灯烛，宋清沼亦反身将门掩紧。

点完灯，陆徜吹熄火折子，问道："我不明白适才宋大人所言何意，还望赐教。"

宋清沼单刀直入："我派人去过江宁县了。"

只这一句话，陆徜已经明白。

"那又如何？"他走到书案后，案上烛火照出他凌厉眉目。

“陆大人与曾夫人在江宁县相依为命十多年，家中似乎并无第三人，更无一位名唤‘明舒’的妹妹。江宁县倒确实有位叫‘明舒’的娘子，但她不姓陆，姓简。”

宋清沼至今还未从听到这个消息的震惊中完全恢复过来。

陆徜没有妹妹，明舒姓简，应该是江宁简家的独女，也就是去年年末曾经轰动一时的江宁劫杀案中失踪的那名简家千金。

一夕之间，她家破人亡，伤重离魂，被人带至汴京，换了身份重新生活。

他不知道自己该心痛于明舒遭此大劫失去家人，还是惊愕于她失忆后的种种际遇——她应该不知道自己家中发生的事，也想不起家人。

这真相对她来说，过分残酷。

“简家之事，我略有耳闻，明舒是简家的女儿吗？”宋清沼蹙眉问道。

陆徜缓缓坐到圈椅上，双肘撑于桌上，挑眼看他，默认了宋清沼的问题，又道：“你来找我问这些，是想把真相告诉她？”

“如果我选择告诉她，今日就不是来找你。”

不可否认，宋清沼确曾犹豫过，如果将披在陆徜身上的这层皮剥下来，陆徜和明舒就再不能像现在这般亲密无间，但终究对明舒的疼惜压过那点儿嫉妒，他不觉得眼下是让明舒知道真相的好时机。

“多谢。”陆徜这声‘谢’说得真心实意，“我是在赴京途中无意间救下被人追杀落崖的明舒。带她进京属无奈之举，简家的案子并不简单，牵涉过广，明舒若是贸然回去，恐有灭口之险，又恰逢她失忆，便扮作兄妹。以明舒的脾气，她若知道简家的事，定是要回江宁的。简家人口单薄，彼时我亦势单力薄，很难护她周全，再加上失忆后不可受刺激，所以瞒到如今。”

这个解释，宋清沼可以接受。

“你不必谢我，我这么做不是因为你。”宋清沼又道，“我且问你，接下去你打算怎么办？据我所知，江宁简家的案子地方已经结案，凶徒皆已落网，正待大理寺复审，照理危险已经过去，可你却还没告诉明舒真相，是何原因？”

“此案未结，其中另有隐情，我正在调查，已有眉目，但个中干系重大，恕难奉告。”陆徜与宋清沼对视，眼神毫无闪躲，“只等水落石出，真凶伏法，危机去除，我自会将真相一五一十向明舒说清。”

宋清沼静看他片刻，道：“好，我姑且信你之言。这件事我暂且不会告诉明舒，但是陆徜，你对明舒，显而易见，绝非兄妹之情。”

最关键的问题已达成共识，陆徜凌厉神色散去，后背靠向圈椅，眉间有一抹和明舒相似的慵懒，平静道：“你我都一样……”

“那你与她朝夕相对……”这便是宋清沼难以忍受之处，君子端方之外，也不免有男人的嫉妒。

“我岂止与她朝夕相对，我还与她相识逾十年。”

十余载岁月的分量，是难以估量的。

“我若对她有半点儿不轨之心，她早就已经成为我陆家人了。”思及过去，陆徜望向烛火，目光似乎随着微晃的火光飘向从前。

那些事，仿佛发生在昨天般。当时不知情为何物，以至十余载岁月空付。如果没有简家之劫，也许就像明舒说的，待他功成名就再忆旧人之时，江宁的小娘子早已成婚生子，身边再无他一席之地。他不知道当初的自己会不会后悔，但现在的他，必定会终生追悔。

没有任何一个人能够取代明舒。

只不过，若用简家家破人亡为代价来换这一场缘分，他情愿选择终生悔恨，情愿看她嫁与他人幸福美满，也好过要她面对这场人生中巨大的劫数。

然而，这世间并无种种如果，有些事发生了，就是发生了，能去抓住的、改变的，只有未来，而非过往。

陆徜眸中映着烛火，宛如星海：“自我九岁起，就已经认识她了。你以为她为何钟情于青衫少年，你以为她为何对你另眼相看？那不过是因为机缘巧合下，你成了她梦中人的化身……”

啪——

宋清沼怒而拍案：“陆徜，你是想说明舒梦中之人是你而非我？想说我不过是你的替身？你当真狂妄至极！你也不过是趁她失忆，借兄妹之名接近她，你有何资格揣测她心中所思所爱，认定她所梦之人一定是你？”

骄傲如他，绝不接受成为任何人的代替品。

“你也知道她的梦？明舒告诉你的？倒是她的做派。”难得地，陆徜没有反驳他，反而道，“你说的也对，我凭什么揣测？”

有兄妹之名加身，明舒不会爱他，可若恢复记忆，他们先前分开得那般决绝，他不知道明舒还愿不愿意回头。

“不过宋清沼，就算我与她没有可能，你也并不适合明舒。”

“为何？”

“就凭你是国公府的嫡次孙，你的家人就不会允许你娶一介商户女子，遑论案子了结，明舒还要回江宁承继祖业，以她的性子，必定是要将其父的金铺发扬光大，她不可能留在内宅相夫教子，也不可能成为一个合格的世家贵妇。”陆徜一字一句、心平气和地说道。

就算他是明舒的亲兄长，撇开私心不说，他也从不觉得宋清沼是合适人选。

他是国公府的嫡次孙，享尽富贵，自然也有他需要承担的责任，世家的荣耀、宗族的延续……他的父母对他寄予厚望，怎会容许他娶商户之女？

如果明舒不是状元的妹妹，不是尚书令的女儿，只是个家破人亡的商户孤女，许氏再喜欢明舒，也只会是喜欢，如此而已。

这些，与对错无关，不过是每个人存于世间必须要承受的命运罢了。

“你觉得你能像谢熙那样，为了一个女人罔顾礼法，抛弃亲族，与你的父母家族抗衡吗？”陆徜又问。

谢熙为人虽然令人不齿，但他对唐离，总还存了一份诚挚真情，虽然蠢，却也是可以抛弃所有的纯粹。宋清沼想娶明舒，虽说不至于到谢熙这般程度，但必定也会是场伤筋动骨的争斗，并且旷日持久。

“我为什么不可以？”宋清沼双手撑桌，倾身向陆徜，反问道。

神仙也有三分火气，何况凡人？他被陆徜激得心火直冒。

“你一直在说我与她不合适，那你呢？你又能给她什么？你别忘了，你现在还是她的兄长，如果她知道你们并非亲兄妹，愿不愿意接受你都难说。”

陆徜也问自己，他能给明舒什么？

他肯定给不了她国公府夫人这样高贵的身份，也给不了她简家那样的富贵生活，甚至往后仕途起伏，还有可能让明舒陪他吃苦……

陆徜缓缓起身，亦双手撑着桌案，仿佛较量又似承诺般开口：

“我能够给她没有疆域的无限自由，以及更广阔的天地；我可以纵容她永远跳脱的想法，不以世俗礼法拘束于她；我还可以承诺，不论将来发生任何事，一生、一世、一双人，至死不变。”

这话说来虽然空泛，但不可否认，这些是明舒最需要的。

并非金银，无须权势，她最需要的是自由，可以让她如男子般行走世间的自由，以及纯粹的感情。

宋清沼久久未言语。

就算他再不愿意，也必须承认，陆徜对明舒的了解，远胜于他。

但他并不想认输。

他比陆徜，只少了这十载光阴的沉淀。

“现在说这些，还言之过早。陆徜，我要你与我做个君子协定。”宋清沼道。

“什么协定？”

“待尘埃落定，你我公平较量，在此之前，你待明舒不可以逾越兄妹礼节。”

宋清沼的话掷地有声。

陆徜举掌：“击掌为约。”

一声脆响，双掌叩击。

协约立下，二人都松了口气，却无人察觉，紧闭的窗户外，站了个人。

明舒怔怔地看着地面，头顶如同数道焦雷轰轰落下——

刚才她就觉得宋清沼和陆徜要谈的事与自己有关，所以送曾氏回房间，服侍其歇下后，她悄悄溜到了陆徜书房后面，偷听他们的谈话。

对话并没听全，她只听到最后这段宋清沼的质问与陆徜的回答。然而，就这短短几句话，已在她心海间掀起万丈狂澜。

她听到了什么?!

她与陆徜并非亲兄妹?!

而陆徜对她……“一生、一世、一双人，至死不变”？

她……她觉得喘不过气来。

屋里的说话声渐渐消失，烛光一暗，陆徜和宋清沼似乎已经谈妥，陆徜送宋清沼离开，人去屋空。

天上一轮皎皎明月，照出地上呆滞的人，明舒仍旧站在原地。

也不知过了多久，她才从震惊中回过神来，头顶的雷又打到了心间，整颗心不受控制地剧烈跳动，几乎要跳出胸腔。这滋味，犹胜她第一次瞧见宋清沼，将他视作梦中人。

她脑中乱极，一时间竟不知是去问陆徜关于自己的身世，还是当作什么也不知道继续与他兄妹相待，又恐陆徜回来发现自己听墙角，于是勉强集中精神快步往外走去。

待走出十多步，回到廊下，已再无被发现的风险，明舒方又放缓步伐，孤魂野鬼般沿着长廊往前走。

可能是刚才太过于震惊，此刻她心脏狂跳。

这半年多来，她一直将陆徜视如长兄般敬重爱戴，虽然也有小女儿的撒娇讨好时刻，二人之间亲厚非常，她却从没往别处想，从兄妹之情到男女之情，这其中隔着天堑。

她脑中闪过凌乱画面，一会儿是今夜州桥夜市上陆徜以指腹拭过她唇瓣的情景，一会儿又是两人共吃一份小点心的情景，一会儿是她替陆徜整襟束带、亲手绾髻，一会儿又是早前二人共马，一会儿又化成她急病之时他守在床畔……

这点点滴滴，如春雨绵绵，润物无声。

她猛地摇晃脑袋，将这些画面从脑中赶走，又想自己的过去。

既然非亲兄妹，那她又是谁？是曾氏从小收养的孤儿，还是半道救下的孤女？按照他们对她的熟悉程度，他们与她必定认识了很久，可他们对她的身世却绝口不提，哪怕被陆文瀚误会，也不肯说出实情，这其中定有隐情。

她疑虑重重，仿佛回到刚刚醒转之时。不同的是，这半年多的相处，曾氏的疼爱、陆徜的为人，他们是好是坏她心中有数，若说他们对她存有歹念，她是不信的。可他们又瞒了她什么事?

明舒想找陆徜问清楚，可又不愿面对他，不想揭开这层纱。

好好的兄妹，突然间变得毫无关系，这样的转变太突然，她接受不了。

无数的念头充斥在脑中，闹得她额头又隐约作痛。

"明舒？"

陆徜的声音响在她身后，她心中猛地一震，脑中各种杂念轰然消散。

"不是让你回去歇息，你怎么还在外头？"陆徜送完宋清沼回来，本打算去找曾氏，却看到梦游般的明舒。

明舒霍地转头，瞧见提着灯笼的陆徜，他波澜不惊的模样与先前一般无二，她偷听到的那些话，压根儿就不像他这样的人说的。但他就是说了，不是她的错觉，也不是她在做梦。

荒谬的现实，比梦更吓人。

"屋里闷，我出来走走，这就回。"她道。

"你脸色不太好，不舒服？"陆徜瞧她脸色不好，上前两步，提灯又照。

灯火晃眼，明舒微别过头去，道："有些头疼，没事。"

"头疼？"陆徜伸手，欲探她额头。

明舒惊退一大步，避开他的手："可能吹了点儿风，无碍。我先回房了。"

"我送你……"陆徜见她没有提灯，便想送她回去。

"不用，我自己回就成，你忙你的吧。"明舒拒绝了他，转身飞快地跑走。

陆徜来不及多说话，就见她的身影消失在长廊尽头。

陆徜很快就发现了，明舒在躲他。

自满堂辉开张，明舒每天早上都要到铺子里去，而他也要往开封府衙点卯，所以二人早上常常是一起出门，陆徜会把她先送到满堂辉所在的街口，再去开封府衙，到了傍晚，倘若衙门没有什么公务，他会亲自来满堂辉接明舒。

有时，他到的时候，满堂辉还很忙，明舒脱不得身，他就会在后堂小坐片刻，喝上两盏茶等她；又或者，他公务繁忙难以早归，明舒也会留在铺内多忙段时间等他过来，再一起回家；偶尔，两人也会相约去汴京城内游玩、下馆子，把先前没来得及游览的风光都一一补起来，譬如州桥夜市。

满堂辉的伙计和明舒的闺中密友都说从没见过感情这么深的兄妹，那时明舒可是极其得意地挽着他的手，脸上全是炫耀的神色。

日子平顺，各自忙碌，也彼此陪伴，陆徜所有不可言明的心思，便都酿进这日复一日的寻常生活之中。

然而有一天，明舒变了。

她不再和他一起出门，也不再与他一起归来。早起之时，明舒已经先一步出门，夜归之时，明舒却更早回家，然后躲在房中闭门不出。他连最常见的她的笑容，也很难再看到，在宅中偶尔碰上，还没待说上两句话，她就匆匆走了。

这一反常态的情况，让陆徜心生焦躁。

明舒已经躲了陆徜三天。

她不知要如何面对他，索性远远避开，待心情平静后再做打算。

如今不过于震惊了，情绪也有所回转，她渐渐冷静，只是还有些心不在焉。

“掌柜的？掌柜的？”伙计连唤了几声，才把明舒的魂唤回来。

“怎么了？”明舒此时才发现，自己坐在案前已经发了好一阵子的呆。

“国公府世子夫人来了。”

“什么？”明舒霍地站起，“许姨来了？”

她边说边往外走去，掀开珠帘一看，果然看到许氏正站在堂中欣赏曾氏的绣屏，她两步上前，一边命伙计倒茶，一边向许氏道：“这大热的天，许姨怎么亲自过来了？”

许氏仍是老做派，端着架子，不过在明舒看来，这点儿架子又透着可爱。

“这街上开了家新的绸缎庄，我在家待得烦闷，所以出来逛逛，顺路来你这里，正好瞧瞧有没有新鲜花样。”

“我这几天正整样品与图样，准备送到府里给许姨挑选，没想到您亲自来了。”明舒扬起笑脸，把许氏往后堂引。

很快伙计倒来茶水，又把样品送进来，明舒又亲自拿了图样给许氏瞧。许氏看了一圈，样品都是旧的，她并没看中，倒是在图样里挑了两件新款。

“许姨好眼光，这两件……工艺复杂，还在尝试阶段，也没办法大量定制，本不开放预订。不过许姨喜欢，我自然先紧着您，等样货出来，我先拿到府上给您过目。”明舒笑道。

许氏闻言心情愉悦，将图样递回给她，又谈起另一桩事。

“昨日你托人送到我家里的旧物……”她挥挥手，贴身丫鬟将木匣捧到桌上。

明舒认出，那是装有柳婉儿长命锁与丝帕的木匣。四天时间，闻安与殷淑君都已回复，家中无人识得此物，相熟的几家也不清楚来历，明舒最后才送去宋府，让许氏看的。

比起郡王妃和殷夫人，许氏犹爱交际，她的见识强于二人。

“许姨可是认出这两样旧物？”明舒按着匣子问道。

许氏点点头，却又不是很肯定，道：“这种款式的长命锁，汴京到处可见，我认不出，不过那方丝帕，我倒是见过。”

帕子似曾相识，她也是想了许久才隐约记起来的。

“那个‘蕙’字，我在工部尚书的夫人……就是卢家三娘子的母亲冯蕙手上见到过，她的闺名就是一个‘蕙’字。”许氏道。

明舒一怔。

“卢三娘子和她母亲冯夫人，你也见过的，那日你们还闹了不愉快。你手上怎会有冯夫人的旧物？”许氏反问她。

明舒也很惊讶，道：“这是有人交给我代为查找原主的。”又问，“许姨，您可知冯夫人，或者说卢家，早年有没有丢失过孩子？十六七年前。”

许氏蹙起眉头：“十六七年前？那我可记不清，不过印象中一直没听说卢家丢过孩子……欸，不对，是有那么一桩旧案，大约十七年前，卢家发生过一件婴儿被盗的案子，听说是在婴儿刚满月没多久时，奶娘抱着孩子出门，结果半路被拐子盗走了孩子。不过那伙拐子好像半年后被抓捕归案，那孩子也找了回来。”

“不知那孩子是卢府的哪位……”明舒问到一半，忽然想起柳婉儿的年纪恰与卢三娘一样，“是卢三娘子，卢瑞珊？”

“正是她。”

送走许氏后，明舒独自在后堂，对着那木匣坐了半晌。

柳婉儿交付的东西，来历是找到了，可又陷入新的谜团中。明舒拿不准主意是将这个结果告诉柳婉儿，还是再查清楚些……

最近的烦心事有些多，她夜里难寐，白天精神便不济，到了近午时分尤其困倦，想着想着不知不觉睡过去，及至醒来时，已是傍晚。

她揉揉眼，忽然惊起。

时辰似已不早，她得赶快收拾东西回家，否则又要撞上陆徜。

如此想着，她飞快地叫来伙计，交代好当日之事后便匆匆离开，岂料人才走到铺门口，就听铃铛一声响，陆徜出现在门前。

两人面对面，撞个正着。

明舒一僵，瞅着外头天色尚早，还没到陆徜退衙时间。

“今日公务不多，我告了一会儿假，先回来了。”陆徜看穿她的疑惑，解释道。

他是专程来逮人的。

“回家？”见她不语，他问道。

她刚想摇头，陆徜一语封住她的退路：“我听到你和伙计说要回家。”

“……”明舒有些恨恨地呼口气——他进来的时候自己已经交代完毕，他不可能听得到，但是当着伙计的面，她又不能否定。这人能不能别这么了解她?

陆徜不着痕迹地笑笑："走吧，一起。"

夏日傍晚，暑气未散。明舒跟在陆徜身畔，往街口走去，余晖未尽，明舒走在路旁房檐的阴影里，陆徜在外，大半个身子都落在阳光中，身影在地上拖得老长。

平时都是明舒叽叽喳喳说笑，但今日，她一声不吭，反而是陆徜主动开口，问起她近日情况，她有一搭没一搭地回答，心思已经飞到天外。

就这般走了一段路，有两个追打嬉闹的孩童从街边的巷口突然蹿出，险些撞到明舒。

"小心！"陆徜拉住她的手往身边一扯。

明舒躲过了两个孩子，挨在陆徜身侧，手被他紧紧攥着，她如被蜂蜇般飞快地甩开他的手，迅速退离两步。

就这两个举动，点燃了陆徜压了三天的焦躁郁闷。

明舒还要往前走，他已一臂横来，撑于墙上，拦住她的去路。

"陆明舒，到底发生了何事？你为何……避我如蛇蝎？"

明舒用力咬了下唇瓣，她不能再这么躲下去了："你不是我阿兄，对吗？"

陆徜心中剧震。

第四十章 惊叹身世谜

天知道明舒问出这句话鼓了多大的勇气，四天的犹疑与挣扎，反复斟酌的话语，因为她知道，当她问出这一句话时，她和陆徜就永远回不到从前那样简单的兄妹关系了。

可就在此刻，她开了口，顾虑也罢，害怕也罢，那种种复杂的情绪，都消失了。

夕阳余威犹存，陆徜站直身体，后退两步，整个人一半藏在阴影里，一半站在阳光中，凝固一般望着明舒。

“对不起，那天晚上，我偷听了你和宋清沼的谈话。”明舒见他沉默，便先道了歉。

陆徜收回手，从她的神色中推测，她应该没有听全他们的谈话，如果听到了简家之事，她不会如此平静，只纠结于与他的兄妹关系。

“是，你我并非亲兄妹。”陆徜坦言。与戳破她的身份这个秘密相较，他们间的关系与他的心思，不过是微不足道的东西。

明舒长长地吸口气，再缓缓吐出，道：“那我是被你们收养的，还是因为其他原因成了你的妹妹？我的身世如何？我伤重被追杀时就曾问过你发生了什么事，那时你告诉我事情并不简单，待时机成熟才能告诉我，现在时机成熟了吗？”

她的问题很多，都是长久以来积存于心的，不问便罢，一问就停不了。

“你是土生土长的江宁人，我们认识已逾十年。你并非母亲收养的孩子，我们将你以母女兄妹之名带进京城，确实另有隐情。这隐情与你的身世、与你被追杀皆有关联，但是明舒……我现在还不能告诉你。若你还愿意信我，看在这半年多的兄妹情分上，再给我一些时间好吗？因为这件事牵涉甚广，我正在调查，马上就能水落石出，到时我再将一切向你说明，可好？”当时他不想编造谎言欺骗她，现在他也一样不愿，只是同时也无法在这个关键时刻告诉她真相。

明舒没回答，只是盯着他，手无意识地一遍遍抚过腕上戴的镯子。

这半年多的相处，点滴入心，每个画面都历历在目。面对山贼时的生死与共，危难降临时的舍身回护，困顿落魄时的互相扶持，还有寻常日子里和风细雨般的关怀……他们之间，有过同生共死的荡气回肠，也有过细水长流的脉脉温情。

如今他问她相不相信他？

即使他什么都不说，她也是愿意相信的。

从那天他爬上悬崖，活着站在她面前的时候，她就已卸下所有防备，而后哪怕疑虑重重，她也依旧坚定地相信他。

“明舒，我发誓……除了兄妹之名外，我没有骗过你，你再给我些时间，可好？”因她不语，陆徜又道。

“多久？”明舒开口。

陆徜绷紧的心弦稍松，道：“三个月。”

“太久了。一个月，我最多再等一个月。”明舒重重握住手镯，断然道。

“好，那就一个月。”陆徜立刻答应。

他答应得这么干脆，好似专等着她讨价还价般，明舒觉得自己又被他算计了，刚想像从前那样发作，忽然想起自己不是他妹妹了，再撒娇玩笑并不合适，于是生硬地别过头去，心念转过，又看向陆徜。

“除了兄妹关系、我的身世外，你是不是还有别的事瞒着我？”

“没了。”陆徜一时竟未领会其意。

“我记得会试张榜那日，你曾当众明言，你与江宁小娘子定过亲，你还同我们说，你非她不娶，这桩事是你编的还是确有其人？”

明舒盯紧陆徜，满眼都写着“别跟我耍花样，我虽然失忆，但忘记的是从前，现在记性可好得很”。

陆徜突然有种窒息的感觉。

当初，他为什么要图清净说了那番话？

这简直是……搬起明舒砸自己的脚。

“但那天，你又与宋清沼说……说什么‘一生、一世、一双人’……”提及此言，明舒转开脸去，看向路尽头，“你是不是又说瞎话了？再不然就是三心二意！”

她觉得自己应该希望得到的答案是他这番话只是随口说说，情意是他说来唬人的，这样他们就还能保持兄妹间的情谊，不过似乎又有个很小很小的声音，在她心底叫嚣着，敢瞎说就再也不认陆徜这个人了！

“明舒，你希望我说的是真话还是瞎话？”陆徜反问她。

果然，她听到了他最后那番话。

他原想一切尘埃落定之后再去考虑两人之间的事，然而她听到了，并且问出口了。

“别把问题抛回给我！你又不是我亲兄长，在外面瞎说话赶跑我的姻缘，那可不成。国公府多好……宋清沼多好……你别靠过来……”

明舒的话说到后面，每多说一句，陆徜就靠近她一步，她话没说完，陆徜已经走到她跟前。

“江宁府的小娘子，确有其人。”他轻声叹道，“我和宋清沼说的，也不是瞎话。另外，我没有三心二意。”

“你这还不算三心……二意……”明舒说着说着，脑中电光石火般闪过一个念头，人怔怔地被他圈在了墙下亦不自知，只喃喃道，“我……就是你说的那位，简家娘子？”

难怪他那般笃定，江宁小娘子迄今未嫁。

“聪明。”陆徜微微笑起，话都说到这份儿上，他亦没什么好隐藏的了，“你就是我的——简大小姐。”

“……”明舒脑中轰的一声，只剩一片空白。

陆徜定定地看着她，再无多余言语。

戳破了兄妹的假象也好，只是有些对不住宋清沼。

他们之间的君子约定已被打破，注定还是由他占尽先机。

明舒几乎是逃回了家中。

她越发无法直面陆徜了，恨不得搬去满堂辉住才好。

那夜，旧梦再起。

依然是璀璨灯火，繁星满天，青衫少年站在来来往往的人潮中，转身向她伸出手，四周人影虚幻，化成流动的光，只有他的身影，最为清晰。

她像以往那样，费尽力气挤过身边虚幻的人潮，极力向他靠近，伸手去够他递来的手，人潮中逆向传来重重压力，她如同先前每场梦梦到的那般，在指尖将触时被挤开，离他越来越远……然而今日，之前一成不变的结局却起了变化。

他倏然倾身，伸长的手猛地向前，紧紧攥住她的手。

她只觉身体一轻，被他从人潮中拉出，飞入少年怀抱。

璀璨星火下，陆徜的笑脸再清晰不过。

这一回，她看清楚了。

她的青衫少年，是陆徜。

梦境戛然而止，她依旧是被吓醒的。

阿兄往日的慈爱犹在眼前，兄长之威未散，她……无法想象阿兄变成……夫君的情景。

太可怕了。

谈话并没让两人回到从前，相反，明舒更无法面对陆徜了，只能继续躲着。

所幸这回陆徜并没逼她，他仿佛看懂她的躲避只是在努力适应新的关系，调整心态，便留足了空间给她，这倒让明舒心里舒坦了不少。

“这事你放着现成的人不去问，舍近求远跑来问我？”应寻站在官衙门口，看着警惕地盯着官衙门口的明舒道，“还有，你一个姑娘家，整天老管别人的闲事作甚？”

他口中“现成的人”指的当然是陆徜。明舒跑来向他打听一桩十七年前的拐卖案，可那时他人都不知道在哪里，又怎么知道那起案子的具体情况？虽然开封府办过的案子都有卷宗留存，但那是十七年前的案子啊，去文书库房翻都要吃一鼻子灰。遑论他只是个小捕快，就算有查阅权限，那也得往上层层申请，等待批复，哪比得上找她兄长便捷？

陆少尹是可以直接调阅本衙所有卷宗的，只要他开口，卷宗马上就有人奉上。

“应捕快，我兄长公务繁忙，哪顾得上我？我只能再拜托你了。人家一个孤苦伶仃的小娘子，就想知道亲生父母是谁。”明舒道，又恭维他，“像您这么有正义感的捕快，必定不忍见她如无根浮萍般漂泊于世。况且查阅十七年前已经了结的旧案，这也不违反衙内规定，你好歹通融通融，帮我这个忙？”

应寻握着腰间佩刀，冷眼看她：“少拍马屁，你……”

他话还没说完，就见明舒倏地躲到他背后。他回身一看，只见陆徜神情凝重地从衙内出来，翻上来安牵来的马，匆匆离去，也不知是出了何事。

待陆徜身影消失，明舒才又钻出来。应寻冷笑：“我说你为什么来找我，是和你兄长吵架了？这么躲着他？”

明舒可怜巴巴地看着他——比吵架更严重。

严重到她不想面对陆徜。

“你直说你帮不帮忙吧！”明舒问道。

“我调阅旧案需要向上峰请示，批审要时间，需要三五日，你能等便等吧。”

“我等得了。”明舒点头。横竖这也不是什么十万火急的事，慢点儿无碍。

“那你就等着吧。”应寻说完，转身回了开封府衙。

明舒可不管什么“上山下峰”，办妥了一桩事，她心情略好，又情不自禁想起陆徜刚才凝重的神色来。

那脸色……他应该是遇到了棘手事，只是不知道是何事。

明舒有些担心。

陆徜在赶去见三皇子的路上。

他的确遇到了棘手事。

派往江宁的人本已将简家姨娘周氏悄悄押往汴京，岂料在路上遇到伏击，周氏被人劫走。

而糟糕的是，劫走周氏的那一方，来历不明。

这一夜，陆徜未归。

不止未归。他见过赵景然之后，又趁夜策马出城，以最快的速度赶往城外与押送周氏赴京的人会合。

人，是在近京城的地方被劫走的。

局面远比他想得更复杂。

陆徜一夜没回，这是自他从松灵书院搬回家中住后从未发生过的事。

虽然他打发来安回来知会曾氏和明舒，但明舒还记挂着白天看到他从府衙出来时神情凝重的模样，他又彻夜未归，由不得她不担心。

曾氏不明就里，只觉得衙门公务繁重，偶尔通宵达旦处理也是正常，并没太往心里去。明舒还未适应和陆徜间的关系，但与曾氏倒仍旧亲密无间，两人都非常默契地对曾氏隐瞒了她已经知道自己并非陆家女儿的事。

到了翌日清晨，陆徜仍未回来。明舒总觉得心神不宁，尤其得知陆徜出城身边一个人没带后，她更觉不安，便遣来安跑了趟开封府衙，打听陆徜回没回来，自己就在家里陪着曾氏，也没往铺子里去。

到了正午，来安才气喘吁吁地从衙门回来，打听到陆徜依旧未归。

这都什么时辰了，人还没回来？

“你很担心你哥哥？”曾氏倒了杯茶，坐在堂上瞅着她。

明舒回避了“哥哥”一词，道：“阿娘难道不担心？”

“我瞧你们最近闹得生分，以为你不想认这个兄长了。”兄妹两人虽然都没对曾氏说什么，但曾氏依旧能看出几分端倪。

“有阿娘在，不看佛面看僧面，再怎么着，不还是一家人？”明舒回道。

“是啊，一家人。”曾氏叹了声，不再多说，低头抿起茶来。

母女俩在家里用过饭，明舒扶曾氏回屋午歇，打算待曾氏睡着后自己去趟衙门，不想曾氏才刚躺下，外头就有人求见。

那人母女俩熟悉，是魏卓安排在胜民坊李老太身边的贴身侍女。

曾氏又披衣起身，与明舒一同见了这个侍女。

“曾夫人，陆娘子，老太太她……不行了……大夫说已经油尽灯枯，但她不肯合眼，撑得很是痛苦。魏大人已经赶到，是他让奴婢来请夫人的，说老太太有心愿未了，求夫人去一趟。”侍女红着眼睛道。

曾氏没有犹豫，立刻起身更衣梳发，又朝明舒道：“你陪我同去吧。”

明舒点点头，自去准备。没多久，二人就跟着侍女出门，坐上驶往胜民坊的马车。

赶到胜民坊时，已临近傍晚，明舒扶着曾氏下马车，匆匆迈进李老太家敞开的门，轻车熟路地上了楼，走到李老太屋外。

房间窗户半闭，光线昏暗，空气里弥漫着夹杂着药味的沉闷气息，味道并不好闻。魏卓早已在此，正坐在李老太床头握着老太太的手，用另一只手给老太太顺气，大夫站在他身侧，正往针袋里收针。

李老太平躺在床上，面色发灰，喉咙内发出喀喀痰音，她已经说不出话来，只能用久病后眍瞜的眼瞪着魏卓，浑浊的眼球内，是人生在世最后的执念。

“魏叔。”明舒轻声唤了句，扶着曾氏入内。

大夫退到一旁，魏卓亦很快起身相迎，压低了声音道：“实在抱歉，麻烦你跑这一趟，老太太她……”

“我明白。”曾氏柔声阻止了魏卓的解释，上前坐到魏卓先前坐的凳子上，握住老太太的手，又朝老太太道，“老太太，我来了。”

李老太浑浊的眼睛在看到她的时候似乎一亮，而后又艰难地转动着在屋里寻找着谁，魏卓见状忙跟着上前，明舒见状立刻将旁边的绣凳搬到魏卓身后，好让他能与曾氏并排坐着。

“谢谢。”魏卓回头向她道声谢，又转向李老太，伸手轻轻覆在曾氏握着李老太的那只手上。

曾氏听他在自己耳畔说了句“得罪了”，下一刻，手被他抓住。

“阿娘，我们好好地回来了，您放心。”魏卓握着曾氏的手朝李老太温声道。

这一声落下，明舒便见李老太灰败的脸上绽出几分神采，她依旧说不出话，口中喀喀声转急，只转动着眼珠看魏卓与曾氏。

曾氏脸红了红，却仍是开口道："阿娘，我会与他好好的，你放心。"

李老太这才慢慢合上了眼，眼角有泪水缓缓流下。她这辈子早就别无所求，只希望战死沙场的儿子能回来，和媳妇和和美美，一家团圆，就像刚成亲时那样。

屋里归于平静，谁也没出声打破这一刻的沉默。良久之后，大夫才开口："殿帅，夫人，老太太已经走了。"

魏卓和曾氏这才回过神来。触景生情，曾氏已然红了眼眶，泪水滚落面颊犹不自知。魏卓松开手，情不自禁地伸手替她拭去泪水，说道："莫难过，老太太了却了心愿，去得很安详。"

曾氏起先怔怔的，待他粗粝的指腹摩挲过她的脸颊，才被那一丝异样的触感惊醒。

"对不起。"魏卓也突然觉察自己的唐突举动，雷殛般缩手。

曾氏也别开脸，以袖子拭泪，魏卓瞧见了，又笨拙地摸出素帕递与她。

"不用了，我没事。"曾氏推开他的手，轻按两下面颊，站起身来。

明舒忙过来扶住曾氏，与她退到门外，魏卓也跟出门来，向她道谢："今日真的多谢你，能了却老太太一番心愿，让她走得了无牵挂。请受魏某一拜。"

说话间，魏卓便拱手长揖，曾氏吓了一跳，急忙伸手阻止他。

开什么玩笑，让堂堂禁卫军统领给她行这大礼，她可受不起。

不过力气到底过于悬殊，魏卓这一礼，还是结结实实地行了下去。

"明舒，你怎么也不帮忙拦着点儿。"曾氏受了这一礼，有些不安，又恼明舒只是旁观，于是对她道。

明舒可看得开："您和魏叔都扮上夫妻了，受他这一礼也没什么。魏叔又不是那种在意世俗眼光、拘于礼法的人，您就别这么放在心上了。"

"你……"曾氏听明舒一通狡辩，竟是无话可回。

魏卓见母女两人似乎有因自己而起争执的苗头，忙道："我送你们下楼。老太太已经辞世，她的后事就交给我，你们先回吧。"

曾氏便与明舒一边下楼一边道："唉，相识一场，老太太命苦。灵棚搭好后，我再来给老太太上炷香。"

"你有心了。"魏卓道。

他将两人送到门外，自己也回首看了眼这幢陈旧小楼，叹道："其实朝廷给过老太太抚恤，其中就有一处新宅，她能搬离这里，但她一直不肯离开，执意留在这里等她儿子，是我没有替朋友照顾好老人……"

"殿帅节哀，您已经尽到自己的责任了。"曾氏劝慰道。

魏卓点点头，道："好了，不耽搁你们的时间了，先回吧。"

曾氏这才与他告辞，带着明舒往巷外走去。

夕阳半落，魏卓站在门口目送她们离去，瞧二人身影渐远，正要回头，却突然瞥见对面暗巷中有两个黑衣男人走出。

久经沙场，经生历死历练出的警惕性在这一刻发挥作用，魏卓眼神顿厉，箭步跟上前去。

才跑出数十步，他就看见曾氏与明舒被另一条暗巷中蹿出的黑衣人捂着嘴拖进巷中，而先前那两个黑衣人也跟进巷子里，将人堵在阴影内。

魏卓一面从腰间拔下鸣镝朝天空发出，一面跟上前去。

他来胜民坊看李老太，向来轻车简从扮作普通人，身边并没带有侍卫，但他的人也不会离他太远，这鸣镝就是发生紧急情况时通知他们的信号。

窄细暗巷内，明舒叫人勒住脖颈，那人拔出短刀，没有半分犹豫，欲朝明舒腹部捅去，曾氏被人掼在地上，看得魂飞魄散，厉声呼喊。

明舒喘不过气，颈间的手如铁箍，她毫无挣扎之力，眼见刀已近身，电光石火间，远处飞来一块碎石，砸在那人手肘穴位。那人手臂顿麻，短刀当啷一声落地，众人俱惊，却见巷口处一道人影飞来，先是飞脚踹开曾氏身边的男人，再劈手夺下他手中刀刃，飞身斩向勒住明舒的黑衣人。

"咳！"歹人被迫松开钳制，明舒终于喘上气，边咳嗽边跑到曾氏身边，将曾氏扶起。

"你们出巷。"魏卓半句废话没有，边应对齐拥而上的歹人，边挥刀而下，断了歹人追击之路。

明舒毫不迟疑，勉力扶着曾氏往巷外逃去，歹人还欲再追，几次均被魏卓拦下，明舒只闻身后刀刃声铮铮不绝于耳，曾氏到底挂怀魏卓安危，不断回头。魏卓身手虽然利落，但以一敌众，又要护着她二人逃离，仍是落了下风。

及至两人逃到巷外，明舒忽然招手："这里，殿帅在这里，你们快来！"

她声音很大，传入歹人耳中，歹人交换眼神，放弃追杀从巷后逃去。魏卓提刀转身飞奔到巷口，方见巷外并未来人，竟是明舒诈敌。想想也是，他的手下虽在附近，但赶来支援需要一段时间，哪会这么快。

"我们离开这里再说。"魏卓当机立断。

"啊！"曾氏走了两步，却忽然一声痛呼，满头沁汗，双眉紧拧。

上回是绊到，这回是真的扭伤脚踝了，应是适才被人推倒在地时受的伤。

"阿娘。"明舒担心地扶住她。

曾氏重心不稳，强忍着迈步，咬牙道："没事，我们先离开……"话虽如此说，但每迈一步却是钻心的疼。

"明舒，替我拿着刀。"魏卓把染血的刀扔给明舒，又向曾氏告罪，"曾娘子，得罪了。"

话音一落，他索性伸出手，拦腰抱起曾氏，大步朝巷外走去。

曾氏惊呆，明舒也愣了片刻，提着刀，摸着脖子赶紧跟上。

没走多远，巷口处就有一队人纵马而来，到魏卓面前停下，马上之人落地，齐向魏卓行礼。

魏卓对为首之人冷冷道："刚才有四个黑衣人伏击良民，身高均在六尺上下，身上藏有短刀利器，往巷尾逃逸，你速带人封锁胜民坊，务必将人抓到！"

属下领命而去，魏卓方向明舒道："那起歹人欲置你于死地，你们处境危险，暂时不要回家，且随我回府，待查明情况再作打算。"

明舒提着刀，亦无犹豫："好。听魏叔的。"

曾氏："……"就不问问她的意见吗？

夜幕降下，一行数人纵马入城，在南门前勒马。

陆徜坐在马上点名："你二人有伤，且往三殿下处复命，余下四人，先去我府上守着。"

能在汴京城外下手，对方势力恐怕已经渗入汴京，他怕明舒有危险，得先让人到家中守护。只是奇怪，他就是怕打草惊蛇，所以搜捕与押送周氏进京的行动一直都是秘密进行，应该不曾惊动对方，那为何人会在汴京城外被劫？

他蹙眉思忖片刻，并没随那四人一起回家，而是只身去了另一处。

天色暗透，宋清沼从翰林院退衙，正在回国公府的路上，策马慢行至榆林巷时，忽见前头一人飞驰而来。

"吁——"陆徜勒马停在他前方，拦下他的路，"宋兄，陆某有事请教。"

片刻之后，二人将马拴在附近树下，挑了个僻静地方谈话。

"应该没有。我派去的人只是暗中打听你家情况，并没去查过简家的案子，应该不至于打草惊蛇。"宋清沼回答完陆徜的疑问，又问，"发生了何事？"

陆徜半眯起眼，眉心郁色难散，道："出了些岔子。你的人在江宁打听消息时，可曾发现什么异常情况？"

"异常情况倒是没有，不过……"宋清沼略做思忖，有些不太确定地开口，"我的人在江宁遇到过豫王的人，算吗？"

"豫王……"陆徜倏地握紧拳头，很快又向宋清沼抱拳，"多谢告知。"

宋清沼点点头，问起明舒："明舒她……"

"她偷听了那夜你我之间的谈话，知道我与她并非亲兄妹，不过并没听到简家劫难。"陆徜据实以告。

"……"宋清沼神色一滞。

"好了，我还有要事，先走一步。"陆徜抱拳向他告辞，只是未等转身，忽闻一声细细的破空之声，他周身一凛，喝了句"闪开"便推开宋清沼。

一支羽箭擦身而过，射到了附近的树干上。

宋清沼大惊，与陆徜一起望向羽箭射来的方向。陆徜却上前半步，将宋清沼拦在身后，沉声道："他们冲我来的，你先走，快！烦请替我回府一趟，我担心明舒的安全。"

既然已经找上他，明舒的身份定也藏不住。

话音才落，远处又传来数声破空之音，几支羽箭接连射来，黑暗里亦响起窸窣的脚步声，片刻后几道人影跃出。

"走！"陆徜一声沉喝，躲开两支羽箭，迎敌而上。

宋清沼迟疑片刻，果断退出巷子。他的武艺不比陆徜，留下会是累赘。

陆徜身上并无佩刀，只能赤手空拳对敌，又以一敌众，转眼就落下了风，对方果然冲他而来，并没纠缠宋清沼，只刀刀向他劈下，招招皆是致命。

眼见宋清沼消失在巷中，陆徜边应对敌人边思考退路，正吃力时，巷口处忽传来一声马儿急鸣。

陆徜抬头一看，却是宋清沼策马回来，手里还拉着另一匹马的缰绳。陆徜的马就跟在宋清沼的马儿身后。

"陆徜，快上马！"宋清沼道。

陆徜咬牙振作余力，踹开身边逼近的人，几个闪身逃到巷口，翻身跃上马背，紧攥缰绳调转马头，勒起马踢开赶过来的人，吼了声："走！"

只闻两声急喝，陆徜与宋清沼并肩策马，纵向长街。

风声呼啸而过，二人奔驰到人多的地方，方放缓速度。宋清沼策马在前，转头回望陆徜，刚要开口问他，却见他脸色刷白，街灯照耀之下，一支羽箭赫然插在他左肩上。

"你中箭了，我带你去找大夫！"宋清沼眉头紧蹙。

陆徜掐着露在外面的长箭，用力一拧，把碍事的箭身折下，咬牙道："不用！回家，我要回家！"

明舒还在家中！

他太害怕了。